야만인을 기다리며

WAITING FOR THE BARBARIANS
by J. M. Coetzee

이 도서의 국립중앙도서관 출판예정도서목록(CIP)은 서지정보유통지원시스템 홈페이지(http://seoji.nl.go.kr)와
국가자료공동목록시스템(http://www.nl.go.kr/kolisnet)에서 이용하실 수 있습니다.
(CIP제어번호: CIP2019003447)

세계문학전집
174

J. M. Coetzee : Waiting for the Barbarians

야만인을 기다리며

J. M. 쿳시 장편소설

왕은철 옮김

문학동네

일러두기

1. 번역 대본으로는 *Waiting for the Barbarians* (J. M. Coetzee, Penguin Books, 1982)를 사용했다.
2. 주석은 모두 옮긴이주다.
3. 본문 중 고딕체는 원서에서 이탤릭체로 강조한 부분이다.

차례

1

나는 그런 걸 본 적이 없다. 그의 눈앞에, 작은 유리 두 개가 철사로 된 둥근 고리에 매달려 있다. 그는 맹인일까? 만약 맹인이라는 걸 감추기 위해서라면 이해하지 못할 바도 아니다. 그러나 그는 맹인이 아니다. 유리는 검은색이어서 밖에서 보면 불투명하지만, 그는 그걸 통해볼 수 있다. 그는 그것이 새로운 발명품이라고 말한다. "햇빛에 눈이 부시지 않게 보호해주지요. 이곳 사막에서 유용하게 쓰일 겁니다. 이걸 쓰면 눈을 찡그릴 필요가 없고, 두통도 별로 생기지 않습니다. 여길 보세요." 그는 이렇게 말하고 손가락을 눈가에 가볍게 댄다. "주름살도 생기지 않습니다." 그는 안경을 다시 쓴다. 그건 사실이다. 그의 피부는 젊은 사람의 것 같다. "고향에서는 다들 이걸 씁니다."

우리는 술병 하나와 견과류 한 접시를 사이에 두고, 여관의 가장 좋은 방에 앉아 있다. 우리는 그가 여기에 온 이유에 대해 얘기하지 않는다. 그는 여기에서 비상 지휘권을 행사하고 있으니, 그걸로 족하다. 대신 우리는 사냥에 관한 얘기를 한다. 그는 지난번 사냥 얘기를 한다. 사슴과 돼지와 곰 수천 마리를 잡았다고 한다. 노획량이 너무 많아서 산더미 같은 사체들을 썩게 내버려둬야 했을 정도였다고 한다. ("참 애석한 일이었죠.") 나는 그에게, 원주민들이 덫으로 해마다 호수를 찾는 거위와 오리 떼를 잡는 방식에 대해 얘기해준다. 나는 그에게, 밤에 원주민의 배를 타고 고기를 잡으러 가자고 제안한다. "놓칠 수 없는 경험이죠. 어부들이 횃불을 들고 북을 쳐서 그물을 쳐놓은 곳으로 고기를 몰아댑니다." 그는 고개를 끄덕인다. 그는 나에게, 자신이 방문했던 다른 변경 지역에 대해 얘기한다. 그곳 사람들은 어떤 뱀을 별미로 먹는다고 한다. 자신이 큼직한 영양을 쏘아죽였다는 말도 한다.

그는 낯선 가구들 사이에서 더듬거리며 몸을 움직인다. 그럼에도 검은 안경을 벗지 않는다. 그는 자리에서 일찍 일어선다. 그는 이 여관에 묵고 있다. 이 작은 도시에서는 가장 좋은 숙소이기 때문이다. 나는 그가 중요한 방문객이라고 여관 직원들에게 강조한다. "졸 대령님은 제3국*에서 파견 나온 분이오. 제3국은 요즘 보안청에서 가장 중요한 부서라오." 여하튼, 수도에서부터 우리에게 뒤늦게 들려오는 소문은 그렇다. 여관 주인은 머리를 끄덕이고, 하녀들은 머리를 숙인다. "우리는 그에게 좋은 인상을 심어줘야 하오."

나는 잠자리용 매트를 들고, 밤바람이 더위를 어느 정도 식혀주는

---

* 나치의 제3국(The Third Reich, 1933~1945)을 연상케 하는 비밀경찰.

성벽으로 나간다. 마을의 판판한 지붕들 위에서 잠을 자고 있는 이들의 모습이 달빛을 통해 보인다. 광장에 있는 호두나무 밑에서는 아직도 두런거리는 소리가 들린다. 어둠 속에서 담뱃불이 개똥벌레처럼 반짝이다가 희미해지고 다시 반짝인다. 서서히 여름이 끝을 향해 굴러가고 있다. 과실수들은 무거운 열매 때문에 신음한다. 그러고 보니, 젊었을 때 이후로 수도에 가본 적이 없다는 생각이 든다.

나는 새벽이 오기 전에 잠에서 깨어 발꿈치를 들고, 어머니와 연인에 대한 꿈을 꾸며 신음하고 뒤척이는 군인들을 지나쳐 계단을 내려온다. 하늘에서는 수많은 별들이 우리를 내려다본다. 정말로 이곳은 세계의 지붕이다. 밤중에, 야외에서 잠이 깨면 너무나 눈이 부시다.

문을 지키는 보초는 다리를 포개고 앉아 소총을 잡은 채 잠에 흠뻑 빠져 있다. 짐꾼이 묵는 골방문은 닫혀 있고, 그의 수레는 밖에 세워져 있다. 나는 그곳을 지나친다.

*   *

"저희에게는 죄수들을 수용할 시설이 없습니다. 여기서는 범죄가 별로 일어나지 않는데다, 죄를 지을 경우 벌금형을 내리거나 강제노동을 시키는 게 보통입니다. 보셔서 알겠지만, 이 오두막은 곡물창고에 딸린 저장실일 뿐이고요." 안은 답답하고, 냄새가 난다. 창문도 없다. 두 명의 죄수가 묶인 채 바닥에 누워 있다. 냄새는 그들에게서 풍긴다. 오줌에 전 냄새다. 나는 경비를 불러들여 지시한다. "이 사람들이 몸을 씻을 수 있도록 해라, 빨리."

나는 방문객을 서늘한 곡물창고 안으로 안내한다. "올해는 공동 경작지의 수확량이 삼천 부셸쯤 될 것으로 예상하고 있습니다. 저희는 일모작을 합니다. 그간 날씨가 아주 좋았죠." 우리는 쥐의 번식을 억제할 방법에 대해 얘기를 나눈다. 우리가 오두막에 돌아오자, 젖은 재 냄새가 난다. 죄수들은 무릎을 꿇고 구석에서 대기하고 있다. 한 명은 노인이고, 또 한 명은 남자아이다. 나는 이렇게 설명한다. "며칠 전에 잡아들였지요. 여기에서 이십 마일도 떨어지지 않은 곳에서 습격이 있었습니다. 전에는 없었던 일이에요. 그들은 보통 요새에서 멀리 떨어진 곳에 살거든요. 그 일 이후 두 사람을 잡아들였습니다. 그들은 자기들이 그 습격과 아무런 상관이 없다고 합니다. 모르겠네요. 어쩌면 그들이 하는 말이 사실일지 모릅니다. 만약 저들과 얘기하고 싶으시다면, 제가 통역을 해드리겠습니다."

소년의 얼굴은 멍이 들고 부어 있다. 한쪽 눈은 부어서 감겨 있다. 나는 그의 앞에 쭈그리고 앉아 그의 볼을 두드리며, 변경 사투리로 얘기한다. "애야, 들어보렴. 우리는 너와 얘기를 하고 싶다."

그는 아무런 반응도 하지 않는다.

"못 알아듣는 척하는 거예요. 다 알아듣습니다." 보초가 끼어든다.

"누가 이애를 때렸나?" 내가 묻는다.

"제가 그런 건 아닙니다. 들어왔을 때도 저랬습니다." 보초가 대답한다.

"누가 너를 때렸니?" 나는 이번에는 소년에게 묻는다.

그는 내 말을 듣고 있지 않다. 그는 내 어깨 너머를 응시한다. 그의 눈길은 보초가 아니라 그 옆에 있는 졸 대령을 향하고 있다.

나는 졸을 향해 몸을 돌린다. "아마 이 아이는 그런 걸 본 적 없었을 겁니다." 나는 몸짓으로 가리킨다. "당신이 끼고 있는 안경 말입니다. 이 아이는 틀림없이 당신이 장님이라고 생각하고 있을 거예요." 그러나 졸은 그 말에 미소로 응답하지 않는다. 죄수들 앞이라서 근엄한 표정을 짓는 것 같다.

나는 노인 앞에 쪼그리고 앉는다. "우리가 어르신을 이곳으로 데리고 온 건 가축 습격 후 체포되셨기 때문이에요. 어르신도 이게 심각한 문제고, 이 일 때문에 처벌받을 수도 있다는 걸 아실 겁니다."

노인은 혀를 내밀어 입술을 축인다. 그의 얼굴은 잿빛이고 기진맥진해 있다.

"어르신, 이분이 보이죠? 이분은 수도에서 우리를 찾아오셨어요. 변경에 있는 모든 요새를 방문하고 다니는 분이죠. 이분의 임무는 진실을 밝히는 거예요. 그게 전부죠. 이분은 진실을 밝혀내고 만답니다. 만약 어르신이 저에게 얘기하지 않는다면, 이분에게 직접 얘기하셔야 해요. 아시겠어요?"

"나리." 그가 말문을 연다. 목소리가 갈라져 있다. 그는 목을 가다듬는다.

"나리, 저희는 도둑질에 대해서는 아무것도 모릅니다. 군인들이 저희를 멈춰 세우더니 포박했습니다. 아무런 이유도 없이 말입니다. 저희는 의사에게 진찰을 받으러 이곳으로 오는 길이었습니다. 이애는 제 누이의 아들이랍니다. 종기가 나서 좀처럼 낫지 않는 상태였습니다. 저희는 도둑이 아닙니다. 애야, 나리들께 네 종기를 보여드려라."

소년은 손과 이로 민첩하게 자신의 팔뚝에 감긴 헝겊을 풀기 시작한다. 제일 안쪽 천은 피로 엉겨 살에 붙어 있다. 그러나 그는 덧난 종기를 내게 보여주기 위해 억지로 그 가장자리를 들어올린다.

노인이 말한다. "보셔서 아시겠지만, 어떤 약도 듣지 않는 상태입니다. 군인들에게 잡혔을 때, 저희는 의사한테 가는 길이었습니다. 그게 전부예요."

나는 방문객과 함께 광장을 가로질러 되돌아간다. 빨랫바구니를 머리에 이고 댐에서 돌아오던 세 여자가 우리를 지나친다. 그들은 목을 뻣뻣하게 세운 채 호기심에 차서 우리를 쳐다본다. 햇볕이 내리쬔다.

"오랫동안 죄수라고는 이들밖에 없었습니다. 보통 때 같으면 당신에게 보여줄 야만인이라고는 하나도 없었을 텐데, 공교로운 일이네요. 소위 산적질이라는 것도 별로 심각한 일은 아닙니다. 양을 몇 마리 훔치거나 짐을 운반하는 동물을 떼어 가는 정도지요. 가끔 저희는 보복하려고 그들을 공격하기도 합니다. 그들은 대부분 몇 마리밖에 안 되는 가축떼를 키우며 강가에서 사는 가난한 부족들이죠. 그들이 사는 방식입니다. 의사를 보러 가던 길이었다는 노인의 말은 어쩌면 사실일 겁니다. 습격을 하러 오면서 노인과 아픈 아이를 데려오지는 않았을 테니까요."

나는 내가 그들을 위해 호소하고 있다는 걸 의식한다.

"물론 그렇다고 단정할 순 없겠죠. 그러나 그들이 거짓말을 한다고 해도, 그들처럼 단순한 사람들이 당신에게 무슨 쓸모가 있겠습니까?"

나는 그의 속을 알 수 없는 침묵과 검은 안경으로 멀쩡한 눈을 가려 하찮게 신비로움을 과장하는 태도에 화가 나지만 억누르려 애쓴다. 그는 여자처럼 두 손을 앞으로 맞잡고 걷는다.

그가 말한다. "그래도 저들을 심문하긴 해야죠. 괜찮다면 오늘 저녁에 말입니다. 제 조수를 데려가겠습니다. 통역해줄 사람이 필요한데, 보초는 어떨지 모르겠군요. 보초는 그들 말을 할 줄 아나요?"

"저희 모두 의사소통은 할 수 있습니다. 제가 동석하는 건 원치 않으세요?"

"당신에게는 따분한 일일 겁니다. 우리에게는 거쳐야 하는 절차가 따로 있어서."

*　　*

사람들은 나중에 곡물창고에서 나는 비명소리를 들었다고 얘기했지만, 내게는 아무 소리도 들리지 않는다. 그날 저녁 일을 보면서, 나는 매 순간 무슨 일이 벌어질 수도 있음을 의식한다. 나는 행여 고통에 찬 사람의 소리가 들릴까 해서 귀를 기울인다. 그러나 곡물창고는 육중한 문과 작은 창문들이 달린 거대한 건물인데다가 남쪽에 있는 도살장과 방앗간 너머에 위치해 있다. 또한 한때는 전진기지였지만 이제는 변경의 요새로 바뀐 이곳은 삼천여 명이 사는 거대한 도시다. 누군가가 어디에서 아우성을 친다고 해서 이 따뜻한 여름날 저녁에 많은 사람들이 내는 소리가 그치지는 않을 것이다. (어느 지점에선가부터, 나는 스스로를 변호하기 시작한다.)

졸 대령이 한가할 때 그를 다시 만나게 된 자리에서, 나는 고문에 관한 얘기를 꺼낸다. "만약 죄수가 진실을 얘기하고 있는데도 그 말을 믿지 않는 경우가 생기면 어떻게 되는 겁니까? 그렇다면 끔찍한 상황이 아니겠습니까? 굴복할 준비가 되어 있고, 굴복했고, 더이상 굴복할 수도 없는데, 더 굴복하라고 윽박지른다고 상상해보세요! 심문하는 사람에게 책임이 있지 않겠어요! 대체 사람이 진실을 얘기하는지 아닌지를 어떻게 압니까?"

"특정한 말투가 있습니다." 졸은 말한다. "사람이 진실을 얘기할 때는 특정한 말투를 사용하는 법입니다. 우리는 훈련과 경험을 통해서 그걸 알고 있죠."

"진실을 얘기하는 말투라고요! 일상적인 대화에서 그런 말투를 가려낼 수 있다는 건가요? 제가 진실을 얘기하고 있는지 알 수 있나요?"

지금까지의 우리 사이에서 가장 허물없는 순간이다. 그는 손을 약간 저으며 이를 물리친다. "아닙니다, 저를 오해하셨네요. 저는 지금 특별한 상황에 대해서만 얘기하고 있는 겁니다. 진실을 찾기 위해 압력을 행사해야 하는 상황 말입니다. 처음에는 거짓말을 합니다. 아시죠—이런 일이 벌어집니다—처음엔 거짓말이죠. 그리고 압력이 가해지면 더 거짓말을 하죠. 거기에 압력이 더 가해지면 변화가 생깁니다. 그러다 압력이 더 가해지면 그때에야 진실을 얘기합니다. 그게 진실을 알아내는 방법입니다."

고통은 진실이다. 그 밖의 모든 것은 의심해야 한다. 이게 내가 졸 대령과의 대화에서 도달한 결론이다. 나는 이런 상상을 계속 해본다. 손톱을 뾰쪽하게 잘 다듬은 손에 엷은 자주색 손수건을 들고, 늘씬한 발에는 부드러운 구두를 신은 졸 대령이, 돌아가고 싶어 안달난 수도로 돌아가서 연극을 보다가 막간에 극장 통로에서 친구들에게 뭔가 속삭이는 모습을 말이다.

(반면에, 그와는 거리가 있다고 주장하는 나는 도대체 누구인가? 나는 그와 함께 차를 마시고, 식사를 하고, 그에게 이곳저곳을 구경시켜주고, 그가 가져온 위임장에 명시된 대로, 아니 그 이상의 편의를 그에게 제공한다. 제국은 종복들에게 서로를 사랑하라고 요구하지는 않는다. 단지 각자의 임무를 수행하라고 요구할 뿐이다.)

*　　*

그가 치안판사인 내게 제출한 보고서는 간략하다.

"취조하는 과정에서 죄수의 증언 중 모순되는 점이 드러났음. 이러한 모순을 지적하자 죄수는 격노하여 장교를 공격했음. 실랑이가 벌어졌고, 그 과정에서 죄수의 몸이 벽에 심하게 부딪혔음. 그를 살리려고 노력했지만 소용이 없었음."

법전에 명시된 바와 같이 격식을 갖추려고, 나는 보초를 호출하여 증언을 하라고 요구한다. 나는 그가 읊는 말을 받아적는다. "죄수가 통제력을 잃고 방문중인 장교님을 공격했습니다. 저는 호출을 받고 그를 제압하는 일을 돕기 위해 안으로 들어갔습니다. 제가 들어갔을 때는 싸움이 끝난 상태였습니다. 죄수는 의식이 없었고, 코에서 피를 흘리고 있었습니다." 나는 그가 서명해야 할 곳을 가리킨다. 그는 내게서 공손하게 펜을 받아든다.

"장교님이 자네에게 그렇게 말하라고 하던가?" 나는 그에게 나직하게 묻는다.

"네." 그가 대답한다.

"죄수의 손은 묶여 있던가?"

"그렇습니다. 아니, 묶여 있지 않았습니다."

나는 그를 물러가게 하고 매장허가서를 쓴다.

그러나 나는 자러 가기 전에, 등불을 들고 광장을 가로질러 뒷길을 거쳐 곡물창고로 간다. 오두막 앞에는 또다른 시골 소년이 보초를 서고 있다. 그는 담요로 몸을 싸고 잠들어 있다. 내가 다가가자 귀뚜라미가 울음을 멈춘다. 빗장을 풀어도 보초는 잠에서 깨지 않는다. 나는 등불을 높이 치켜들고 안으로 들어간다. 내가 국가 기밀이 간직된 신성한, 혹은 신성하지 않은 곳—둘 사이에 차이가 있다면—을 침범하고 있다는 사실을 깨닫는다.

소년은 구석에 있는, 짚으로 된 침대 위에 누워 있다. 살아 있고, 괜찮다. 그는 잠을 자고 있는 듯 보이지만, 긴장된 자세가 그렇지 않다는 걸 드러낸다. 손은 앞으로 묶여 있다. 다른 쪽 구석에는 기다랗고 하얀 뭉치가 있다.

나는 보초를 깨운다. "누가 너한테 시신을 저기에 두라고 했지? 그걸 꿰맨 건 또 누구고?"

그는 내 목소리에서 내가 화를 내고 있음을 감지한다. "높은 분과 함께 왔던 남자가 그랬습니다. 제가 근무하러 왔을 때, 그 사람이 여기에 있었어요. 그가 저애에게 '네 할아버지와 자거라. 할아버지를 따뜻하게 해주거라'라고 말했어요. 그는 저애도 시신을 싼 천 속에, 같은 천 속에 넣고 봉해버릴 것처럼 말했지만 그렇게 하지는 않았습니다."

소년이 눈을 꼭 감고 굳은 자세로 누워 있는 동안, 우리는 시체를 밖으로 나른다. 뜰에서 나는 보초에게 등불을 잡고 있으라 이르고, 칼끝으로 실밥을 찾아 시신을 싼 천을 열어젖히고 노인의 머리 아래쪽으로 말아내린다.

회색 수염에는 피가 엉겨 있다. 입술은 짓이겨진 상태에서 말려 있고 이는 부러졌다. 한쪽 눈은 뒤집히고, 다른 쪽 눈은 피투성이 구멍이다. "닫아." 나는 보초에게 지시한다. 보초는 벌어진 부분을 한꺼번에 감아쥔다. 그러나 다시 열리고 만다. "그들의 말에 따르면 노인이 스스로 머리를 벽에 찧었다고 하는데, 네 생각은 어떠냐?" 그는 경계하는 눈초리로 나를 바라본다. "끈을 가져와서 꼭 묶어라."

나는 소년의 몸 위에 등불을 비춘다. 그는 미동도 하지 않는다. 그러나 내가 몸을 숙여 볼에 손을 대자, 움찔하더니 온몸을 덜덜 떨기 시작한다. "얘야, 내 말 좀 들어보렴. 네게 해를 끼치려는 게 아니다." 그는 몸을 뒤척여 누운 다음, 묶인 손을 얼굴 앞으로 모은다. 그 손은 부어 있고 자줏빛이 돈다. 나는 그를 묶은 끈을 더듬어 찾는다. 이 소년을 대하는 나의 몸짓은 모두 어색하기만 하다. "내 말 잘 들어. 너는 그분에게 진실을 말해야 돼. 그분이 너한테서 원하는 건 그뿐이야. 네가 진실을 얘기하고 있다고 그분이 확신하게 되면 너를 해치지는 않을 거야. 너는 네가 알고 있는 모든 것을 그분에게 얘기해야 돼. 그분의 질문에 진실하게 대답해야 한다. 고통스럽겠지만 낙담하지는 말아라." 나는 마침내 매듭을 찾아 끈을 풀어준다. "피가 통할 때까지 두 손을 비벼라." 나는 내 손으로 그의 손을 감싸쥐고 비빈다. 그는 손가락을 고통스럽게 구부린다. 내가 격노한 아버지에게 야단맞은 아이를 위로하는 어머니 역할 이상은 그에게 해줄 수 없다는 걸 의식하지 않을 수 없다. 나는 심문관이 두 개의 가면을 쓰고, 두 개의 목소리로 얘기한다는 걸 모르지 않는다. 한쪽은 거칠고 다른 쪽은 사근사근하고.

"이 아이가 오늘 저녁에 뭘 좀 먹었나?" 나는 보초에게 묻는다.

"모르겠습니다."

"뭘 좀 먹었니?" 나는 소년에게 묻는다. 그는 머리를 젓는다. 마음이 무거워진다. 이런 일에 절대 휘말리고 싶지 않았는데. 나는 이 일이 어떻게 끝나게 될지 모른다. 나는 보초에게로 향한다. "나는 지금 갈 텐데, 세 가지를 해줬으면 한다. 첫째, 아이의 손이 괜찮아지면 손을 다시 묶되, 부을 정도로 너무 꼭 묶지는 마라. 둘째, 뜰에 내놓은 시신을 그 자리에 그대로 놓아둬라. 다시 들여오지 말고. 내가 아침 일찍 시신을 매장할 사람들을 보낼 테니 그들에게 시신을 넘겨줘라. 누가 물어보면 내가 지시했다고만 얘기해라. 셋째, 지금 오두막 문을 잠그고 나를 따라와라. 저애가 먹을 만한 것을 부엌에서 줄 테니 갖다주거라. 따라와라."

나는 이런 일에 얽혀들기를 원치 않았다. 나는 한가로운 변경에서 은퇴할 날을 기다리며 소일하고 있는, 제국을 위해 봉사하는 책임감 있는 시골 치안판사이자 관리다. 나는 교구세와 세금을 거둬들이고 공동 경작지를 관리하며, 주둔군에게 필요한 물자를 조달하고 여기에 있는 유일한 관리인 하급 관리들을 감독하며, 교역을 감시하고 일주일에 두 번씩 법정업무를 주재한다. 그리고 해가 뜨고 지는 모습을 바라보며, 먹고 자고 만족해한다. 내가 죽으면, 신문에 석 줄 정도의 기사는 실릴 수 있게 되기를 바란다. 나는 조용한 시대에 조용한 삶을 사는 것 이상을 바란 적이 없다.

그러나 지난해부터 야만인들 사이에 불안한 징후가 나타나고 있다는 얘기들이 수도에서 들려오기 시작했다. 안전한 길을 여행하던 장사꾼들이 야만인들로부터 공격을 받고 약탈을 당했다고 했다. 가축의 도난이 빈번해지고, 그 수법도 더 대담해졌다고 했다. 통계청 관리들이 행방불명되었다가 얕은 무덤에 매장된 상태로 발견되었다고도 했다. 순시중인 지방 치안판사에게 총격이 가해졌다고도 했다. 국경순찰대와의 충돌도 있었다고 했다. 야만인 부족들이 무장을 하고 있다는 소문도 있었다. 틀림없이 전쟁이 일어날 테니 제국이 사전에 예방책을 강구해야 한다고도 했다.

그런데 나 자신은 이 같은 불안한 징후를 전혀 보지 못했다. 나는 경험을 통해, 한 세대에 한 번씩은 꼭 야만인들에 대한 히스테리가 일어난다는 사실을 알고 있다. 변경에 사는 여자치고 침대 밑에서 야만인의 시커먼 손이 불쑥 나와 발목을 잡는 꿈을 꾸지 않은 사람이 없고, 남자치고 야만인들이 집에 쳐들어와 술에 취해 흥청거리며 법석을 떨고, 접시를 깨뜨리며 커튼에 불을 지르고 자기 딸들을 강간하는 상상을 하며 두려움에 떨지 않은 사람이 없다. 이러한 꿈들은 너무 편해서 생겨난다. 내게 야만인들의 군대를 보여준다면야, 나도 믿을 것이다.

수도에서 염려하는 점은 북쪽과 서쪽의 야만인 부족들이 마침내 연합전선을 펼지도 모른다는 것이었다. 관리들이 변방을 시찰하도록 파견되고, 일부 수비대들은 강화되었다. 원하는 상인들에게는 무장 호위대를 파견해줬다. 보안청의 제3국 경찰들, 즉 국가의 수호자들이며 폭동 전문가들이고 진실의 신봉자들이며 취조 전문가들이 처음으로 변경에 모습을 드러냈다. 이제 이곳저곳에 신경을 약간 쓰기만 해도 모든 일이 정상적으로 굴러가, 밤이 되면 발을 쭉 뻗고 잘 수 있었던 편한 시절은 끝나가는 듯하다. 나는 이런 생각을 해본다. 만약 내가 터무니없는 두 죄수를 대령에게 넘기며 '여기 있소, 대령님. 당신이 전문가니까 알아서 처리하시오'라는 식으로 처신했다면 문제는 달라졌을 것이다. 며칠 강 위쪽으로 사냥이나 다녀와서 올라온 보고서를 읽어보지도 않거나 읽더라도 무관심하게 대충 훑어보고 수사라는 말이 무슨 의미인지, 풀려나기를 기다리는 돌 밑의 악령처럼 그 저변에 있는 게 무엇인지 묻지도 않고 그의 보고서에 직인을 찍었더라면 문제는 달라졌을 것이다. 내가 그렇게 현명하게 처신했더라면, 어쩌면 나는 지금쯤 도발이 끝나고 변경에서의 불안감이 가라앉기를 기다리는 동안 사냥이나 매사냥을 하고 정욕이 잔잔하게 요동치는 삶으로 돌아갈 수 있었을지 모른다. 그러나 애석하게도 나는 말을 타고 떠나지 않았다. 나는 한동안 연장을 보관하는 곡물창고 옆 오두막에서 나오는 소리에 귀를 막았다. 그러다가 밤중에 불을 들고 들어가서 직접 보았다.

*　　*

한쪽 지평선에서 다른쪽 지평선까지, 온 세상이 눈으로 하얗다. 해가 안개로 바뀌어 아우라가 된 듯, 빛이 분산되어 희끄무레해진 하늘에서 눈이 내린다. 꿈속에서 나는 막사 정문을 통과해 아무것도 걸려 있지 않은 깃대를 지나친다. 광장이 눈앞에 펼쳐진다. 그 주변은 빛나는 하늘과 어우러져 있다. 성벽, 나무, 집 들이 모두 작아지더니 형체를 잃고 세상의 가장자리 너머로 사라져버린다.

내가 미끄러지듯 광장을 가로지르자, 검은 형체들이 흰색에서 분리

되어 나타난다. 눈으로 성을 쌓고, 그 위에 작은 붉은색 기를 꽂으며 놀고 있는 아이들이다. 추위에 대비해 장갑을 끼고 장화를 신고 목도리를 둘렀다. 그들은 손 가득히 눈을 가져와 성벽에 두툼하게 바른다. 그들이 숨을 쉴 때마다 하얀 김이 나온다. 성 주위의 벽은 반쯤 완성되어 있다. 나는 그들이 괴상하게 재잘대는 소리가 무슨 말인지 들으려고 귀를 기울여보지만 전혀 알아들을 수 없다.

나는 나의 큰 몸집과 그림자 같은 모습을 의식한다. 그래서 내가 다가가자 아이들이 양쪽에서 녹아 없어지는 걸 보고도 놀라지 않는다. 한 아이를 제외하고 모두 말이다. 그녀는 다른 아이들보다 나이가 많다. 어쩌면 이미 아이가 아닌지도 모른다. 그녀는 두건을 쓴 뒷모습을 내게로 향하고 눈이 쌓인 성문 앞에 다리를 벌리고 앉아, 파고 두드리고 덮는 일을 하고 있다. 나는 그녀의 뒤에 서서 그 모습을 지켜본다. 그녀는 돌아보지 않는다. 나는 뾰족한 두건의 꽃잎들 사이에 있는 그녀의 얼굴을 상상해보려 하지만 불가능하다.

*   *

소년은 반듯이 누워 벌거벗은 채 잠들어 있다. 숨소리가 빠르고 얕다. 그의 피부는 땀으로 번들거린다. 그의 팔에서 처음으로 붕대가 벗겨져 있어, 그 속에 감춰져 있던 덧난 상처가 보인다. 나는 불을 더 가까이 가져간다. 배와 사타구니는 작은 딱지와 상처와 베인 자국으로 엉망이고, 어떤 곳에선 피가 배어난다.

"그들이 이 아이에게 무슨 짓을 했지?" 나는 지난밤에도 근무를 섰던 어린 보초에게 속삭이듯 묻는다.

"칼로 그랬습니다. 이만한 작은 칼로요." 보초는 엄지와 검지로 칼의 크기를 보여주며 속삭이듯 대답한다. 그는 잠자는 소년의 몸을 칼로 푹 쑤시고, 그것을 열쇠처럼 왼쪽 오른쪽으로 돌리는 모습을 허공에 재현한다. 그런 다음 동작을 멈추고 손을 내린 다음 서서 기다린다.

나는 무릎을 꿇고 소년을 굽어본다. 그리고 불빛을 그의 얼굴에 가까이 비추고 흔들어 깨운다. 그의 눈이 무기력하게 열렸다가 다시 감긴다. 그는 한숨을 쉰다. 격하게 뛰던 숨소리가 완만해진다. "애야! 너는 악몽을 꾸고 있는 거야. 일어나야 돼." 내가 이렇게 말하자, 그는 눈을 가늘게 뜨고 불빛 너머로 나를 쳐다본다.

보초가 물그릇을 준다. "이애가 일어나 앉을 수 있을까?" 내가 묻자, 보초가 고개를 젓는다. 그는 소년의 몸을 일으키고 소년이 물을 조금씩 마시게 해준다.

"애야! 그들은 네가 자백을 했다고 내게 말했어. 너와 노인과 네 부족 사람들이 양들과 말들을 훔쳤다고 말이다. 그리고 네 부족 사람들이 무장을 하고 있으며 봄이 되면 제국에 대항하는 큰 전쟁에 가세하려 한다고 네가 자백했다는 거야. 너는 진실을 얘기하고 있는 거니? 네 자백이 뭘 의미하게 될지 알고 있니? 그걸 이해하느냔 말이다." 나는 잠시 말을 멈춘다. 그는 먼 거리를 달려와 피곤해진 사람처럼, 내가 격하게 말하는 모습을 멍하니 바라본다. "그건 군인들이 말을 타고 네 부족을 공격하러 간다는 뜻이야. 사람들이 죽게 될 거다. 네 부족 사람들이 죽게 된단 말이다. 어쩌면 네 부모나 형제들까지 죽게 될지도 몰라. 넌 정말 그렇게 되길 원하는 거니?" 그는 아무런 대꾸도 하지 않는다. 나는 그의 어깨를 흔들고, 뺨을 때린다. 그는 움찔하지도 않는다. 죽은 살을 때리는 거나 마찬가지다. "제 생각엔, 이 아이가 많이 아픈 것 같습니다." 내 뒤에서 보초가 속삭이듯 말한다. "많이 힘들고 아픈 것 같습니다." 나를 보던 소년의 눈이 감긴다.

*　*

나는 이곳의 유일한 의사를 부른다. 골분骨粉이나 도마뱀의 피에서 최음제를 추출하거나 이를 뽑아주고 생계를 유지하는 노인이다. 그는 진흙으로 된 찜질약을 종기에 바르고 백 군데도 넘는 작은 칼자국에 연고를 바른다. 그는 소년이 일주일 내에 걸을 수 있게 될 거라고 장담한다. 그는 영양가 있는 음식을 먹이라고 충고하고는 급히 자리를 뜬다. 그런 상처를 어쩌다 입었는지는 묻지 않는다.

대령은 마음이 조급하다. 그의 계획은 유목민들을 신속하게 습격하여 더 많은 죄수들을 붙잡는 것이다. 그는 소년을 안내인으로 데려가고자 한다. 그는 수비대 사십 명 중 삼십 명과 말들을 제공해달라고 나에게 요청한다.

나는 그를 단념시키려고 해본다. "대령님, 제가 이런 말을 한다고 해서 무례하다고 생각하지는 않았으면 합니다. 대령님은 직업 군인도 아니고, 이렇게 좋지 않은 지역에서 전투를 해본 적도 없죠. 게다가 당신이라면 벌벌 떠는 아이를 제외하고는 안내해줄 사람도 없고요. 그 아이는 당신의 마음에 들기 위해서라면 무슨 말이든 할 겁니다. 아직 이동할 수 있는 상태도 아니고요. 대령님은 군인들에게 의존할 수도 없습니다. 그들 대부분은 여기에서 오 마일도 떨어지지 않은 곳에서 온 징집병이니까요. 대령님이 쫓는 야만인들은 대령님이 오는 낌새를 알아채고 사막으로 사라질 겁니다. 하루를 더 행군해야 그들이 있는 지점에 도착할 수 있는 상황에서 말이에요. 그들은 여기서 평생을 살았기 때문에 이곳 지리를 잘 알고 있습니다. 대령님과 저는 이방인일 뿐이고요. 대령님의 경우는 저보다 더하죠. 진심으로 충고하는데, 가지 마십시오."

그는 내 말을 모두 듣는다. 계속 말을 하도록 유도하고 있다는 느낌마저 든다. 그는 나중에 내가 '불온하다'는 언급과 함께 이 대화를 기록으로 남길 게 분명하다. 그는 내 말을 충분히 듣곤 나의 반대 의견을 묵살한다. "치안판사님, 제게는 수행해야 할 임무가 있습니다. 제 일이 언제 종료되는지는 저만이 판단할 수 있습니다." 그리고 그는 준비를 계속한다.

그는 검은 이륜마차를 타고 간다. 마차에는 야전 침대가 실려 있고, 지붕 위에는 접이식 책상이 묶여 있다. 나는 말, 짐수레, 사료, 그리고 앞으로 삼 주 동안 필요한 식량을 제공한다. 수비대의 소위가 그를 수행한다. 나는 소위를 따로 불러 얘기한다. "안내인에게 의존하지 말게. 그애는 몸이 허약하고 겁에 질려 있는 상태야. 날씨를 잘 살피고, 이정표에 유의하게. 자네의 첫번째 임무는 우리의 손님을 안전하게 귀환시키는 일이야." 그는 머리를 숙인다.

나는 다시 졸에게 다가가, 그의 계획이 대략 어떤 건지 물어본다.

"물론 사전에 작전계획을 밝힐 수는 없습니다만 개략적으로 얘기하면, 유목민들의 야영지를 찾아낸 다음, 상황에 따라 움직이려고 합니다."

나는 말을 이어간다. "여쭤본 이유는 만약 대령님이 길을 잃어버리면 대령님을 찾아 문명 세계로 데려오는 일이 저희의 임무이기 때문입니다." 우리는 잠시 얘기를 멈춘다. 그리고 문명이라는 단어 속에 들어 있는 아이러니를 서로 다른 입장에서 음미한다.

"물론 그러시겠죠. 하지만 그럴 일은 없을 겁니다. 다행스럽게도 우리에게는 판사님이 제공해준 훌륭한 지도들이 있으니까요."

"대령님, 그 지도들은 소문에 근거해서 만들어졌습니다. 지난 십 년인가 이십 년에 걸쳐 여행자들에게서 들은 이야기를 토대로 만든 거예요. 저는 대령님이 가고자 하는 곳에 발도 들여놓은 적이 없어요. 저는 단지 위험하다고 알려주는 겁니다."

그가 도착한 둘째 날부터 나는 그의 존재가 너무도 신경쓰인 나머지 그를 정중하게만 대했다. 그는 이동해 다니는 사형집행인이 그렇듯이 사람들로부터 외면당하는 데 익숙해 있다. (혹은 시골 지역에서만 여전히 사형집행인들과 고문자들을 부정不淨하다고 생각하는 걸까?) 그를 보면서 나는 그가 맨 처음 그 일을 했을 때 어떤 기분이었을지 궁금해진다. 그는 펜치로 비틀거나 나사를 돌리거나 혹은 그들이 하는 일이 뭐든 간에 그 일을 하는 도제가 되었을 때, 자신이 금지된 영역을 침입하고 있다는 생각에 조금이라도 몸을 움츠리기라도 했을까? 또한 그가 일상적인 삶으로 돌아가 다른 사람들과 식사를 할 수 있도록 아무도 모르는 곳에서 자신만의 정화 의식을 치르는지도 궁금하다. 손을 아주 조심스럽게 씻을까, 아니면 옷을 모두 벗고 새것으로 갈아입을까? 혹은 제3국에서 부정한 것과 정결한 것 사이를 아무런 동요 없이 오갈 수 있는 새로운 인간들을 만들어낸 걸까?

깊은 밤까지 광장 건너의 늙은 호두나무 밑에서 악기를 연주하고 북을 두드리는 소리가 들린다. 거대한 석탄불이 주위를 붉게 물들이고, 군인들은 그 불에 '나리'가 하사한 양을 통째로 굽고 있다. 그들은 새벽까지 술을 마시다가 동이 틀 때쯤 출발할 것이다.

나는 뒷골목을 통해 곡물창고로 간다. 보초는 제자리에 없고, 오두막으로 들어가는 문은 열려 있다. 내가 들어서려는데, 안에서 속삭이며 킥킥거리는 소리가 들린다.

나는 칠흑 같은 어둠을 응시하며 말한다. "거기 누구냐?"

휘적거리는 소리가 나더니, 어린 보초가 비틀거리다가 나한테 몸을 부딪친다. "죄송합니다." 그의 입에서 럼주 냄새가 난다. "죄수가 저를 부르기에, 그를 도와주는 중이었습니다." 어둠 속에서 비웃음소리가 들린다.

나는 잠을 자다가, 또다른 춤곡이 광장에서 들려오는 바람에 잠에서 깼고, 다시 잠이 들어 꿈을 꾼다. 시체가 반듯이 누워 있다. 시체의 배와 음부 그리고 사타구니까지 화살처럼 수북한 음모가 흑빛과 금빛으로 번들거린다. 내가 손을 뻗어 털을 만지려 하자, 그것이 꿈틀거리기 시작한다. 그건 털이 아니라 서로를 타고 다닥다닥 붙어 있는 벌들이다. 꿀에 젖어 끈적끈적한 벌들이 사타구니에서 나와 날개를 파닥거린다.

*   *

나의 마지막 의례적인 행동은 호숫가를 따라 난 길이 북서쪽으로 구부러지는 곳까지 말을 타고 그를 배웅하는 것이다. 높이 떠 있는 태양이 너무 포악스럽게 이글거려 눈을 가려야 할 정도다. 지난밤에 술을 흥청망청 마신 탓에 몸이 피곤하고 속이 느글거리는 사람들은 뒤에 처진다. 행렬 한가운데에서 경비병의 부축을 받으며 죄수가 온다. 그는 초췌한 얼굴로 말 위에 엉거주춤 앉아 있다. 아직도 상처 때문에 고통스러운 게 분명하다. 맨 뒤에는 물통, 식량, 창, 수발총, 화약, 천막 등 무거운 것들을 실은 짐말들과 마차들이 따라온다. 전반적으로 활기찬 모습은 아니다. 사람들이 말을 탄 모습은 들쭉날쭉이다. 어떤 이들은 머리에 아무것도 쓰지 않았고, 어떤 이들은 깃털이 달린 무거운 기병 헬멧을 썼고, 어떤 이들은 평범한 가죽 모자를 썼다. 그들은 모두 이글거리는 햇볕으로부터 눈을 돌리고 있다. 자신의 지휘관을 흉내내어 눈앞에 들고 있는 막대기에 부착된 검게 그을린 유리 너머로 엄숙하게 정면을 응시하는 한 사람을 제외하고는. 말도 안 되는 이 허세가 어디까지 확산될 것인가?

우리는 침묵 속에서 말을 타고 간다. 우리가 지나가자, 새벽이 오기 전부터 들에서 추수를 하느라 바쁜 농부들은 하던 일을 멈추고 손을 흔든다. 나는 길이 구부러지는 곳에서 말고삐를 잡고 작별인사를 한다. "대령님, 무사히 귀환하기를 빕니다." 그는 마차의 창문 속에서 보일 듯 말 듯 머리를 숙인다.

나는 말을 몰고 돌아온다. 짐을 벗어 홀가분한 느낌이다. 내가 알고 이해하는 세계에 다시 혼자 있게 되어 기쁘다. 나는 성벽에 올라가 작은 행렬이 북서쪽으로 난 길을 돌아, 강이 호수로 유입되고 식물 지대가 사막의 아지랑이 속으로 사라져버리는 아득히 먼 초록 지점으로 향해 가는 모습을 지켜본다. 태양은 아직도 청동색을 띠고 물위에 무겁게 떠 있다. 호수의 남쪽에는 늪지대와 소금기 도는 평지가 있고, 그 너머로 황폐한 언덕들의 청회색 선이 펼쳐져 있다. 들에 있는 농부들은 크고 낡은 건초 수레 두 대에 짐을 싣고 있다. 청동오리떼가 상공을 날아와 물을 향해 미끄러져내린다. 평화롭고 풍요로운 늦여름의 풍경이다. 나는 평화가 좋다. 설령 아무리 비싼 대가를 치르더라도 말이다.

도시의 남쪽으로 이 마일쯤 가면, 평평한 모래밭 위에 모래언덕들이 솟아 있다. 아이들은 여름이면 흔히 늪에서 개구리를 잡거나 잘 다듬은 나무 썰매를 타고 모래언덕의 경사를 내려가면서 논다. 앞의 놀이는 오전에 하고, 뒤의 놀이는 해가 지고 모래가 식기 시작하는 저녁에 한다. 바람은 사시사철 불어대지만 모래언덕들은 끄떡없다. 얇은 잔디가 표면을 덮고 있는데다 내가 몇 년 전에 우연히 알게 된 바와 같이 나무의 잔해 덕분에 응집력이 생겼기 때문이다. 모래언덕들은 서부 지역이 병합되고 요새가 세워지기 오래전에 거기에 있었던 집들의 폐허를 덮고 있다.

나의 취미 중 하나는 이러한 폐허를 발굴하는 것이다. 관개 시설을 보수할 일이 없을 때 나는 경범죄자들에게 며칠간 모래언덕을 파도록 하는 사역형을 내리곤 한다. 군인들도 잘못을 저지르면 여기로 보낸다. 내가 한창 이 일에 몰두해 있을 때는 내 돈으로 사람들을 사서 쓰기도 했다. 이 일은 인기가 없다. 모래가 사방으로 날리는 곳에서 피할 데도 없이 뜨거운 햇볕과 혹독한 바람을 맞으며 모래를 파내야 하기 때문이다. 그들은 마지못해 일을 한다. 폐허에 나만큼 관심이 없기 때문이기도 하고(그들은 내가 거기에 관심을 쏟는 것을 별나다고 생각한다), 파올린 모래가 아래로 곧장 내려가버리는 탓에 낙담하기 일쑤이기 때문이기도 하다. 여하간 몇 년에 걸친 작업으로 나는 커다란 구조물 여러 개를 마룻바닥까지 드러내는 데 성공했다. 가장 최근에 파낸 건 사막의 난파선처럼 우뚝 솟아 있어서 시의 성벽에서도 보일 정도다. 어쩌면 공공건물이었거나 사원이었을 법한 이 구조물에서 물고기들이 뛰노는 모습이 새겨진 포플러나무로 된 무거운 가로대를 발견했는데, 그것은 지금 내 벽난로 위에 걸려 있다. 마룻바닥 밑에는 손을 대자마자 바스러지는 자루가 묻혀 있었는데, 그 안에는 내가 지금까지 본 적 없는 문자들이 그려진 목판들이 숨겨져 있었다. 우리는 전에도 폐허에서 빨래집게같이 흩어져 있는 비슷한 목판들을 발견한 적이 있지만, 대부분은 모래 때문에 부식되어 문자를 알아볼 수 없는 상태였다. 새로이 발견된 목판의 문자들은 쓰였을 당시와 같이 선명하다. 이제 그 문자를 해독할 수 있으리라는 희망으로 내 능력이 닿는 한 모든 목판들을 수집하기 시작했고, 여기서 노는 아이들에게는 그런 걸 찾으면 동전을 주겠다고 말해두기도 했다.

우리가 발굴한 목재들은 바싹 말라 푸석푸석하다. 목재들은 둘러싸고 있는 모래 덕에 그나마 서로 붙어 있다가, 일단 밖으로 나오면 부서져버린다. 어떤 것들은 조금만 눌러도 바스러진다. 목재가 얼마나 오래되었는지 나는 모른다. 천막생활을 하며 떠돌아다니는 유목민인 야만인들의 전설에는 호수 근처 마을에 대한 언급이 없다. 폐허에는 인간의 잔재가 없다. 어딘가에 우리가 찾아내지 못한 공동묘지가 있을지도 모르지만. 집에는 가구가 없다. 나는 잿더미 속에서 햇볕에 말린 토기의 파편과, 한때는 가죽 구두와 모자였을 수도 있지만 눈앞에서 잘게 바스러지는 갈색 형체의 물건을 찾아냈다. 나는 이 집들을 짓는 데 들어간 목재가 어디에서 조달되었는지 모른다. 과거 범죄자들과 노예들과 군인들이 십이 마일을 걸어 강까지 가서 포플러나무를 베고 대패로 다듬어 그 목재를 달구지에 싣고 이 불모의 땅까지 운반한 다음, 집과 요새를 지어 그들의 주인들과 치안판사들과 대장들이 아침저녁으로 지붕과 탑에 올라가 지평선 이쪽저쪽에서 야만인들이 나타나는 징후가 있는지 살펴볼 수 있도록 했고, 그러다 때가 되면 죽었을지도 모른다. 어쩌면 나는 표면만 파낸 건지도 모른다. 십 피트를 더 파내려가면, 야만인들에게 파괴당한 다른 요새의 잔해가 있을지도 모른다. 거기에는 높은 벽을 세우면 안전할 거라고 생각했던 사람들의 뼈가 많이 있을지도 모른다. 어쩌면 나는 법원의 마루에 서 있을 때, 나처럼 치안판사 직에 있었던 사람의 머리 위에 서 있는 건지도 모른다. 그 사람은 야만인과 대치하다가 자신의 관할구역 내에서 결국 몰락할 수밖에 없었던, 제국의 또다른 머리가 희끗희끗한 관리였는지도 모른다. 내가 어떻게 알아낼 수 있겠는가? 토끼처럼 굴을 파서? 목판의 문자가 어느 날 내게 말해주려나? 자루에는 256개의 목판이 들어 있었다. 그 숫자가 완전제곱수인 건 우연일까? 처음에 목판의 숫자를 세어보고 이 사실을 알았을 때 나는 사무실 바닥을 치우고 처음에는 하나의 커다란 사각형으로, 다음에는 열여섯 개의 작은 사각형으로, 그다음에는 다른 배열로 그것들을 늘어놓았다. 그리고 지금까지 음절문자표라고 생각했던 것들이 사실은 제대로 배열만 하면 윤곽이 금세 드러날 그림의 일부일지도 모른다고 생각했다. 어쩌면 고대의 야만인들이 차지했던 땅의 지도이거나, 지금은 사라지고 없는 신전을 묘사한 것일 수도 있었다. 나는 목판을 거울에 비춰 읽어보기도 하고, 하나를 다른 것 위에 겹쳐놓아보기도 하고, 하나의 반을 다른 것의 반과 합쳐보기도 했다.

어느 날 저녁, 아이들이 저녁을 먹으러 집으로 간 후 나는 폐허 속에서 머뭇거렸다. 보랏빛 황혼이 깃들고 별들이 떠오르며 귀신들이 활동을 시작한다는 시각이 찾아왔다. 나는 아이들이 하라고 한 대로 귀를 땅에 갖다댔다. 그렇게 해서 아이들이 들을 수 있다고 한, 쿵쿵거리는 소리와 신음소리와 불규칙적으로 두들기는 깊은 북소리를 땅속으로부터 들으려 했다. 폐허를 가로질러 어딘가에서 불쑥 나타났다가 어딘가로 사라지는 모래들이 볼에 느껴졌다. 마지막 빛이 희미해지고, 하늘에 보이는 성벽의 윤곽이 침침해지더니 이내 어둠 속에 묻혀버렸다. 나는 외투로 몸을 감싼 채 한때 사람들이 얘기하고 먹고 음악을 연주했을 집의 기둥 모서리에 등을 대고 한 시간 동안 기다렸다. 어둠을 향해 감각들을 열어놓고, 내 주위에 있는 것들과 발밑에 있는 것들이 단순히 모래, 뼛가루, 녹 조각, 사금파리 파편, 혹은 재가 아니라는 계시를 기다리며 달이 뜨는 모습을 지켜보았다. 계시는 오지 않았다. 나는 귀신이 나올까봐 두려워하지도 않았다. 내가 앉아 있던 곳은 훈훈했다. 오래지 않아 나는 졸기 시작했다.

나는 일어서서 기지개를 켰다. 그런 다음 희미하게 빛나는 집들의 불빛을 방향 삼아 부드러운 어둠을 뚫고 터벅터벅 집으로 향했다. 나는 생각했다. 집으로 가서 군대식 스튜를 먹고 편안한 잠자리에 들기 전에, 어둠 속에 앉아서 역사 속 혼령들이 얘기를 해주길 기다리다니, 정말 주책없는 늙은이로군. 우리 주변의 공간은 그저 공간일 뿐이다. 수도에 있는 오두막, 주택, 사원, 사무실 위의 공간보다 더 나쁘지도 더 거창하지도 않다. 공간은 공간이고, 인생은 인생이다. 어디를 가나 똑같다. 그러나 다른 사람들의 노고로 편하게 먹고사는 나에게는 여가시간을 때우기 위한 문명화된 악습도 없다. 그래서 나는 우울함에 맘껏 젖어 텅 빈 사막에서 특별한 역사적 비애를 찾으려 하는 것이다. 헛되고 한가하고 잘못된 짓이다! 아무도 나를 보고 있지 않은 게 얼마나 다행스러운지!

*　　*

원정대가 출발한 지 나흘밖에 되지 않은 오늘, 대령이 첫번째로 잡아들인 죄수들이 도착한다. 그들이 말에 탄 경비병들 사이에서 먼지를 뒤집어쓴 지친 몸으로 주위에 몰려든 구경꾼들과 뛰어다니는 아이들과 짖어대는 개들로부터 벌써부터 몸을 움츠리며 광장을 가로질러가는 모습을 나는 창문에서 지켜본다. 경비병들은 막사의 벽이 그늘을 드리운 곳으로 가 말에서 내린다. 그러자 어미의 어깨에 팔을 두르고 한발로 서서 구경꾼들을 호기심에 차 바라보고 있는 작은 남자아이를 제외한 모든 죄수들이 휴식을 취하기 위해 즉시 쪼그려앉는다. 누군가가 물이 담긴 양동이와 바가지를 가져온다. 그들은 허겁지겁 물을 마신다. 그러는 동안 사람들이 불어나면서 그들을 빽빽이 에워싼다. 내 눈에는 더이상 아무것도 보이지 않는다. 나는 군중을 헤치고 막사의 뜰을 가로질러오는 경비병을 조급한 마음으로 기다린다.

"이게 무슨 일이야? 어떻게 이들을 여기로 데려올 수 있지? 이 사람들은 어부들이잖아!" 나는 그에게 소리를 지른다. 그는 고개를 조아리고 호주머니에서 뭔가를 찾는다.

그는 편지를 내민다. 나는 관인을 뜯어내고 읽는다. "이자들과 다음에 보내는 사람들을 본인이 돌아올 때까지 외부로부터 격리해 감금하시오." 그의 서명 밑에 관인이 또 찍혀 있다. 그가 사막으로 가지고 나간 제3국 관인이다. 만약 그가 없어질 경우 나는 제2원정대를 보내서 이 관인을 찾아와야 할 것이다.

"어이없는 사람이군!" 나는 소리를 지른다. 화가 나서 방안에서 날뛴다. 부하들 앞에서 장교를 헐뜯거나 아이들 앞에서 아비를 나쁘게 말해서는 안 되는 법이지만, 나는 그에게 좋은 마음이 전혀 들지 않는다. "이들이 그저 고기나 잡아먹으며 살아가는 어부들이라고 아무도 그에게 얘기해주지 않았단 말이야? 이들을 여기로 데리고 오는 건 시간 낭비라고! 너는 그 사람이 도둑이나 산적, 제국의 침략자들을 찾아내는 일을 도와주게 돼 있었잖아! 이 사람들이 제국에 위험한 존재처럼 보이더냐?" 나는 편지를 창문에 던져버린다.

내가 처량하게 생긴 열두 명의 죄수 앞에 다가설 때까지 군중은 나를 위해 길을 비킨다. 그들은 내가 화를 내자 몸을 움츠리고, 작은 남자아이는 어머니의 팔 속으로 미끄러져들어간다. 나는 경비병에게 몸짓을 하며 지시를 내린다. "길을 열고, 이 사람들을 막사 뜰로 데리고 가라!" 그들은 포로들을 이동시킨다. 막사 정문이 우리 뒤에서 닫힌다. "자, 너희가 설명해봐라. 이 죄수들이 아무 쓸모도 없다는 사실을 아무도 대령님에게 말하지 않았다는 거냐? 그물을 든 어부와 화살을 든 기마 유목민 사이에 어떤 차이가 있는지 아무도 얘기 안 했다고? 그들은 같은 언어를 사용하지도 않는다는 걸 아무도 말 안 한 거야?"

군인 중 한 명이 설명한다. "우리가 오는 걸 보자, 저들은 갈대 속에 숨으려고 했습니다. 말 탄 사람들이 오자 숨으려 했던 거죠. 그래서 장교님께서, 나리께서 그들을 잡아들이라고 지시하셨습니다. 숨으려고 했기 때문이에요."

화가 나 욕이 나올 지경이다. 명색이 경찰이라는 놈이 생각하는 것하고는! "나리께서 저들을 여기로 호송해야 하는 이유를 말해주던가? 거기에서 바로 심문할 수 없는 이유를 말해줬느냐 말이다."

"그들의 말을 할 줄 아는 사람이 아무도 없었습니다."

물론 없었겠지! 강가에 사는 이 사람들은 토착민이며, 유목민들보다 그곳에서 더 오랫동안 살아왔다. 이들은 강둑을 따라 두세 가족이 모여 산다. 일 년중 대부분은 물고기를 잡고 덫을 놓으며, 가을에는 노를 저어 호수의 먼 남쪽 기슭으로 가서 지렁이를 잡아 말리고, 형편없는 갈대집을 짓고 살며, 겨울에는 가죽을 걸치고 추위에 시달린다. 낯선 사람을 두려워하고, 갈대 속에 숨기나 하는 그들이 제국을 향한 야만인의 거창한 음모에 대해 뭘 알겠는가?

나는 사병들 중 하나를 부엌에 보내 음식을 가져오게 한다. 그는 어제 구운 빵 한 덩어리를 가져와 나이가 제일 많은 죄수에게 준다. 노인은 빵을 두 손으로 공손하게 받아 냄새를 맡아보더니 잘라서 주위로 돌린다. 그들은 눈을 내리깐 채, 맛있는 빵을 입에 넣고 빠르게 씹는다. 한 여자는 씹은 빵을 손바닥에 뱉어 어린아이에게 먹인다. 나는 빵을 더 가져오라는 몸짓을 한다. 우리는 그들이 이상한 동물이라도 되는 듯, 그들이 먹는 모습을 지켜보며 서 있다.

"이들을 이 뜰에 머물게 해라." 나는 경비병들에게 말한다. "우리한테는 불편한 일이지만, 달리 머물게 할 장소가 없으니. 오늘밤 날씨가 추워지면 내가 다른 방도가 있는지 찾아볼 거다. 이들에게 음식을 먹이고, 이들이 손을 놀릴 수 있도록 무엇인가 할일을 줘라. 그리고 정문은 닫아놔. 이들이 도망칠까봐 염려해서가 아니라, 빈둥거리는 인간들이 들어와 이들을 구경하는 꼴을 보기 싫으니까."

그렇게 나는 분노를 억제하고 대령이 요청한 대로 시행한다. 나는 아무짝에도 쓸모없는 그의 죄수들을 '외부로부터 격리해'놓은 것이다. 하루나 이틀이 지나자, 이 미개인들은 집을 두고 떠나왔다는 사실을 잊은 듯하다. 공짜인데다가 풍부한 음식, 특히 빵에 매료된 그들은 긴장을 풀고 모든 사람에게 미소를 짓고, 막사 뜰에 있는 이 그늘 저 그늘로 옮겨다니며 졸다 깨다를 반복하다가, 식사시간이 다가오면 흥분한다. 그들은 숨기는 게 없고 지저분하다. 뜰의 한쪽 구석은 남자들과 여자들이 드러내놓고 볼일을 보는 변소가 되어버려, 파리떼가 하루종일 윙윙거린다. ("그들에게 삽을 줘!" 나는 경비병들에게 지시하지만, 그들은 사용하지 않는다.) 이제는 아예 겁이 없어진 작은 남자아이는 부엌에 붙어살면서 하녀들에게 설탕을 달라고 조른다. 빵뿐만이 아니라, 설탕과 차도 그들에게 굉장히 신기한 것들이다. 매일 아침 그들은 압축된 작은 찻잎 덩어리를 넣은 사 갤런짜리 물통을 삼발이 위에 올려놓고 차를 끓인다. 그들은 여기에서 행복하다. 우리가 그들을 쫓아내지만 않는다면 그들은 우리와 영원히 같이 있을 수도 있다. 그들을 자연상태에서 벗어나게 하는 일은 조그만 노력으로 충분한 듯 보인다. 나는 위층 창문에서 그들을 바라보며 몇 시간을 보낸다(빈둥거리는 사람들은 문틈으로 바라보아야 한다). 나는 여자들이 이를 잡고, 기다란 검은 머리를 서로 빗겨주고 땋아주는 모습을 지켜본다. 그들 중 몇 사람은 마른 기침을 심하게 한다. 갓난아이와 작은 남자아이를 제외하고는 아이들이 없다는 게 놀랍다. 그들 중 기민하고 민첩한 사람들은 군인들에게서 도망치는 데 성공한 걸까? 그랬으면 좋겠다. 우리가 그들을 강가에 있는 집으로 돌려보내면, 이웃들에게 들려줄 믿기지 않는 얘깃거리가 그들에게 많았으면 좋겠다. 그들이 포로 생활을 했던 역사가 그들의 전설이 되어 할아버지로부터 손자에게 전해졌으면 좋겠다. 그렇지만 도시에서의 편한 삶과 이국적인 음식에 대한 기억이 그들을 다시 이곳으로 불러들일 정도로 강력하지는 않았으면 좋겠다. 나는 비렁뱅이 부족을 떠맡고 싶지는 않다.

어부들은 며칠 동안은 이상한 말소리와 굉장한 식욕, 동물처럼 수치심 없는 행위와 욱하는 성격을 보여주면서 사람들의 눈요깃감이 된다. 군인들은 출입구에 서서 그들을 지켜보며, 그들이 이해하지 못하는 음담을 하며 웃는다. 아이들은 문살에 얼굴을 대고 그들을 구경한다. 나는 밖에서는 내 모습이 보이지 않는 유리창 뒤에서 그들을 내려다본다.

우리는 그들에 대한 동정심을 단숨에 잃어버린다. 더러움과 냄새와 그들의 싸움소리와 기침소리가 너무 심하다. 군인이 부족 여자 한 명을 안으로 끌고 들어가려다 돌멩이 세례를 받는 불미한 사고가 있었다. 누가 알겠느냐만 그는 장난으로 그랬을 것이다. 그들이 전염병에 걸려 있으며 도시 전체에 병이 퍼질 거라는 소문이 돌기 시작한다. 나는 그들에게 구석에 구덩이를 파게 하고 밤사이에 눈 똥을 치우라고 했지만, 부엌에서 일하는 직원들은 그들에게 식기를 빌려주지 않을 뿐만 아니라, 그들이 동물이라도 되는 듯 문가에서 음식을 던져주기 시작한다.

군인들은 막사 건물로 통하는 문을 잠그고, 아이들은 더이상 문에서 얼쩡거리지 않는다. 누군가가 밤사이에 죽은 고양이를 벽 너머로 던져 한바탕 소동이 일어난다. 그들은 길고 더운 낮 동안 텅 빈 뜰 안에서 어슬렁거린다. 갓난아이가 계속 울어대면서 기침을 한다. 나는 결국 집의 먼 구석으로 몸을 피한다. 나는 잠들지 않는 제국의 수호자인 제3국에 요원의 무능력을 비판하는 성난 편지를 쓴다. "변경의 불안을 제대로 조사할 수 있도록 변경 경험이 있는 사람들을 파견하는 게 어떻겠습니까?" 현명하게도, 나는 그 편지를 찢어버린다. 내가 한밤중에 빗장을 풀어놓으면 어부들이 살그머니 달아나줄까? 그게 궁금하다. 그러나 나는 아무런 일도 하지 않는다. 그러던 어느 날, 나는 아이의 울음소리가 그쳤다는 걸 의식한다. 창문에서 바라보니 아이의 모습이 어디에도 보이지 않는다. 보초를 보내 찾아보라고 했더니, 아이는 죽어 어머니의 옷자락 속에 있다고 한다. 여자는 아이를 내놓으려 하지 않는다. 우리는 강제로 아이의 시체를 빼앗을 수밖에 없다. 그러자 그녀는 종일 얼굴을 가리고 웅크리고 앉은 채 먹기를 거부한다. 부족 사람들은 그녀를 피하는 듯 보인다. 나는 궁금하다. 여자에게서 아이를 빼앗아 매장함으로써 우리가 그들의 관습을 침해한 걸까? 나는 이런 골칫거리를 가져와서 나를 수치스럽게 만든 졸 대령에게 욕을 퍼붓는다.

그런데 한밤중에 그가 돌아온다. 성벽에서 들리는 집합 나팔 소리가 나를 잠에서 깨운다. 군인들이 무기를 찾느라 서두르면서 막사 안이 소란해진다. 머리가 혼란스럽다. 나는 천천히 옷을 입는다. 내가 광장에 나오니, 벌써 행렬이 성문을 통과하고 있다. 어떤 사람들은 말을 타고 있고, 어떤 사람들은 말을 끌고 있다. 구경꾼들이 몰려들어 군인들을 만지고 포옹하며 흥분해서 소리를 치는 동안 나는 뒤로 물러서 있다. (누군가가 "모두 무사히 돌아왔어!" 하고 소리친다.) 나는 행렬의 중간쯤에서 내가 그동안 두려워했던 모습을 본다. 검은 마차가 지나가고 그 뒤를 이어 밧줄로 목과 목이 함께 묶인 죄수들이 질질 끌려온다. 양가죽 옷을 입은 그들의 희끄무레한 모습이 은색 달빛 아래 보인다. 뒤에는 마차와 짐말들을 끄는 군인들의 마지막 행렬이 보인다. 더욱더 많은 사람들이 달려온다. 그들 중 일부는 횃불을 들고 있다. 왁자지껄한 소리가 더 커진다. 나는 대령이 개선하는 장면으로부터 등을 돌리고 내 방으로 돌아간다. 나는 민간인 치안판사가 보통 쓰게 되어 있는, 창문에 제라늄이 피어 있는 멋진 주택을 마다하고 수년 동안 이곳에 찾아온 적 없는 군사 지휘관을 위해 마련해둔 창고와 부엌 바로 위에 위치한 어수선한 거처에 살고 있다. 여기서 살아서 불편한 점을 이제 깨닫기 시작한다. 아래 뜰에서 들려오는 소리로부터 귀를 막을 수 있었으면 좋겠다. 뜰은 이제 영구적으로 감옥이 된 듯 보인다. 내가 늙어버린 것 같고, 피곤하다는 생각이 든다. 자고만 싶다. 나는 요즘 틈만 있으면 잠을 잔다. 그리고 일어날 때는 마지못해 일어난다. 잠은 더이상 고단함을 풀어주는 목욕이거나 원기회복이 아니라 망각이며, 밤마다 소멸 상태와 맞닥뜨리는 일이다. 이 거처에서 지내는 게 이제는 불편해진 듯하다. 비단 그뿐만이 아니다. 만약 내가 시내에서 가장 조용한 거리에 있는 치안판사의 관저에 살면서 매주 월요일과 목요일에는 재판을 주재하고, 아침에는 사냥을 나가고 저녁에는 고전을 읽으며, 거들먹거리는 경찰의 행동거지에 귀를 막는다면, 그리고 만약 내가 나쁜 시절을 잠자코 넘기겠다고 다짐하고 있다면, 저류에 휩쓸려 헤엄치기를 포기한 채

망망대해와 다가오는 죽음을 바라보고 있는 사람이 느낄 법한 기분을 느끼지 않을지도 모른다. 그러나 내게 최악의 수치심을 느끼게 하고 죽음에 완전히 무관심해지게 만드는 건, 나의 불안감이 얼마나 우발적이며, 내 창문 밑에서 하루는 칭얼거리다가 다음날에는 더이상 칭얼거리지 않게 된 갓난아이 때문이라는 걸 안다는 점이다. 나는 다소 너무 많은 걸 알고 있다. 일단 이걸 안 이상, 되돌아갈 길은 없는 듯 보인다. 곡물창고 옆 오두막에서 어떤 일이 벌어지는지 확인한답시고 등불을 들고 가보지 말았어야 했다. 그러나 다른 한편에서 보면, 일단 등불을 집어든 이상 다시 내려놓을 길은 없었다. 매듭은 안에서 엉켜 있고, 나는 그 끝을 찾을 수 없다.

대령은 다음날 여관방에서 하루종일 잠을 잔다. 그래서 직원들은 발소리를 죽여가며 일을 해야 한다. 나는 새로 도착해 뜰에 있는 죄수들에게 신경을 쓰지 않으려고 한다. 내 거처에 이르는 층계뿐만 아니라 막사 건물의 모든 문들이 뜰로 통하게 되어 있다는 건 유감스러운 일이다. 나는 이른아침에 부랴부랴 밖으로 나가서 하루종일 임차료에 관련된 문제를 처리하고, 저녁에는 친구들과 식사를 한다. 나는 집으로 돌아오는 길에 졸 대령을 수행하여 사막으로 갔던 젊은 소위를 만난다. 나는 그가 무사히 돌아온 것을 축하해준다. "그런데 자네는 왜 대령님에게 어부들이 조사에 도움이 되지 않는다는 사실을 얘기해주지 않았지?" 그는 당황한 듯 보인다. "그렇게 말씀드렸지만 '죄수는 죄수야'라는 말씀만 하시더군요. 저는 제가 그분과 말씨름을 할 위치가 아니라는 결론을 내리고 더이상 아무 말씀도 드리지 않았습니다."

다음날 대령은 심문을 시작한다. 나는 한때 그가 게으르고 악취미를 가진 관리에 지나지 않는다고 생각했다. 이제 내가 그를 얼마나 오해했었는지를 깨닫는다. 그는 진실을 캐는 데 지칠 줄 모른다. 심문은 아침 일찍 시작되어 어두워진 후 내가 돌아올 때에도 계속된다. 그는 평생 동안 강을 오르락내리락하며 돼지 사냥을 해왔고 어부들이 사용하는 단어를 백여 개 정도 알고 있는 사냥꾼의 도움을 받는다. 어부들은 한 사람 한 사람씩 대령이 있는 방으로 끌려들어가서, 낯선 기병들의 움직임을 목격한 사실이 있는지에 대해 심문을 받는다. 아이들조차 심문을 받는다. "밤중에 낯선 사람들이 네 아버지를 찾아온 일이 있느냐?" (물론 나는 그 방에서 일어나고 있는 일, 공포, 당혹스러움 그리고 굴욕감을 추측할 뿐이다.) 심문이 끝난 죄수들은 뜰로 되돌아가는 게 아니라 막사 건물 본채로 간다. 그곳에서 지내던 군인들은 시내로 가 숙영하고 있다. 나는 창문을 닫고 내 방에 앉아 있다. 창문을 닫고 있으니 그러잖아도 바람이 없는 저녁 날씨 때문에 숨이 막힌다. 책을 읽으려고 해본다. 나는 끔찍한 소리를 들으려고, 아니 듣지 않으려고 애쓴다. 마침내 한밤중에 심문이 끝난다. 더이상 문을 쾅쾅 여닫는 소리도 없고, 쿵쿵거리는 발소리도 나지 않는다. 뜰은 달빛을 받으며 고요에 잠겨 있다. 나는 이제야 자유롭게 잠을 잘 수 있다.

나의 삶에서 즐거움이 사라져버렸다. 나는 목록과 숫자를 가지고 빈둥대고, 하찮은 업무를 굼뜨게 하며 하루를 때운다. 저녁에는 여관에서 식사를 한다. 그러고 나서도 집으로 가는 게 내키지 않는다. 그래서 계단을 올라, 마부들이 잠을 자고 여자들이 남자 손님들을 즐겁게 해주는 칸막이 방들이 있는 곳으로 간다.

나는 죽은 사람처럼 잠을 잔다. 아침 일찍 일어나니, 여자가 마루 위에 웅크리고 누워 있다. 나는 그녀의 팔을 건드린다. "왜 거기서 자는 거지?"

그녀가 미소로 답한다. "괜찮아요. 아주 편해요."(그건 사실이다. 그녀는 부드러운 양가죽 양탄자 위에 누워 몸을 뻗치면서 하품을 한다. 그녀의 작은 몸은 양탄자를 다 차지하지도 않는다.) "주무시다가 저를 밀쳐내면서 가버리라고 하셨어요. 그래서 여기서 자는 게 낫겠다고 생각했어요."

"내가 너한테 가버리라고 했다고?"

"예, 잠결에 그러셨어요. 신경쓰지 마세요."

그녀는 침대로 올라와 내 옆에 눕는다. 고마운 생각이 들어, 욕망이 느껴지지 않음에도 나는 그녀의 몸을 껴안는다.

"오늘밤도 여기에서 자고 싶구나." 그녀가 내 가슴을 코로 비빈다. 그녀는 내가 무슨 말을 하든 따뜻하고 친절하게 받아줄 것 같다. 그러나 과연 내가 무슨 말을 할 수 있을까? 너와 내가 잠을 자고 있는 밤사이에 끔찍한 일들이 진행되고 있다고? 자칼은 토끼의 내장을 찢어발기지만, 세상은 계속 굴러간다.

나는 또다른 낮과 밤을 고통의 제국으로부터 떨어져 보낸다. 나는 여자의 품에 안겨 잠이 든다. 아침이 되자, 그녀가 다시 마루 위에 누워 있다. 그녀는 낙담한 나를 보고 웃는다. "손발을 휘저으며 저를 밀어내셨어요. 신경쓰지 마세요. 꿈속에서 하는 일을 어쩌겠어요." 나는 신음소리를 내며 얼굴을 돌린다. 그녀를 안 지는 일 년이 된다. 때로는 일주일에 두 번씩 이 방에서 그녀를 찾는다. 나는 그녀에 대해 고요한 애정을 느낀다. 어쩌면 그게 나이들어가는 사람과 스무 살 먹은 여자 사이에 기대할 수 있는 최상인지 모른다. 소유하려고 하는 욕망보다는 분명히 나은 것이다. 나는 그녀에게 같이 살자고 해볼까도 생각해봤다. 그녀를 밀쳐냈을 때, 내가 어떤 악몽을 꾸고 있었는지 기억해보려 하지만 잘 안 된다. 나는 그녀에게 말한다. "만약 내가 또 그러면, 나를 깨우겠다고 약속해주렴."

내가 법원 사무실에 있는데 손님이 찾아왔다는 기별이 온다. 실내에서도 검은 안경을 낀 졸 대령이 들어와 맞은편에 앉는다. 나는 그에게 차를 대접한다. 나는 내 손의 침착함에 놀란다. 그는 떠난다고 말한다. 내 기쁜 마음을 숨겨야 할까? 그는 차를 조금씩 마시며 똑바로 앉아서 리본으로 묶인 몇 겹의 서류 뭉치들, 수십 년에 걸친 단조로운 행정기록과 법률 서적이 꽂혀 있는 작은 책장, 그리고 어수선한 책상 등이 있는 사무실을 주의깊게 살펴본다. 그는 현재로서는 심문을 종료한 상태이며, 수도로 급히 돌아가서 보고할 게 있다고 얘기한다. 그가 의기양양한 기분을 밖으로 내보이지 않으려 애쓰고 있다는 느낌이 든다. 나는 머리를 끄덕인다. "떠나시는 데 도와드릴 일이 있으면……" 나는 말을 멈춘다. 그리고 웅덩이에 빠진 조약돌처럼 내 말이 침묵 속에 빠지게 놔둔다.

"대령님, 유목민들과 원주민들에 대한 심문은 기대만큼 성공적이었나요?"

그는 대답하기 전에 양쪽 손가락 끝을 모두 맞댄다. 자신의 가식적인 태도가 나를 얼마나 자극하는지 알고 있는 것 같다. "그럼요, 치안판사님. 어느 정도 성공적이었다고 할 수 있죠. 다른 변경 지역에서 비슷하게 진행되고 있는 수사 상황을 고려해볼 때 특히 그렇죠."

"잘됐군요. 그렇다면 저희가 경계해야 할 게 있는지 얘기해줄 수 있 겠습니까? 이제는 밤에 안심하고 잠을 자도 되나요?"

그의 입가에 엷은 미소가 드리워지며 주름이 잡힌다. 그런 다음, 그 는 일어서서 목례를 하고 돌아서서 나간다. 다음날 아침 일찍 그는 몇 명의 호위를 받으며 수도로 향하는 길고 긴 동쪽 길로 떠나간다. 그와 나는 어려운 시기에, 서로에게 교양 있는 사람들처럼 행동하는 데 가 까스로 성공했다. 나는 평생 교양 있는 행동을 신봉해온 사람이다. 그 렇지만 이번 경우에는 그렇게 했다는 게 오히려 역겹게 느껴진다는 걸 부정하기 어렵다.

그가 떠난 후, 내가 첫번째로 한 행동은 죄수들을 찾아간 것이다. 나 는 그들의 감옥이었던 막사 건물의 빗장을 푼다. 땀과 배설물의 냄새 가 역겹다. 나는 문들을 활짝 열어젖힌다. "저들을 데리고 나가라!" 나 는 죽을 먹으면서 나를 바라보고 서 있는, 옷도 제대로 입지 않은 군인 들에게 소리를 지른다. 컴컴한 안쪽에 있던 죄수들은 무관심한 눈길로 쳐다본다. 나는 고함을 지른다. "안으로 들어가서, 저 방을 청소해라! 모든 걸 깨끗하게 해놓아라! 비누와 물을 가져와! 모든 걸 전과 똑같이 해놔!" 군인들은 명령에 복종하기 위해 서두른다. 그러나 그들은 내가 왜 자신들에게 화를 내는지 의아해할 것이다. 죄수들은 눈을 가리거나 깜빡거리며 햇볕 속으로 나온다. 여자들 중 한 명은 부축을 받아야 한 다. 그녀는 어린데도 노인처럼 계속 몸을 떨고 있다. 너무 아파서 일어 설 수 없는 사람들도 있다.

내가 그들을 마지막으로 본 건(내가 그들을 보았다고 말할 수 있다 면, 내가 그들의 겉모습을 마지못해 바라본 시선이 멍한 눈길 이상이었다면) 닷새 전이었다. 나는 그들이 지난 닷새 동안 어떤 일을 겪었는지 모른다. 아프고 굶주리고 상처받고 겁먹은 유목민들과 어부들은 함께 절망적인 작은 무리를 이룬 채 경비병들에 둘러싸여 뜰 구석에 서 있다. 만약 세계사의 어두운 한 장章이 지금 당장 종식될 수 있다면, 이 추한 사람들이 지구의 표면으로부터 지워지고, 우리가 불의와 고통이 더 이상 없는 제국을 운영하기 위해 새 출발을 하겠다고 맹세할 수 있다면 더할 나위 없이 좋을 것이다. 그들을 사막으로 이동시켜(물론 처음에는 이동을 원활하게 하기 위해 그들의 배부터 채워줘야 할 것이다) 그들로 하여금 사력을 다해 그들 모두가 들어가 눕기에 충분한 구덩이를 파게 한 뒤(혹은 구덩이를 파줄 수도 있겠다!) 거기에 그들 모두를 영원토록 묻어버리고, 새로운 의도와 결심으로 가득찬, 벽으로 둘러싸인 도시로 귀환하는 데는 비용이 들지 않을 것이다. 그러나 그건 내 방식이 아닐 것이다. 제국의 새사람들은 새 출발과 새로운 장과 깨끗한 페이지를 믿는 사람들이다. 나는 아직도 옛이야기를 가지고 몸부림치며, 그 이야기가 끝나기 전에 내가 왜 그런 수고를 할 필요가 있다고 생각했는지 알게 되길 바란다. 이렇게 해서 이 지역의 법과 질서를 관할하는 권한이 오늘 다시 나한테 넘어오자, 나는 죄수들에게 음식을 주고, 의사를 불러 그들을 치료하게 하고, 막사는 막사 본연의 기능을 할 수 있도록 하고, 죄수들이 그들의 본래 삶으로 돌아갈 수 있도록 조치를 가능한 한 빨리, 가능한 한 많이 취하라고 지시한다.

2

그녀는 출입구로부터 몇 야드 떨어진 막사 벽의 그늘 밑에 지나치게 헐렁한 코트로 몸을 감싼 채 무릎을 꿇고 앉아 있다. 그녀 앞 땅바닥에는 털모자가 벌어진 채 놓여 있다. 야만인들처럼 그녀의 눈썹은 검고 반듯하며 머릿결은 검고 윤이 난다. 야만인 여자가 시내에서 동냥을 하다니 무슨 일이지? 모자에는 동전 몇 개밖에 없다.

나는 그날 두 차례나 더 그녀 앞을 지나친다. 그녀는 매번 나를 이상하게 쳐다본다. 그녀는 내가 가까이 갈 때까지 앞을 똑바로 응시하다가, 아주 서서히 나에게서 고개를 돌린다. 나는 두번째로 그녀 앞에 갔을 때 동전 하나를 모자 속에 떨어뜨린다. "바깥에 있기에는 너무 춥고 시간도 늦었구나." 내가 이렇게 말하자 그녀가 고개를 끄덕인다. 태양이 검은 구름 뒤로 지고 있다. 북쪽에서 불어오는 바람에 벌써 눈이 올

기미가 있다. 광장은 텅 비어 있다. 나는 걸음을 옮긴다.

다음날, 그녀는 거기에 없다. 나는 문을 지키는 병사에게 묻는다. "어제 내내 저기에서 동냥을 하며 앉아 있던 여자가 있었는데, 그 여자는 어디서 왔지?" 그녀는 앞을 못 보는 맹인이며, 대령한테 잡혀왔던 야만인들 중 하나인데 뒤에 남겨졌다고 그가 얘기한다.

며칠 후, 나는 양가죽 코트를 땅에 질질 끌며 지팡이 두 개를 짚은 불편한 모습으로 천천히 광장을 가로지르는 그녀의 모습을 발견한다. 나는 그녀를 내 방으로 데려오라고 지시한다. 그녀는 지팡이에 의지한 채 내 앞에 선다. 내가 말한다. "모자를 벗으렴." 그녀를 데려온 병사가 모자를 벗겨준다. 바로 그 여자다. 앞머리를 눈썹 위로 자른 모습하며, 큰 입술하며, 나를 건성으로 바라보던 검은 눈하며 모두 똑같다.

"사람들 말로는 네가 앞을 못 본다고 하더구나."

"볼 수 있어요." 그녀가 얘기한다. 그녀의 눈길이 내 얼굴을 벗어나, 나의 오른쪽 뒤에 있는 어딘가에 머문다.

"넌 어디에서 왔지?" 나는 무심코 내 어깨 너머를 바라본다. 그녀가 응시하는 곳엔 텅 빈 벽이 있을 뿐이다. 그녀의 눈길이 굳어 있다. 나는 답을 알면서도 질문을 반복한다. 그녀는 침묵으로 응수한다.

나는 병사에게 물러가라 이른다. 우리 둘만이 남는다.

"나는 네가 누구인지 안다. 앉을 테냐?" 나는 그녀의 지팡이를 잡고 그녀가 의자에 앉을 수 있도록 도와준다. 그녀는 코트 안에 헐렁헐렁한 리넨 바지를 입고 있고, 바지의 끝자락은 두툼한 창을 댄 장화 속에 밀어넣어져 있다. 그녀에게서는 담배 냄새와 곰팡내와 생선냄새가 난다. 그녀의 손은 꺼칠꺼칠하다.

"동냥을 해서 먹고사는 거냐? 이곳에 있어서는 안 된다는 걸 너도 알고 있겠지. 우리는 아무때나 너를 추방해 부족 곁으로 돌려보낼 수 있어."

그녀는 묘하게 정면을 응시하며 앉아 있다.

"나를 봐라."

"보고 있어요. 저는 이렇게 봐요."

나는 그녀의 눈앞에 대고 한 손을 흔든다. 그녀가 눈을 깜빡거린다. 나는 얼굴을 더 가까이 대고 그녀의 눈을 응시한다. 그녀의 눈길이 벽에서 떨어져 나를 향한다. 검은 홍채가 어린아이의 것처럼 맑은 유백색 흰자위 속에서 두드러진다. 볼을 건드리니 그녀가 흠칫 놀란다.

"어떻게 먹고사느냐고 내가 물어봤잖니."

그녀는 어깨를 으쓱거린다. "빨래를 해서요."

"어디에서 사는데?"

"그냥 살아요."

"우리는 부랑자들이 시내에 떠도는 걸 용납하지 않아. 벌써 겨울이 다 됐다. 어딘가 살 곳이 있어야 하는 거야. 그렇지 않다면 네 부족한테 돌아가야 해."

그녀는 움직이지 않고 앉아 있다. 나는 내가 말을 빙빙 돌리고 있다는 걸 알고 있다.

"네게 일자리를 줄 수 있다. 이 방을 청소하고 빨래를 해줄 사람이 필요하거든. 현재 그 일을 해주는 여자는 신통치 않아서 말이다."

그녀는 내가 무슨 제안을 하는가를 이해한다. 그녀는 두 손을 무릎 위에 놓고는 잔뜩 굳은 채 앉아 있다.

"너 혼자니? 대답 좀 하렴."

"예." 그녀가 속삭이듯 말한다. 그녀는 목청을 가다듬고 다시 말한다. "예."

"여기 와서 일해달라는 제안을 한 거야. 거리에서 구걸을 해서는 안 돼. 구걸을 허락할 순 없다. 그리고 네게도 묵을 곳이 필요하잖니. 네가 여기에서 일하면 요리사와 방을 같이 쓸 수 있다."

"당신은 몰라요. 당신은 저 같은 사람을 원하지 않아요." 그녀는 지팡이를 더듬어 찾는다. 나는 그녀가 앞을 볼 수 없다는 걸 안다. "저는……" 그녀는 집게손가락을 치켜올리고 다른 손으로 그것을 단단히 쥐고 비튼다. 나는 그 몸짓이 무슨 의미인지 전혀 알 수 없다. "이제 가도 될까요?" 그녀는 계단의 상단으로 간다. 그리고 내려가는 것을 내가 도와주길 기다려야 한다.

하루가 지난다. 나는 흙먼지바람이 날리는 광장을 응시한다. 작은 남자아이 둘이 굴렁쇠를 가지고 논다. 그들은 바람이 부는 쪽으로 굴렁쇠를 굴린다. 굴렁쇠는 앞으로 구르다가 속도가 늦춰지며 비틀거리고 멈칫하며 뒤로 넘어진다. 아이들이 고개를 들고 그것을 향해 달린다. 그들의 깨끗한 이마를 덮고 있던 머리카락이 뒤로 젖혀진다.

나는 그 여자를 발견하고 앞에 가 선다. 그녀는 큰 호두나무에 등을 기대고 앉아 있다. 그녀가 깨어 있는지 아닌지 분간하기 힘들다. "가자." 나는 이렇게 말하며 그녀의 어깨를 잡는다. 그녀는 고개를 흔든다. "가자, 모든 사람들이 집안으로 들어갔잖니." 나는 그녀의 모자에 쌓인 먼지를 턴 다음 다시 건네준다. 그리고 그녀가 일어서는 걸 도와주고, 그 옆에서 천천히 걸음을 옮기며 광장을 가로지른다. 텅 빈 광장에는 문지기뿐이다. 그는 손으로 햇빛을 가리고 우리를 뚫어지게 쳐다본다.

불이 지펴져 있다. 나는 커튼을 치고 램프에 불을 붙인다. 그녀는 의자에 앉는 걸 마다하고, 지팡이를 놓고 카펫의 중앙에 무릎을 꿇고 앉는다.

"이건 네가 생각하는 것과 다르다." 나는 이렇게 말한다. 말이 잘 나오지 않는다. 내가 진정으로 스스로를 변명할 수 있을까? 그녀의 입술은 꽉 다물려 있다. 귀도 틀림없이 그러할 것이다. 그녀는 늙은이들과 그들의 장황한 양심의 소리는 딱 질색이다. 나는 부랑자들에 관한 법령을 주워섬기며 그녀의 주위에서 어슬렁거린다. 나 자신이 역겹다. 그녀의 피부가 방안의 온기 때문에 불그스름해지기 시작한다. 그녀는 코트를 잡아당겨 목을 불 쪽으로 내놓는다. 나는 그녀를 고문했던 사람들과 나 자신 사이의 거리가 미미하다는 걸 깨닫는다. 몸서리가 쳐진다.

"발 좀 보자." 나는 쉰 소리로 말한다. 그 소리가 낯설기는 하지만 내 목소리가 맞기는 한 것 같다. "그자들이 네 발에 어떤 짓을 했는지 보여주렴."

그녀는 나를 돕지도 않고 방해하지도 않는다. 나는 코트의 끈을 풀고 장화를 벗긴다. 그녀에게는 너무 큰 남자용 장화다. 그 안에 있는 발은 붕대로 싸여 제 모양이 아니다.

"자, 보자." 나는 말한다.

그녀는 더러운 붕대를 풀기 시작한다. 나는 방에서 나가 아래층에 있는 부엌으로 가서 대야와 따뜻한 물주전자를 갖고 돌아온다. 그녀는 발을 드러낸 채 카펫 위에서 기다리고 있다. 넓적한 발이다. 발가락은 뭉툭하고 발톱에는 흙이 엉겨 있다.

그녀는 발목 바깥쪽을 손가락으로 만지며 말한다. "이곳이 부러졌던 곳이에요. 다른 쪽도 부러졌었고요." 그녀는 손을 짚고 상체를 뒤로 젖히며 다리를 뻗는다.

"아프니?" 나는 그 부근을 손가락으로 만진다. 아무런 느낌도 없다.

"지금은 괜찮아요. 나았어요. 날씨가 추울 때는 아픈 것 같지만요."

"넌 앉아야 해." 나는 그녀가 코트를 벗고 의자에 앉는 걸 도와준다. 그리고 대야에 물을 따르고 그녀의 발을 씻기기 시작한다. 그녀의 발은 얼마 동안 긴장해 있다가, 시간이 조금 지나자 긴장이 풀어진다.

나는 비누 거품을 내고, 그녀의 팽팽한 종아리를 꼭 잡고 뼈와 힘줄을 능숙하게 다루며 발가락 사이로 내 손가락을 넣어 서서히 씻긴다. 나는 위치를 바꿔 그녀의 앞쪽이 아니라 옆쪽에서 무릎을 꿇는다. 팔꿈치와 옆구리 사이에 다리를 끼고 두 손으로 발을 만질 수 있도록 하기 위해서다.

나는 내가 하는 일의 리듬에 몰두한다. 그녀를 의식하지 못할 정도다. 시간 감각도 없어진다. 어쩌면 나 자신조차 존재하지 않는 것 같다. 정신이 들자, 손가락의 움직임이 느슨해지고, 발은 대야 속에서 휴식을 취한다. 내 머리가 아래로 처진다.

나는 오른발을 말리고 다른 쪽으로 가서 헐렁한 바지 자락을 그녀의 무릎 위로 걷어올리고, 졸음과 싸우며 그녀의 왼발을 씻기기 시작한다. "이 방이 어떨 때는 굉장히 덥단 말이야." 나는 얘기한다. 내 옆구리에 느껴지는 다리의 압력은 느슨해지지 않는다. 나는 계속한다. "발에 감을 깨끗한 붕대를 찾아야겠다. 지금은 아니고." 나는 대야를 밀치고 발을 말려준다. 나는 여자가 일어나려고 애를 쓴다는 걸 알고 있다. 그러나 이제는 그녀가 알아서 처신할 거라고 생각한다. 내 눈이 감긴다. 눈을 감고 더없이 행복한 현기증을 음미하자 짜릿한 즐거움이 느껴진다. 나는 카펫 위에 눕는다. 그리고 금세 잠이 든다. 나는 춥고 몸이 뻣뻣해 한밤중에 잠에서 깬다. 불이 꺼져 있고, 여자는 가고 없다.

*   *

나는 그녀가 먹는 모습을 지켜본다. 그녀는 맹인처럼 먼 곳을 응시하며 촉각에 의지해서 먹는다. 그녀는 식욕이 왕성하다. 건강하고 젊은 시골 여자의 왕성한 식욕이다.

"네가 볼 수 있다니 믿기지 않는구나." 나는 말한다.

"정말이에요. 볼 수 있어요. 똑바로 바라보면 아무것도 안 보이다가……" (유리창을 닦듯이, 그녀는 자기 앞의 허공을 문지른다.)

"흐릿하단 말이겠지." 나는 말한다.

"그래요, 흐릿해요. 하지만 옆으로 보면 볼 수 있어요. 왼쪽 눈이 오른쪽 눈보다 상태가 좋은 편이에요. 앞이 보이지 않으면 어떻게 돌아다니겠어요?"

"그들이 너한테 그랬니?"

"예."

"무슨 짓을 했지?"

그녀는 어깨를 으쓱하고 말이 없다. 그녀의 접시는 비어 있다. 나는 그녀가 무척 좋아하는 것 같은 콩 스튜를 더 담아준다. 그녀는 너무 급하게 먹다가, 손으로 입을 가리고 트림을 하고 웃는다. "콩을 먹으면 방

귀가 나와요." 그녀는 말한다. 방안이 따뜻하다. 그녀의 코트는 구석에 걸려 있고 그 밑에 그녀의 장화가 놓여 있다. 그녀는 흰색 윗도리와 헐 렁한 속바지만 입고 있다. 그녀가 날 쳐다보지 않으면, 나는 그녀의 시 야 주위에서 예고 없이 이리저리 움직이는 회색 형체에 지나지 않는다. 그녀가 날 쳐다보면, 나는 흐릿한 형상이고 목소리이며 냄새이고, 하루 는 그녀의 발을 씻겨주다가 잠이 들고, 그다음날은 그녀에게 콩 스튜를 먹이고, 그다음날은 어떤 행동을 할지 종잡을 수 없는 에너지의 중심 이다.

나는 그녀를 자리에 앉히고 대야에 물을 채우고 그녀의 무릎 위로 바지를 말아올린다. 두 발이 물속에 들어 있으니, 왼발이 오른발보다 더 안쪽으로 휘어진 게 보인다. 서 있을 때는 발의 바깥쪽 가장자리로 디뎌야 할 형편이다. 두툼하고 부어 있고 볼품없는 그녀의 발목은 상처 때문에 자주색이다.

나는 그녀를 씻기기 시작한다. 그녀는 나를 위해 발을 차례로 들어 올린다. 나는 부드러운 유백색 비누로 느슨해진 발가락을 주무른다. 곧 내 눈이 감기고 고개가 숙여진다. 일종의 황홀경이다.

나는 그녀의 발을 다 씻기고 나서 다리를 씻기기 시작한다. 이 때문 에 그녀는 대야에 선 채 내 어깨에 몸을 기대야 한다. 내 손이 발목에서 무릎까지 그녀의 다리를 오르락내리락하며 쥐고 쓰다듬고 매만진다. 다리는 짧고 단단하며, 종아리는 팽팽하다. 때때로 내 손가락이 그녀의 무릎 뒤로 가서 힘줄을 찾아내고, 그것들 사이에 있는 우묵한 곳을 누 른다. 깃털처럼 가벼운 내 손가락이 그녀의 허벅지 뒤쪽을 오르락내리 락한다.

나는 그녀를 부축해 침대로 데려가고 따뜻한 수건으로 그녀의 몸을 닦아준다. 나는 그녀의 발톱을 깎고 다듬기 시작한다. 하지만 졸음의 물결이 벌써 나를 덮치고 있다. 머리가 아래로 처지고, 몸이 앞으로 넘어지는 걸 가까스로 억제한다. 조심스럽게 나는 가위를 옆으로 치운다. 그런 다음, 옷을 다 입은 채로, 그녀 곁에 눕는다. 나는 그녀의 다리를 껴안고 거기에 머리를 누인 채 금세 잠이 든다.

나는 어둠 속에서 잠을 깬다. 램프가 꺼져 있고, 양초 심지 타는 냄새가 난다. 일어나서 커튼을 열어젖힌다. 여자는 무릎을 가슴까지 끌어당기고 웅크린 채 잠들어 있다. 내가 그녀의 몸에 손을 대자, 그녀는 신음소리를 내며 더 단단히 몸을 웅크린다. "감기 들겠구나." 나는 말한다. 그러나 그녀는 아무 소리도 듣지 못한다. 나는 그녀에게 담요를 덮어준다. 그리고 한 장 더 덮어준다.

*　　*

우선 몸을 씻는 의식이 거행된다. 그 일 때문에 그녀는 지금 발가벗은 상태다. 나는 전처럼 그녀의 발과 다리와 엉덩이를 씻긴다. 비누가 묻은 내 손이 그녀의 허벅지 사이를, 내가 보기에는 무심히, 오간다. 내가 겨드랑이를 씻길 때, 그녀는 팔을 들어올린다. 나는 그녀의 배와 가슴을 씻긴다. 그녀의 머리카락을 넘기고 목을 씻긴다. 그녀는 묵묵히 잘 견딘다. 나는 비누를 씻어내고 몸을 닦아준다.

그녀는 침대 위에 누워 있다. 나는 그녀의 몸에 아몬드 오일을 바른다. 나는 눈을 감고 문지르는 동작의 리듬에 몰두한다. 그사이, 장작을 높게 쌓고 지펴놓은 불이 벽난로 속에서 으르렁거린다.

나는 지금 불빛에 반짝이는 이 단단하고 작은 몸 속에 들어가고 싶은 욕망을 느끼지 않는다. 우리 사이에 얘기가 오간 후로 일주일이 흘렀다. 나는 그녀에게 먹을 것과 잠자리를 주고, 이처럼 낯선 방식으로 그녀의 몸을 이용한다. 만약 그게 내가 하고 있는 일이라면 말이다. 은밀한 곳을 만지면 그녀의 몸이 굳어지던 순간들도 있었다. 하지만 지금은 내가 그녀의 배에 얼굴을 비비거나 내 허벅지 사이에 그녀의 발을 꼭 끼면, 순순히 몸을 맡긴다. 그녀는 모든 것에 자신을 맡긴다. 때때로 그녀는 내가 일을 끝내기 전에 잠에 빠지기도 한다. 그녀는 아이처럼 곤히 잔다.

그녀의 안 보이는 눈길 밑에서, 그리고 방의 친밀한 온기 속에서, 나는 아무런 당혹감 없이 옷을 벗을 수 있다. 나는 앙상한 정강이, 늘어진 성기, 불룩한 배, 기력 없는 노인네의 가슴, 칠면조 같은 목덜미를 드러내며 옷을 벗는다. 이렇게 벗은 몸으로 아무 생각 없이 돌아다닌다. 때로는 그녀가 잠이 든 후에 난로 옆에서 불을 쬐기도 하고, 의자에 앉아서 책을 읽기도 한다.

그러나 그녀를 어루만지는 행위를 하다가 도끼로 찍힌 것처럼 잠에 압도당하는 경우가 더 많다. 그녀의 몸 위에 엎어진 채 망각 속으로 빠져들다가 한두 시간 후에 어지럽고 혼란스럽고 목이 마른 상태로 잠에서 깬다. 꿈조차 꾸지 않는 이 상태가 나에게는 죽음, 혹은 시간 밖에 존재하는, 텅 빈 황홀경 같다.

오일로 그녀의 두피를 문지르고, 관자놀이와 이마를 마사지하던 어느 날 저녁, 나는 그녀의 한쪽 눈구석에서 희끄무레한 주름을 발견한다. 마치 애벌레가 눈꺼풀 밑에 머리를 두고 뭔가를 뜯어먹고 있는 듯하다.

"이게 뭐지?" 나는 손톱으로 애벌레 같은 걸 만지며 묻는다.

"그들이 건드렸던 곳이에요." 그녀는 이렇게 말하고 내 손을 밀쳐낸다.

"아프니?"

그녀는 고개를 젓는다.

"어디 보자."

이 여자의 몸에 난 표시들을 해독하고 이해할 때까지 그녀를 보낼 수 없을 것만 같은 생각이 점점 더 분명해지고 있다. 나는 엄지와 검지로 그녀의 눈꺼풀을 벌린다. 애벌레 모양은 눈꺼풀 안쪽의 분홍색 언저리에서, 목이 잘린 모습으로, 끝나 있다. 다른 표시는 없다. 눈은 온전하다.

나는 눈 속을 들여다본다. 나를 마주보는데도 그녀가 아무것도 볼 수 없다는 걸 믿어야 할까? 내 발과 방의 일부와 아슴푸레한 빛무리는 보일지 모르지만, 정중앙에 있는 나는 흐릿할 뿐이고 공백이란 말일까? 나는 그녀의 얼굴 앞에 내 손을 서서히 움직이며 그녀의 동공을 응시한다. 아무런 움직임도 감지할 수 없다. 그녀는 눈을 깜빡이지도 않는다. 그러나 그녀는 미소를 짓는다. "왜 그러시는 거예요? 제가 아무것도 못 본다고 생각하세요?" 눈은 갈색이다. 검은색이라고 할 수 있을 정도의 갈색이다.

나는 그녀의 이마에 입을 맞춘다. 나는 중얼거린다. "그들이 너한테 무슨 짓을 한 거니?" 말이 나오지 않는다. 기진맥진해진 내 몸이 후들거린다. "왜 너는 그 얘기를 하지 않으려고 해?"

그녀는 머리를 젓는다. 망각의 저편 가장자리에서, 그녀의 엉덩이를 만지던 내 손가락에 이쪽저쪽으로 난 매맞은 자국이 느껴진다. 나는 중얼거린다. "우리가 상상할 수 있는 것 이상으로 나쁜 건 없는 법이다." 그녀가 내 말을 들었다는 낌새도 없다. 나는 소파 위에 무너지듯 주저앉아 그녀를 내 곁으로 끌어당기고 하품을 한다. "나한테 얘기해라." 나는 이렇게 말하고 싶다. "그 일을 수수께끼로 만들지 마라. 고통은 고통일 뿐이다." 그러나 말이 나오지 않는다. 나는 그녀를 팔로 감싸고, 입술을 그녀 귀의 우묵한 곳에 대고 말을 하려 몸부림을 친다. 그때 어둠이 내려온다.

*   *

나는 그녀가 수치스러운 구걸 행위를 그만두고 막사 식당에서 설거지를 하게 했다. "부엌에서 치안판사의 침대까지는 열여섯 계단밖에 안 돼." 병사들은 부엌에서 일하는 여자들에 대해 이런 식으로 얘기한다. 또 이런 말을 하기도 한다. "치안판사가 아침에 떠날 때 마지막으로 하는 일이 뭔지 알아? 최근에 들어온 여자를 오븐 속에 가두어놓는 거야." 마을이 작을수록 뒷말이 많은 법이다. 여기에서는 사생활이 없다. 뒷말은 우리가 숨쉬는 공기다.

그녀는 낮에는 접시를 닦고 채소를 다듬으며, 병사들이 먹을 빵을 굽고 죽과 수프, 스튜를 만드는 일을 돕는다. 부엌에는 그녀 외에도 내가 치안판사 직에 있는 동안 계속 근무해온 나이든 여자와 젊은 여자

두 명이 더 있는데, 그중 나이가 더 어린 쪽은 작년에 한두 번쯤 열여섯 계단을 올라온 적이 있었다. 처음에는 두 여자가 그녀에게 적대감을 품지 않을까 걱정했지만, 아니었다. 그들은 금세 친구가 된 듯하다. 밖으로 나가는 길에 부엌문을 지나치자, 훈훈한 수증기 때문에 나직해지긴 했지만 부드럽게 재잘거리는 소리와 깔깔거리는 웃음소리가 들린다. 희미하나마 질투심이 이는 것 같아 우습다는 생각마저 든다.

"일은 괜찮니?" 나는 그녀에게 묻는다.

"그애들이 좋아요. 잘해줘요."

"적어도 그 일이 구걸하는 것보다는 낫지?"

"네."

세 여자는 다른 곳에서 잠을 자는 일이 생기지 않는다면, 부엌에서 얼마 떨어지지 않은 작은 방에서 같이 잔다. 내가 밤중이나 이른아침에 내보내면 어둠 속에서 그녀가 찾아가는 곳은 그 방이다. 틀림없이 그 친구들은 그녀의 밀회에 대해 이런저런 말을 재잘댔을 것이고, 세세한 정황이 시장 전체에 퍼져 있을 것이다. 남자의 나이가 많으면 많을수록 사람들은 그가 하는 섹스를 더 그로테스크하게 생각한다. 죽어가는 동물의 경련 정도로 생각하는 것이다. 그렇다고 내가 쇠로 만든 인간이나 성자 같은 홀아비 역할을 할 수는 없다. 낄낄대는 비웃음소리와 농담, 의미심장한 눈길은 내가 별수없이 치러야 하는 값이다.

"도시에 사는 게 마음에 드니?" 나는 조심스럽게 묻는다.

"대부분은 좋아요. 할일이 더 많으니까요."

"보고 싶은 사람이 있니?"

"여동생이 보고 싶어요."

"정말로 돌아가고 싶다면 데려다주마." 나는 말한다.

"어디로요?" 그녀가 말한다. 그녀는 자신의 가슴 위에 살포시 손을 얹은 채 눕는다. 나는 작은 소리로 말하며 옆에 눕는다. 이쯤 되면 언제나 단절감이 생긴다. 이쯤 되면 그녀의 배를 쓰다듬던 내 손이 가재처럼 어색해지는 듯하다. 에로틱한 충동이, 내가 느끼는 게 그것이라면, 수그러든다. 이렇게 둔감한 여자에게 붙들려 있는 스스로가 놀랍다. 내가 그녀에게서 원하는 게 무엇인지 기억도 나지 않는다. 그녀를 원하면서도 원하지 않는 나 자신에게 화가 난다.

이렇게 요동치는 내 감정에 대해 그녀는 아무것도 모른다. 그녀의 하루는 규칙적으로 돌아가기 시작했고, 그녀는 만족해하는 것처럼 보인다. 아침에 내가 방을 나서면 그녀는 방에 들어와 청소를 한다. 그런 다음 부엌으로 가서 점심식사 준비를 돕는다. 오후 시간은 주로 그녀만의 시간이다. 저녁식사가 끝난 후, 그릇과 냄비를 닦고, 바닥을 청소하고, 불을 끄는 일을 끝내면, 그녀는 동료들이 있는 곳을 떠나 계단을 올라 내게로 온다. 그녀는 옷을 벗고 누워, 말로 어떻게 설명할 길이 없는 나의 보살핌을 기다린다. 어쩌면 나는 옆에 앉아 그녀의 몸을 어루만지며 결코 오지 않을 피의 활력을 기다리고 있는지도 모른다. 어쩌면 나는 그저 램프를 불어 끄고 그녀와 함께 있는 데 편안함을 느끼는지도 모른다. 어둠이 깃들면 그녀는 이내 나를 잊고 잠에 빠진다. 그렇게 나는 젊고 건강한 몸 옆에 내 몸을 눕힌다. 그녀의 몸은 잠을 잘 때 더 팽팽해진다. 회복할 수 없는 손상을 입은 눈과 발조차도 침묵 속에서 다시 한번 온전해지려고 한다.

나는 그녀가 전에 어떤 모습을 하고 있었는지 떠올리려 기억을 더듬는다. 그녀가 다른 야만인 죄수들과 함께 목이 묶여 군인들에게 끌려온 날, 나는 그녀를 보았다고 믿고 싶다. 그녀가 막사의 뜰에서 다른 사람들과 함께 다음에 벌어질 일을 기다리며 앉아 있을 때, 내 눈길이 그녀를 스치고 지나간 게 분명하다. 내 눈길이 그녀를 스쳐갔을 테지만 스쳐간 자취는 기억나지 않는다. 그녀는 그때 아직 표시가 없는 상태였다. 하지만 그녀가 한때는 어린애였음을 믿어야 하는 것처럼, 내가 멀리 떨어진 어딘가에서 인생의 전성기를 구가하고 있을 무렵 좋아하는 양을 쫓아다니며 달음질치며 놀던, 머리를 귀엽게 땋은 작은 소녀였음을 믿어야 하는 것처럼, 그녀는 표시가 없는 상태였다는 걸 믿어야 한다. 아무리 노력해봐도, 내 머릿속에 떠오르는 그녀의 첫 모습은 무릎을 꿇고 구걸하는 소녀로만 남아 있다.

나는 그녀의 몸에 들어가지 않았다. 처음부터 나의 욕망은 그런 방향이 아니었다. 그게 목적이 아니었다. 뜨거운 피가 흐르는 외피 안에 나 같은 늙은이의 말라붙은 성기를 집어넣는 행위는 우유 속의 산酸, 꿀 속의 재, 빵 속의 분필을 생각나게 한다. 그녀의 벌거벗은 몸과 나의 벌거벗은 몸을 보면, 내가 옛날에 인간의 몸을 사타구니의 중심부에서 퍼져나오는 꽃이라고 상상했다는 걸 믿기 힘들다. 그녀의 몸과 나의 몸은 흩어지고 공허하고 중심이 없다. 한순간에는 소용돌이의 주변에서 빙빙 돌다가, 또다른 순간에는 엉키거나 굵어지기도 하고, 종종 밋밋하고 아무것도 없는 상태가 되기도 한다. 하늘에 있는 구름 한 점이 또다른 구름을 어쩌지 못하듯이, 나도 그녀를 어찌해야 할지 모른다.

나는 그녀의 동작에서 옛날의 자유로운 상태에 대한 암시라도 찾아내기를 바라며, 그녀가 옷을 벗는 모습을 지켜본다. 그러나 겉옷을 머리 위로 벗어 옆으로 던지는 동작조차 알아보기 어렵고 방어적이고 부자유스럽다. 마치 그녀는 보이지 않는 장애물에 부딪히게 될까봐 두려워하는 듯하다. 그녀의 얼굴에는 자신의 모습을 누군가가 지켜본다는 걸 알고 있다는 표정이 어려 있다.

나는 사냥꾼에게서 작은 은빛 새끼여우 한 마리를 샀다. 태어난 지 몇 개월이 안 돼 젖도 채 떼지 않은, 가는 톱니 모양 이빨이 달린 새끼여우다. 그녀는 첫날 새끼여우를 부엌으로 데리고 갔는데, 새끼여우가 불길과 소음에 질려 겁을 먹는 바람에 이제는 내가 위층에서 데리고 있다. 새끼여우는 하루종일 가구 밑에 웅크리고 있다. 나는 밤이면 이따금 새끼여우가 마루 위를 자박자박 돌아다니는 소리를 듣는다. 새끼여우는 접시에 담긴 우유를 핥아먹고 조리된 고기 조각을 먹는다. 여우를 집에 두고 길들일 수는 없다. 똥과 오줌 냄새가 나기 시작했다. 그렇다고 밖에 내놓기에는 아직 너무 어리다. 나는 며칠에 한 번씩, 요리사의 손자를 불러 캐비닛 뒤와 의자 밑으로 기어들어가게 해 더러운 것을 치우도록 한다.

내가 말한다. "아주 귀여운 동물이야."

그녀가 어깨를 으쓱한다. "동물은 밖에서 살아야 해요."

"호수로 데리고 가서 놔줄까?"

"그럴 수는 없어요. 너무 어리니까요. 굶어죽거나 개들한테 잡아먹힐 거예요."

그래서 새끼여우는 안에 머물게 된다. 때때로 나는 새끼여우가 어두운 구석에서 날카로운 주둥이를 내밀고 있는 모습을 본다. 대부분의 경우 새끼여우는 밤중에 내는 소리와 톡 쏘는 오줌냄새로 다가올 뿐이다.

나는 여우가 어서 커서 내보낼 때를 기다린다.

"사람들은 내가 방에다 야생동물을 두 마리 키우고 있다고 하겠군. 여우와 여자 말이야."

그녀는 내 농담을 이해하지 못했다. 혹은 그 말을 좋아하지 않는지도 모른다. 그녀의 입술은 닫혀 있고, 굳은 눈길은 벽에 머물러 있다. 그녀가 나를 쏘아보기 위해 최선을 다하고 있다는 걸 안다. 내 마음은 그녀를 향하고 있지만, 그렇다고 내가 무엇을 할 수 있겠는가? 내가 관복을 입고 나타나든, 발가벗은 채로 그녀 앞에 서든, 내 가슴을 열어 그녀에게 보여주든, 나는 똑같은 남자다. "미안하다"라는 힘없는 말이 내 입에서 무력하게 나온다. 나는 흐늘흐늘한 다섯 손가락을 뻗어 그녀의 머리를 어루만진다. "물론 똑같지는 않지."

*　　*

나는 포로들을 심문할 때 근무했던 사람들을 차례로 면담한다. 그들 각자로부터는 똑같은 진술을 듣는다. 그들은 포로들에게 말을 거의 하지 않았으며, 심문이 진행될 때 방에 들어갈 수도 없었고, 따라서 방안에서 무슨 일이 있었는지 말해줄 수 없다고 한다. 청소하는 여자가 그 방이 어떻게 생겼는지 얘기해준다. "작은 탁자와 의자 세 개와 구석에 있는 매트, 그게 전부였어요…… 불도 없었고 화로만이 있었어요. 제가 재를 치우곤 했죠."

삶이 전과 같이 일상을 회복하자 그 방은 다시 사용되고 있다. 그곳을 숙소로 사용하던 군인 네 사람은 나의 요청에 따라, 그들의 사물함을 복도로 끌고 나와 그 위에 그들의 매트와 접시와 잔들을 쌓아놓고 빨랫줄도 건다. 나는 문을 닫고 빈방에 선다. 공기가 차갑고 고요하다. 벌써 호수에 얼음이 얼기 시작한다. 첫눈이 내렸다. 수레를 끄는 망아지의 방울 소리가 먼 곳에서 들려온다. 나는 눈을 감고, 두 달 전 대령이 이곳에 있었을 때 방안 풍경이 어땠을지 상상해보려 애쓴다. 그러나 젊은 병사 넷이 밖에서 서성거리며 손을 비비고 발을 구르고, 허공에 입김을 내뿜으며 뭔가 소곤거리면서 내가 나가기를 초조하게 기다리는 상황에서 그런 생각에 잠기기란 어려운 일이다.

나는 무릎을 굽히고 마루를 살핀다. 매일 비질을 해서 깨끗하게 청소가 되어 있다. 다른 방의 마루와 다를 바가 없다. 벽난로 위와 천장은 그을려 있다. 벽에는 내 손바닥만한 크기의 검댕자국 하나가 있을 뿐 그것을 제외하면 아무것도 없다. 나는 무슨 표시를 찾고 있는 것인가? 나는 문을 열고 병사들에게 소지품을 제자리에 갖다놓으라는 몸짓을 한다.

나는 뜰에서 보초를 섰던 두 병사를 다시 한번 면담한다. "포로들이 심문당했을 당시 무슨 일이 있었는지 정확하게 얘기해라. 너희가 본 것을 얘기하면 돼."

키가 큰 병사가 말한다. 턱이 길고 간절한 분위기가 느껴지는, 내가 늘 좋아했던 소년이다. "장교님이……"

"경찰관 말이냐?"

"예…… 경찰관님이 포로들이 수용되어 있는 홀로 오셔서 손으로 가리키면, 우리는 그분이 원하는 포로들을 데려다주고 심문을 받도록 했습니다. 그러고 나서는 그들을 다시 데려왔고요."

"한 번에 한 명씩 말이냐?"

"늘 그런 건 아니었습니다. 두 사람씩 데려갈 때도 있었어요."

"너도 포로 중 한 명이 나중에 죽었다는 걸 알고 있겠지. 그 포로를 기억하니? 그들이 그에게 무슨 짓을 했는지 알고 있어?"

"그 사람이 난폭해져서 그분들을 공격했다고 들었습니다."

"그래서?"

"그게 저희가 들은 전부입니다. 저는 그 사람을 홀로 다시 데리고 나오는 일을 도와줬습니다. 그들이 잠을 자는 곳으로요. 그 사람은 숨을 이상하게 쉬었습니다. 아주 깊고 가쁘게 말이죠. 그게 제가 본 마지막 모습이었어요. 그다음날 그는 죽었어요."

"듣고 있으니 계속해. 기억나는 건 전부 얘기해봐라."

병사의 얼굴이 긴장되어 있다. 얘기하지 말라는 소리를 들은 게 틀림없다. "그 사람은 다른 사람들보다 더 오래 취조를 받았습니다. 저는 그 사람이 첫번째 취조를 당하고 난 후 손으로 머리를 감싸고 구석에 혼자 앉아 있는 걸 봤어요." 그는 동료를 향해 눈을 깜빡거린다. "그 사람은 아무것도 먹지 않으려 했어요. 배가 고프지 않았나봅니다. 그 사람의 딸이 같이 있었는데, 딸이 음식을 먹이려고 했지만 한사코 거부하더라고요."

"딸은 어떻게 됐지?"

"마찬가지로 심문을 받았지만 그리 오래 걸리진 않았습니다."

"계속해라."

하지만 그는 내게 더이상 할말이 없다.

"자, 너나 나나 그 딸이 누구인지 알고 있다. 지금 나와 같이 살고 있는 여자가 그 딸이지. 이건 비밀이 아냐. 그러니 얘기해봐. 무슨 일이 있었는지."

"치안판사님, 전 모릅니다! 저는 대개 그곳에 있지 않았습니다." 그는 동료에게 도움을 청하지만 동료는 아무 말이 없다. "때로는 비명소리가 들렸어요. 그들이 여자를 때렸던 것 같습니다. 하지만 전 거기에 있지 않았어요. 근무가 끝나면 그곳을 떠났습니다."

"그애가 지금 걸을 수 없다는 건 너도 알겠지. 그자들은 그애의 발을 부러뜨렸어. 그자들이 그런 짓거리를 다른 남자, 즉 그애의 아비가 보는 앞에서 한 거냐?"

"예, 그랬던 것 같아요."

"그리고 그애가 더이상 제대로 앞을 볼 수도 없다는 건 너도 알겠지. 그들이 그 짓을 한 게 언제지?"

"치안판사님, 저희는 많은 포로들을 상대해야 했습니다. 그들 중 몇 명은 아픈 상태였고요! 저는 당시 여자의 발이 부러졌다는 건 알고 있었지만, 앞을 못 본다는 건 한참 후에야 알게 되었습니다. 제가 할 수 있는 일은 아무것도 없었습니다. 그리고 제가 이해하지 못하는 일에 끼어들고 싶지도 않았고요!"

그의 동료는 덧붙일 말이 아무것도 없는 모양이다. "나한테 얘기했다는 사실 때문에 두려워하지 마라." 이렇게 말하며, 나는 그들을 내보낸다.

나는 밤에 똑같은 꿈을 또 꾼다. 나는 눈으로 만든 성 주변에서 놀고 있는 아이들 무리를 향하여, 눈 덮인 끝없는 평원을 가로질러 터벅터벅 걷는다. 내가 다가가자 아이들은 옆걸음질을 치거나 공기 속으로 녹아 없어진다. 한 아이만이 남아 있다. 두건을 쓰고 나에게 등을 보인 채 앉아 있다. 나는 성의 측면에 계속 눈을 바르고 있는 그 아이의 주위를 빙글빙글 돌다가 결국 두건 밑을 들여다본다. 텅 비고 형체가 없는 얼굴이다. 그건 태아나 작은 새끼고래의 얼굴이다. 아니, 그건 얼굴이 아니라 피부 밑에서 부풀어오른 몸의 다른 부분이다. 그건 하얗다. 그건 눈 그 자체다. 나는 감각이 없는 손가락으로 동전 하나를 내민다.

*　　*

겨울이 찾아왔다. 바람이 북쪽에서 불어온다. 앞으로 넉 달간은 끊임없이 불어댈 것이다. 나는 창가에 서서 차가운 유리창에 이마를 댄 채 바람이 처마에서 윙윙거리고, 지붕 위의 느슨한 타일 하나를 들썩거리는 소리를 듣고 있다. 자욱한 먼지가 광장을 훑고 지나가며 유리창을 때린다. 하늘은 미세한 먼지로 가득차 있다. 태양은 오렌지색 하늘로 떠올랐다가 구릿빛 붉은색을 띠고 진다. 이따금 눈을 동반한 돌풍이 불어 대지를 잠시 하얗게 물들이기도 한다. 겨울이 포위망을 풀지 않고 있다. 들은 텅 비어 있고, 사냥을 해서 먹고사는 소수의 사람들을 제외하면 아무도 도시의 담장 밖으로 나갈 이유가 없다. 매주 두 번씩 거행되던 수비대의 행진도 멈춘 상태이고, 병사들은 원하기만 하면 막사를 떠나 시내에서 거주할 수도 있다. 먹고 마시고 자는 일 외에는 달리 할 일이 없기 때문이다. 내가 이른아침에 성벽을 거닐어보면 초소들 중 반은 텅 비어 있고, 임무를 수행중인 초병들도 외투에 몸을 감싼 채 가까스로 손을 들어 경례하는 정도다. 그들도 침대에 들어가 있는 편이 나을지 모른다. 겨울이 계속되는 동안, 제국은 안전하다. 보이지 않는 곳에 있는 야만인들도 난로 주변에 몰려들어 추위에 이를 덜덜 떨고 있을 것이다.

올해에는 야만인 손님들이 찾아오지 않았다. 예전에는 겨울이 되면 유목민들이 집단으로 찾아와 담벼락 바깥에 천막을 치고 양모, 동물 가죽, 펠트, 가죽제품 등을 면직물, 차, 설탕, 콩, 밀가루 등과 맞바꾸곤 했다. 우리는 그들의 가죽제품, 특히 그들이 만든 질긴 구두를 귀하게 여겼다. 나는 과거에는 그 거래를 장려했지만 돈으로 값을 치르는 일은 금지시켰다. 또한 그들이 술집에 출입하지 못하게 하려 했다. 독한 술의 노예가 된 거지들과 부랑자들이 도시 주변에 기생충처럼 정착하는 걸 나는 무엇보다도 원치 않는다. 예전에 이들이 상점 주인의 속임수에 넘어가 자신들의 물건을 시시한 장신구와 교환하거나 술에 취해 도랑에 드러눕고, 결국 그들이 게으르고 부도덕하며 더럽고 어리석다는 주민들의 편견을 굳히는 모습을 보는 게 괴로웠다. 문명이 야만인들이 가진 미덕들을 타락시키고 그들을 종속적인 존재로 만든다면, 나는 문명에 반대한다고 결론을 내렸다. 나는 이러한 입장에서 행정 업무를 수행했다. (지금은 야만인 여자와 잠자리를 같이하는 내가 이런 말을 하다니!)

하지만 올해에는 변경의 모든 지역에 장막이 쳐져 있다. 우리는 성벽에서 황무지를 노려본다. 우리보다 더 날카로운 눈이 우리를 노려보고 있을 것이다. 교역은 끝났다. 제국을 수호하기 위해서라면 어떤 희생이 따르든 모든 수단을 동원하라는 지침이 수도에서 내려온 이래로, 우리는 기습과 경계의 시대로 되돌아가 있다. 칼날을 세우고 경계하며 기다리는 것 외에는 할일이 아무것도 없다.

나는 예전처럼 시간을 보낸다. 고전을 읽고, 여러 가지 수집물의 목록을 작성하고, 우리가 소장한 남부 사막지대의 지도들을 추려본다. 바람이 그리 매섭게 불지 않는 날에는 인부들을 데리고 가서 발굴지의 모래를 치우게 한다. 일주일에 한두 번씩은 아침 일찍 혼자 호숫가로 가서 영양을 사냥한다.

삼십여 년 전에는 영양과 토끼의 수가 워낙 많아, 밤이 되면 경비들이 개를 데리고 들판을 순시하며 밀밭을 보호해야 했다. 그러나 정착지의 압박 때문에, 특히 무섭게 날뛰며 떼 지어 사냥하는 개들 때문에 영양들은 동쪽과 북쪽에 있는 강의 하류와 먼 기슭으로 자리를 옮겼다. 이제는 사냥을 하려면 적어도 한 시간은 말을 타고 가야 한다.

때때로, 기분좋은 아침이면 나는 남자로서의 활력과 기민함을 다시 음미할 수 있다. 나는 이 숲 저 숲으로 유령처럼 질주한다. 기름에 전 삼십 년쯤 된 장화를 신고 얼음물을 건넌다. 코트 위에는 낡고 커다란 곰 가죽을 걸치고 있다. 수염에는 서리가 맺히지만, 장갑 속의 손가락은 따뜻하다. 내 눈은 예리하고 귀는 예민하며, 코는 사냥개처럼 냄새를 맡는다. 나는 한껏 들떠 있다.

오늘 나는 늪지의 풀밭이 끝나는 황량한 남서쪽 기슭에서 말의 두 다리를 묶어놓고, 갈대밭 속으로 나아가기 시작한다. 차갑고 메마른 바람이 내 눈을 매섭게 때린다. 태양은 검고도 자주색인 줄무늬의 지평선 위에 오렌지처럼 매달려 있다. 갑자기, 터무니없는 행운이 날 찾아온다. 커다란 영양 한 마리가 눈에 들어온 것이다. 겨울철이어서 복슬복슬한 털에 구부러진 육중한 뿔이 달린 커다란 수컷이다. 영양이 내 옆쪽에 서 있다가, 갈대 끝을 향해 몸을 뻗치며 흔들거린다. 나는 서른 발자국도 채 떨어지지 않은 곳에서 영양의 턱이 평화롭게 움직이는 모습을 보고, 발굽이 물에 철벅거리는 소리를 듣는다. 발굽 뒤쪽 부위의 털에는 얼음 방울이 송골송골 맺혀 있다.

나는 아직 주변이 낯설다. 그래도 영양이 가슴팍 밑으로 앞다리를 구부리고 몸을 일으킬 때, 총을 슬그머니 들어올려 부드럽고 침착하게 영양의 어깨 뒤를 조준한다. 햇빛이 총신에 비쳐 반짝였던지, 내려가던 영양이 고개를 돌리고 나를 바라본다. 영양의 발굽이 얼음에 닿는 소리가 나고, 턱이 동작을 멈춘다. 우리는 서로를 응시한다.

내 맥박이 빨라지지 않는 걸 보니, 영양이 죽는다는 게 내게는 중요하지 않은 모양이다.

영양은 턱을 홱 움직여 입에 든 걸 한 번 씹고는 동작을 멈춘다. 나는 아침의 맑은 고요 속에서, 알 수 없는 어떤 감정이 내 의식의 언저리에 도사리고 있음을 발견한다. 영양이 동작을 멈추고 내 앞에 있음에도 모든 걸 생각해볼 시간적 여유가, 내 가슴속으로 눈길을 돌려 그곳을 응시하고 내게서 사냥의 맛을 빼앗아가버린 게 무엇인지 헤아려볼 수 있는 시간적 여유가 있는 것 같다. 이 일은 더이상 아침나절의 사냥이 아니라 당당한 모습의 영양이 얼음 위에서 피를 흘리며 죽어가거나 늙은 사냥꾼이 목표물을 맞히지 못하는 상황이 되어버린 것 같다. 그리고 이 정지된 순간이 지속되는 동안에는 사건들도 그 자체가 아니라 뭔가 다른 걸 나타내는 성위星位에 갇혀 있는 것 같다. 나는 변변치 않은 은폐물 뒤에서 이 야릇하고 신경에 거슬리는 느낌을 떨쳐버리려 애쓰며 서 있다. 영양은 빙글 돌아 꼬리를 홱 흔들고 발굽으로 물을 차더니 높은 갈대숲 속으로 사라져버린다.

나는 한 시간 동안 쓸데없이 터벅거리다가 돌아온다.

"전에는 내 방식대로 인생을 살지 못한다는 느낌을 받은 적이 없었어." 나는 무슨 일이 있었는지 설명하려고 애쓰며, 여자에게 이렇게 얘기한다. 그녀의 마음은 이런 얘기에 동요한다. 내가 그녀에게서 어떤 대답인가를 요구하는 듯 보이니 동요하는 것이다. "무슨 말씀인지 모르겠어요." 그녀가 고개를 젓는다. "그 숫양을 쏘고 싶지 않으셨다는 거예요?"

우리 사이에 오랫동안 침묵이 깃든다.

"뭔가 하고 싶으시면 하세요." 그녀는 무척 단호하게 말한다. 그녀는 자신의 뜻을 분명히 하려 애쓰고 있지만 아마도 본래의 의도는 이런 것이었으리라. '당신이 그걸 하고 싶었다면 했을 거예요.' 우리가 대화 수단으로 이용하는 임시변통의 언어 속에는 뉘앙스라는 게 없다. 그녀는 사실을, 실질적인 표현을 좋아하는 듯하다. 상상이나 질문이나 가정을 좋아하지 않는다. 우리는 안 어울리는 커플이다. 어쩌면 야만인 아이들은 그런 식으로 교육을 받는지도 모른다. 기계적으로, 그리고 전해 내려오는 선조들의 지혜에 따라서 살도록 말이다.

"너는 뭐든지 네가 원하는 대로 하니?" 나는 입에서 나오는 대로 위험하게 지껄이고 싶은 생각이 든다. "너는 원해서 나와 같은 침대에서 자는 거니?"

그녀는 벌거벗은 채 누워 있다. 오일을 바른 피부가 불빛 속에서 황금색으로 빛난다. 내가 그녀에게 느끼는 욕망은 보통 아주 모호하지만, 내가 알아볼 수 있을 정도로 구체적인 형태를 띠는 경우가 있다. 지금,

그 징후가 보인다. 내 손이 움직이고 그녀를, 그녀의 젖가슴을 곡선을 따라 어루만진다.

그녀는 내 말에 대답하지 않는다. 하지만 나는 그녀를 꼭 껴안으며 그녀의 귀에 대고 탁하고 나직한 목소리로 얘기한다. "네가 왜 여기에 있는지 말해보렴."

"달리 갈 곳이 없어서 그렇죠."

"그리고 나는 왜 너를 여기에 두고 싶어하는 걸까?"

그녀는 내 품속에서 몸을 꿈틀거리더니, 자신의 가슴과 내 가슴 사이에서 주먹을 쥔다. "늘 얘기를 하고 싶어하시잖아요." 그녀가 불평한다. 그 순간의 단순함이 끝나버리고 만다. 우리는 따로 떨어져 말없이 나란히 누워 있다. 어느 새가 가시덤불 속에서 노래를 하고 싶겠는가? "사냥하는 게 즐겁지 않다면 가지 마세요."

나는 고개를 젓는다. 그런 뜻이 아니다. 하지만 언쟁을 해봐야 무슨 소용이겠는가? 나는 그녀를 진실로 채워줘야 할 때 소크라테스식 문답법으로 이것저것 낚아보려고만 하는 무능한 교장선생 같다.

그녀가 얘기한다. "언제나 그 질문만 하시니, 지금 말할게요. 쇠스랑이었어요. 날이 두 개만 있는 쇠스랑이었는데, 끝에는 작은 옹이가 달려 뭉툭했어요. 사람들은 그걸 석탄불에 넣어 빨갛게 달군 다음, 그걸로 사람들의 몸을 지졌어요. 지진 자국들을 봤어요."

이게 내가 했던 질문이란 말인가? 나는 아니라고 하고 싶지만, 오싹해진 상태에서 듣고만 있다.

"그들은 제 몸을 지지지는 않았어요. 제 눈을 지지겠다고 했지만 그러지는 않았어요. 그 남자는 그걸 제 얼굴에 아주 가까이 대고 그걸 바라보게 만들었어요. 그들은 제 눈꺼풀이 감기지 않도록 잡고 있었어요. 하지만 저는 그들에게 말할 게 아무것도 없었어요. 그게 다였어요.

그때 다친 거예요. 그후로는 제대로 앞을 볼 수 없었어요. 어떤 것을 바라보든 가운데가 흐릿했어요. 가장자리만 볼 수 있었죠. 설명을 하기가 어렵네요.

하지만 지금은 좋아지고 있어요. 왼쪽 눈이 좋아지고 있어요. 그게 다예요."

나는 양손으로 그녀의 얼굴을 잡고 다친 눈의 중심부를 바라본다. 거기에 비친 두 개의 내 모습이 엄숙하게 나를 응시한다. "이건 뭐지?" 나는 구석에 있는, 벌레 같은 모양의 그을린 자국을 만지며 묻는다.

"아무것도 아니에요. 쇠가 닿았던 부분이에요. 약간 데었을 뿐이에요. 아프지는 않아요." 그녀는 내 손을 밀친다.

"이런 짓을 한 사람들에 대해서 어떻게 생각하니?"

그녀는 오랫동안 생각하며 누워 있다. 그런 다음 이렇게 말한다. "얘기하는 데 지쳤어요."

*　　*

몸에 오일을 바르고 문지르는 의식과 졸음에 빠지고 결국 망각 속으로 빠져드는 일에 내가 매여 있다는 사실 때문에 느닷없이 화가 치밀 때가 있다. 그녀의 완강하고 냉담한 몸에서 내가 도대체 무슨 즐거움을 얻을 수 있는 건지 이해할 수가 없다. 분노가 솟구칠 때도 있다. 그러면 나는 짜증이 나고서 움츠러든다. 그녀는 등을 돌린 채로 잠이 든다.

나는 어느 날 저녁, 이처럼 우울한 상태에서 여관의 이층 방을 찾는
다. 내가 흔들흔들하는 바깥쪽 계단을 오를 때, 누군지 알 수 없는 남자
가 고개를 숙이고 황급히 나를 지나쳐 내려간다. 나는 복도에 있는 두
번째 문을 노크하고 들어간다. 말끔히 정돈된 침대, 그 위의 장신구와
장난감으로 가득찬 선반, 활활 타는 촛불 두 개, 벽을 따라 있는 큰 연
통에서 발산되는 온기, 방안에 밴 오렌지꽃 향기 등 방은 전과 똑같은
모습이다. 여자는 거울 앞에서 정신이 없다. 그녀는 내가 들어오는 걸
보자 화들짝 놀란다. 하지만 미소를 지으며 일어나서 나를 맞고 문을
잠근다. 그녀를 침대 위에 앉히고 옷을 벗기는 것보다 더 자연스러운
일은 없는 것 같다. 그녀는 어깨를 약간 으쓱거리면서 내가 그녀의 날
렵한 몸에서 옷을 벗기는 일을 거든다. 그녀가 한숨을 쉬며 말한다. "얼
마나 보고 싶었는지 몰라요!" 내가 속삭인다. "나도 여기에 다시 와서
좋다!" 거짓말인 줄 알지만 그렇게 아첨을 떨어주니 얼마나 좋은가! 나
는 그녀를 안고 그녀의 몸에 나를 묻고, 새처럼 부드러운 그녀의 움직
임에 나를 맡긴다. 멀리 있는 내 방에서 자고 있을, 다루기도 힘들고 닫
혀 있는 다른 여자의 몸은 도무지 이해할 길이 없는 듯하다. 이처럼 부
드러운 쾌락에 빠져 있으니, 내가 무엇 때문에 그처럼 낯선 몸에 끌렸
는지 이해할 수 없다. 내 품에 안긴 여자는 절정에 이르자 몸을 요동치
고 숨을 헐떡거리고 소리를 지른다. 만족감에 미소를 지으며 나른한 잠
에 빠질 무렵이 되자 그 다른 여자의 얼굴조차 생각나지 않는다. "그 여
자는 불완전해!" 스스로에게 말한다. 그 생각은 순식간에 달아나기 시
작하지만 나는 거기에 매달린다. 나는 피부로 덮인 그녀의 닫힌 눈과
닫힌 얼굴을 상상해본다. 검은 가발 밑에서 주먹이 불쑥 나오듯, 텅 빈

얼굴이 목구멍에서, 그 밑에 있는 텅 빈 몸에서, 벌어진 틈도 없고 입구도 없는 그 몸에서 불쑥 나온다. 나는 혐오감에 몸을 떨고, 지금 품고 있는 새 같은 작은 여자를 꼭 끌어안는다.

나는 한밤중이 되자, 그녀의 팔에서 몸을 뗀다. 그녀는 잠결에 볼멘 소리를 하지만 잠에서 깨지는 않는다. 나는 어둠 속에서 옷을 입고, 문을 닫고, 계단을 찾아 내려와, 눈을 밟고 등을 파고드는 매서운 바람을 맞으며 서둘러 내 방으로 돌아온다.

나는 촛불을 켜고 그녀 위에 몸을 굽힌다. 어떤 의미에서 보면, 나는 그녀의 노예가 된 듯하다. 나는 가지런한 턱, 높은 광대뼈, 큰 입술 등 그녀의 얼굴선을 손끝으로 더듬는다. 나는 가볍게 그녀의 눈꺼풀을 만진다. 아무런 반응도 없지만, 나는 그녀가 깨어 있다고 확신한다.

나는 눈을 감고, 흥분을 가라앉히기 위해 심호흡을 한다. 그리고 맹목적인 손가락 끝으로 그녀를 감지하는 데 온 신경을 집중시킨다. 그녀는 예쁜가? 내가 방금 떠나온 여자(갑자기 이 여자가 내게서 그녀의 냄새를 맡을지 모른다는 생각이 든다)가 예쁘다는 건 의심의 여지가 없다. 내가 그녀에게서 느끼는 쾌감은 그녀의 작은 몸과 몸짓, 움직임의 우아함 때문에 더 강렬해진다. 그러나 내가 이 여자에 대해 확실하게 말할 수 있는 건 아무것도 없다. 그녀의 여성적인 면과 나의 욕망 사이에는 아무 연관성이 없다. 내가 그녀에게 욕망을 느낀다고 확실하게 얘기할 수조차 없다. 나의 모든 에로틱한 행위는 간접적이다. 나는 그녀의 주변을 어슬렁거리며, 그녀의 몸에 들어가지 않은 채, 혹은 그렇게 하고자 하는 욕구도 없는 상태에서 그녀의 얼굴을 만지고 몸을 애무한다. 나는 여자와 막 자고 온 상태다. 나는 그녀를 알게 된 이래, 단 한순간도 내 욕망을 의심해본 적이 없다. 그녀를 원한다는 건 그녀를 포옹하고 그녀의 몸속으로 들어가는 걸 의미했다. 그녀의 표면을 뚫고 몸속의 고요를 뒤흔들어 그녀가 환희의 폭풍에 몸부림치게 만드는 걸 의미했다. 그런 다음, 움츠러들고 잠잠해졌다가 욕망이 다시 일어나기를 기다리는 걸 의미했다. 그런데 이 여자한테는 몸속이 존재하지 않고, 내가 이리저리 들어갈 곳을 찾아 헤매는 표면만이 있는 것 같다. 바로 이게 그녀를 고문했던 자들이 비밀을, 그들이 그게 무어라 생각했든 간에, 추궁하며 느꼈던 걸까? 처음으로 나는 그들에게 메마른 동정심을 느낀다. 몸을 지지고 찢고 베어서 다른 사람의 은밀한 몸속으로 들어갈 수 있다고 믿는 건 얼마나 자연스러운 착각인가! 여자는 내 침대에 누워 있다. 하지만 굳이 침대여야만 할 이유는 없다. 어떤 면에서 보면 나는 연인처럼 행동한다. 나는 그녀의 옷을 벗기고, 그녀의 몸을 씻겨주며, 그녀를 어루만지고, 그녀 곁에서 잠든다. 하지만 똑같은 의미에서, 나는 그녀를 의자에 묶고 두들겨팰 수도 있다. 그렇다고 덜 친밀해지는 것은 아닐 테니 말이다.

그렇다고 나에게 특정한 연령대의 일부 남자들, 즉 난봉을 피우다가 나이가 들어 성적으로 무능력해지자 복수심에 찬 행동으로 전환하는 남자들에게 생기는 일이 일어나고 있다는 말은 아니다. 도덕적인 면에서 변화가 생긴다면, 나는 그것을 느낄 것이다. 오늘 저녁에 했던 것처럼 자신을 안정시키기 위한 실험도 하지 않았을 것이다. 나는 전과 똑같은 남자이지만 시간이 부서졌다. 무엇인가가 하늘에서, 아니 어딘지도 모르는 곳에서, 무작위로 나한테 떨어졌다. 나는 내 침대 속에 누워 있는 이 육체에 책임이 있다. 아니, 그런 것 같다. 그렇지 않다면 내가

74

왜 그녀를 여기에 두겠는가? 잠시 동안, 아니 어쩌면 영원히, 나는 그저 혼란에 빠져 있다. 내가 그녀 곁에 누워 잠을 자든, 그녀를 시트에 싸서 눈 속에 묻어버리든 매한가지인 것처럼 보인다. 그럼에도 나는 그녀 위로 몸을 굽혀 손가락 끝으로 그녀의 이마를 어루만지면서 그녀의 얼굴에 촛농이 떨어지지 않도록 조심한다.

*   *

내가 어디에 다녀왔는지, 그녀가 아는지 어쩐지 모르겠다. 하지만 다음날 밤 오일을 바르고 문지르다가 거의 잠이 들었을 때, 나는 내 손이 멈추더니 그녀의 다리 사이로 끌려가는 느낌을 받는다. 잠시 내 손은 그녀의 성기에 머물러 있다. 그런 다음, 나는 내 손가락에 따뜻한 오일을 조금 더 묻혀 그녀를 애무하기 시작한다. 곧 그녀의 몸에 긴장감이 감돈다. 그녀는 몸을 웅크리고 내 손을 밀쳐낸다. 나는 또다시 나른해져 잠이 들 때까지 그녀의 몸을 문지른다.

나는 지금까지 우리가 한 것 중에서 가장 협력적인 행위를 하는 동안에도 아무런 흥분을 느끼지 못한다. 그 일은 나를 그녀에게 더 가까이 다가가게 해주지도 않고 그녀에게도 전혀 영향을 미치지 않는 듯 보인다. 나는 다음날 아침 그녀의 얼굴을 살핀다. 역시 무표정한 얼굴일 뿐이다. 그녀는 옷을 입고 부엌일을 하러 가려고 더듬더듬 길을 찾는다.

나는 동요한다. "내가 무슨 일을 해야 네 마음을 움직이지?" 이건 내가 속으로 하는 말이고, 대화를 대신하기 시작한 지하의 웅얼거림이다.

"네 마음을 움직일 사람이 아무도 없니?" 나는 내내 나를 기다리고 있던 답변을 두려워하며 바라볼 뿐이다. 그것은 나의 눈길을 받아주지도 않고 내 복제된 이미지만을 나에게 되던지는, 두 개의 검고 번쩍이는 곤충 눈에 가려진 얼굴의 이미지일 뿐이다.

나는 불신에 가득차 머리를 젓는다. 아냐! 아냐! 아냐! 나는 혼자 울부짖는다. 허영심에서, 이러한 의미들과 상응관계들 속으로 스스로를 유혹하고 있는 건 다름 아닌 나 자신이다. 나에게 살금살금 접근해오는 것은 어떤 타락인가! 나는 찻잎을 보고 미래를 예측하는 노파처럼, 아무리 괴기하더라도 비밀과 답을 찾으려 한다. 나와 고문자들, 딱정벌레처럼 어두운 지하실에 앉아 기다리는 사람들 사이에는 아무런 연관성이 없다. 어떻게 내가 침대는 결코 침대가 아니고 여자의 몸은 결코 쾌락의 장소가 아니라고 믿을 수 있겠는가? 나와 졸 대령은 다르다고 나는 주장해야 한다! 그가 저지른 범죄 때문에 고통을 받지는 않겠다!

*　　*

나는 여관의 여자를 정기적으로 찾아가기 시작한다. 법정 뒤에 있는 내 사무실에서 업무를 보는 낮시간에도 주의가 흐트러지고 에로틱한 몽상에 젖어 몸이 흥분하여 뜨겁게 달아오르면서, 정욕으로 가득찬 젊은이라도 되는 듯 그녀의 몸을 생각하는 순간들이 있다. 그럴 때면 나는 내키지 않지만, 따분한 사무를 보아야 한다고 스스로 환기하거나, 창문 쪽으로 걸어가 거리를 응시하곤 한다. 부임 초기에 해질녘이 되면 망토로 얼굴을 가리고 시내의 으슥한 곳을 배회하곤 했던 일이 기억난다. 난롯불을 등지고 낮은 문 위에 몸을 굽힌, 잠 못 이루는 부인들이 때로는 노골적으로 내 눈길에 화답하곤 했다. 나는 산책하는 젊은 여자 두세 명과 이야기를 나누다가 셔벗을 사주고, 때로는 그중 한 여자를 오래된 곡물창고의 어두운 안으로 데리고 들어가 마댓자루를 침대 삼기도 했다. 친구들이 말하길, 변경에 파견되는 일의 부러운 점이라면, 도덕이 느슨한 오아시스의 분위기, 향수 냄새가 진동하는 긴긴 여름밤, 그리고 까만 눈매의 사근사근한 여자들이 있다는 것이었다. 나는 몇 년 동안 잘 먹인 수퇘지가 지을 법한 표정을 지으며 살았다. 무차별적인 섹스는 나중에는 가정부들이나 위층에 때때로 머무르던 여자애들과의 조금은 신중한 관계로 바뀌었다. 그러나 아래층에서 부엌일을 돕던 여자들이나 여관에 있는 여자들과의 관계가 더 잦았다. 내가 전보다 여자들을 덜 찾고 있음을 깨달았다. 나는 일과 취미와 골동품 수집과 지도 작성에 더 많은 시간을 들였다.

그뿐만이 아니었다. 이야기의 실타래를 잃어버리는 이야기꾼처럼 섹스 도중에 망연자실한 상태가 되는 불안한 경우도 더러 있었다. 뚱뚱한 늙은이들이, 놀림감이 되는 이들이 섹스를 하다가 심장에 무리가 가 입술에 미안하다는 말을 머금은 채 여자의 품에 안겨 죽고, 그 집의 평판에 오명이 남지 않도록 밖으로 실려나가 어두운 골목에 버려지는 장면을 상상하곤 몸이 오싹해졌다. 그 행위 자체의 클라이맥스는 멀고 미미하고 기이했다. 나는 때로는 엄벙덤벙하다가 멈췄고, 때로는 기계적으로 끝까지 나아갔다. 그리고 몇 주, 아니 몇 달 동안 여자 없이 살았다. 여자들의 날씬한 몸매와 거기에서 느끼던 기쁨을 느끼지 못하는 건 아니었지만, 새로운 당혹감이 나를 찾아왔다. 이 아름다운 여자들의 몸속으로 들어가 그들의 몸을 소유하는 게 내가 진정으로 원했던 바일까? 욕망은 거리감과 분리감이 주는 비애를 동반하는 듯했다. 그 점을 부인해봤자 부질없는 짓이었다. 또한 왜 내 몸의 한 부분이 불합리한 욕구와 잘못된 기대감과 더불어, 욕망의 통로로서 다른 어느 부분보다 우선해야 하는지 이유를 알 수 없었다. 때때로 성기는 나와 전적으로 다른 존재인 것 같았다. 나한테 기생해 살면서 제 스스로의 욕망에 따라 커졌다가 작아지고, 도저히 떼어낼 수 없는 이빨로 내 살에 달라붙어 사는 우둔한 동물인 것 같았다. 나는 물었다. 내가 왜 너를 이 여자 저 여자에게 데리고 다녀야 하지? 네가 다리 없이 태어나서 그러냐? 네가 나 대신 개나 고양이한테 뿌리를 박고 산다고 달라질 게 있을까?

그러나 다른 경우도 있었다. 특히 지난해에는 그랬다. 여관에서 '별'이라는 별명으로 불리지만 내가 보기에는 새와 더 비슷한 그 여자를 만나면서 나는 다시 한번 옛날에 경험했던 감각적인 매혹의 힘을 느끼게 되었고, 그녀의 몸안에 들어가 옛날에 느꼈던 쾌락의 극치를 맛보았다. 그래서 나는 이렇게 생각했다. "이건 나이의 문제일 뿐이다. 서서히 식으며 죽음을 향해 나아가는 몸에서 욕망과 냉담함이 순환하는 것일 뿐이다. 젊었을 때는 여자의 냄새만 맡아도 흥분하곤 했다. 그런데 이제는 가장 달콤하고 싱싱하고 새로운 여자들에게만 흥분한다. 조만간은 어린 소년들에게만 그럴 것이다." 이 풍요로운 오아시스에서 말년을 보낼 것을 생각하면 약간 혐오감이 들었다.

이제 나는 사흘 밤 내리 그녀를 찾아간다. 카낭가 향유, 사탕, 내가 알기로 그녀가 혼자 있을 때 꿀꺽 삼키고 싶어하는 훈제 생선알 등을 그녀의 작은 방에 선물로 가져간다. 내가 껴안으면 그녀는 눈을 감는다. 환희에서 나온 듯한 떨림이 그녀의 전신을 훑고 지나간다. 그녀를 나에게 처음 소개해줬던 친구는 그녀의 재능에 대해 이렇게 얘기했다. "물론 다 연기야. 하지만 그녀가 다른 사람들과 다른 점은 자기가 하는 역할을 실제라고 믿고 있다는 거야." 나는 별로 상관하지 않는다. 그녀의 연기에 압도당해, 그녀가 몸을 흔들고 떨고 신음을 할 때도 나는 눈을 뜨고 있다. 그리고 나 자신의 쾌락이 흐르는 검은 강 속으로 다시 빠져든다.

나는 감각적인 나른함에 젖어 꾸벅꾸벅 졸거나 약간 흥분한 채 백일몽을 꾸면서 사흘을 보낸다. 나는 자정이 지난 후 방으로 돌아와, 내 옆에 있는 완강한 형체에 전혀 신경쓰지 않고 침대 속으로 들어간다. 아침에 그녀가 나갈 준비를 하는 소리에 잠에서 깨더라도, 나갈 때까지 자는 척한다.

어느 날, 나는 열린 부엌문 앞을 지나치다가 안을 힐끗 쳐다본다. 탁자에 앉아 음식을 준비하고 있는 땅딸막한 여자가 자욱한 수증기를 통해 보인다. '누군지 알겠군.' 나는 깜짝 놀라 이렇게 생각한다. 그러나 뜰을 가로지를 때 내 뇌리에 줄곧 떠오른 건 그녀 앞 탁자 위에 쌓여 있던 녹색 호박 더미다. 의도적으로 나는 내 마음의 눈을 호박더미에서 그것을 써는 손으로 옮기고, 다시 손에서 얼굴로 옮긴다. 나는 내 속에 뭔가 망설이고 저항하는 게 있다는 걸 감지한다. 내 생각은 호박더미와 그것들의 젖은 표면 위에서 반짝이는 빛에 눈이 부신 듯 고정되어 있다. 빛은 자신만의 의지라도 있는 듯 움직이지 않는다. 그래서 나는 내가 하려는 일의 진실을 마주보기 시작한다. 그건 그 여자를 지워버리는 것이다. 만일 내가 연필로 그녀의 얼굴을 스케치한다면 어디서부터 시작해야 할지 모른다는 걸 깨닫는다. 그녀는 정말로 특징이 없는 걸까? 나는 안간힘을 쓰며 그녀에게 내 마음을 집중하기 시작한다. 모자를 쓰고 무겁고 보기 흉한 코트를 입고 불안정한 자세로 서서, 앞으로 몸을 숙이고 다리를 벌린 채 지팡이에 몸을 의지하고 있는 모습을 생각한다. 저렇게 추할 수도 있을까, 나는 생각한다. 내 입이 추한 말을 만들어낸다. 나는 그게 놀랍기도 하지만, 그렇다고 저항하지는 않는다. 그녀는 추하고 또 추하다.

　나흘째 날 밤에는 기분이 나빠진 채 돌아와 사람이 깨든 말든 시끄러운 소리를 내며 방의 이곳저곳을 두드린다. 저녁은 실패로 끝났다. 새로 생겼던 욕망의 흐름이 깨지고 말았다. 나는 장화를 마루 위에 던져버리고 침대로 올라간다. 싸움을 하고 싶어 안달이 나고, 탓할 누군가가 있었으면 싶고, 나 자신이 너무 유치해 창피하기도 하다. 내 옆에 있는 이 여자가 내 인생에서 뭘 하고 있는 건지 모르겠다. 내가 그녀의 불완전한 몸을 통해 다가갔던 이상한 황홀경을 생각하면 메마른 혐오감이 차오른다. 마치 내가 짚과 가죽으로 된 물건과 섹스를 하며 여러 날 밤을 보내기라도 한 듯 말이다. 도대체 그녀에게서 뭘 볼 수 있었던 거지? 나는 그녀가 고문 전문가들에게 고문을 받기 전의 모습이 어떠했을지 머릿속으로 떠올려보려 한다. 그들이 잡혀온 날, 그녀가 다른 야만인 포로들과 같이 앉아 있었을 때, 내 눈길이 그녀를 스쳐가지 않았다는 건 불가능하다. 내 머릿속 어딘가에 그 기억이 자리잡고 있음이 분명하다. 그러나 기억을 불러낼 수 없다. 나는 갓난아이를 안고 있던 여자도 기억할 수 있다. 그 아이조차 기억할 수 있다. 나는 세세한 것까지 다 기억할 수 있다. 가장자리가 닳아서 해진 양모 숄과 아이의 가느

다란 머리카락 밑으로 난 땀방울까지 기억할 수 있다. 죽은 남자의 앙상한 손도 기억할 수 있다. 조금만 노력하면 그 남자의 얼굴을 그릴 수도 있으리라. 그러나 그 사람 곁에 있었을 이 여자에 관해서는 텅 빈 공간뿐이다.

한밤중에 여자가 나를 흔드는 통에 잠에서 깬다. 신음소리가 메아리가 되어 아직도 공기 중에 희미하게 남아 있는 듯하다. "잠을 자다가 소리를 지르셨어요." 그녀가 말한다. "그래서 저도 깼어요."

"내가 뭐라고 소리를 질렀지?"

그녀는 낮은 목소리로 뭔가를 중얼거리다가 나한테서 등을 돌린다.

그녀는 나중에 다시 한번 나를 깨운다. "소리를 또 지르셨어요."

나는 머리가 멍하고 혼란스럽고 화가 치밀기도 해, 스스로를 들여다보려고 하지만 소용돌이만 보일 뿐이다. 그 소용돌이의 심장부에는 망각이 있다.

"꿈꾸셨어요?" 그녀가 묻는다.

"무슨 꿈을 꿨는지 모르겠어."

눈으로 성을 쌓는 두건 쓴 아이에 관한 꿈을 또 꾼 걸까? 만약 그렇다면 그 꿈의 여운이나 냄새나 맛이 남아 있을 게 분명하다.

"너한테 꼭 물어봐야 할 게 있다. 여기 막사 뜰에 처음 끌려왔을 때 기억하지? 경비병들이 너희 모두에게 앉으라고 했잖아. 너는 어디에 앉아 있었지? 어느 방향을 쳐다보고 있었지?"

창밖으로 구름 떼가 달 앞을 지나치고 있는 게 보인다. 그녀가 어둠 속 내 곁에서 얘기한다. "그들은 우리를 모두 그늘에 앉혔어요. 저는 아버지 옆에 있었고요."

나는 그녀 아버지의 모습을 생각해본다. 나는 침묵 속에서, 더위와 먼지, 그들의 지친 몸에서 나는 냄새 등을 되살려보려 애쓴다. 나는 내가 생각해낼 수 있는 모든 죄수들을 하나하나 담벼락의 그늘에 앉힌다. 나는 갓난아이를 안고 있는 여자와 그녀의 모직 숄, 그녀의 드러난 가슴을 같이 배치한다. 갓난아이가 울부짖는다. 그 소리가 들린다. 아이는 너무 지쳐 젖을 먹을 힘도 없다. 옷이 꾀죄죄하고 목이 마른 아이엄마는 나에게 호소하면 혹시 뭔가 나오지 않을까 하는 눈초리로 나를 쳐다본다. 다음에는 어렴풋하게 두 사람이 생각난다. 어렴풋하긴 하지만 거기에 있었다. 나는 기억을 떠올리고 상상력을 가미하면, 그들도 그곳에 채워넣을 수 있다는 걸 안다. 그다음에는 이 여자의 아비다. 앙상한 손을 앞으로 맞잡고 있다. 그는 모자를 눈 위까지 눌러쓰고 있다. 그는 고개를 들지 않는다. 이제는 그의 옆자리를 채울 차례다.

"아버지의 어느 쪽에 앉아 있었지?"

"오른쪽에 있었어요."

그 남자의 오른쪽 공간은 텅 빈 채로 있다. 나는 고통스럽게 정신을 집중해 그 옆에 있는 땅의 자갈들 하나하나와 뒤쪽 벽의 질감까지 생각해낸다.

"네가 뭘 하고 있었는지 얘기해봐."

"아무것도 안 했어요. 우리는 모두 매우 지쳐 있었어요. 새벽이 되기 전부터 걸어왔으니까요. 우리는 딱 한 차례만 쉬었어요. 지치고 목이 마른 상태였죠."

"나를 봤니?"

"네, 우리 모두 봤죠."

나는 내 무릎에 팔을 두르고 정신을 집중한다. 그 남자 옆의 공간은 비어 있지만, 이 여자의 희미한 존재감이, 아우라가 나타나기 시작한다. 지금이다! 나는 자신을 재촉한다. 이제 내가 눈을 뜨면 그녀는 그 자리에 있을 것이다! 나는 눈을 뜬다. 나는 희미한 빛으로 내 옆에 있는 그녀의 형체를 알아본다. 감정이 벅차온다. 나는 손을 뻗어 그녀의 머리와 얼굴을 만진다. 화답이 없다. 마치 표면만 있는 항아리나 공을 어루만지는 것 같다.

"이런 일들이 일어나기 전의 네 모습을 생각해내려고 하던 참이야." 나는 말한다. "그러기 어렵구나. 네가 나한테 얘기해줄 수 없다니 애석한 일이다." 나는 부정하는 대답을 기대하지 않는다. 그녀는 아무 말이 없다.

* *

변경에서 삼 년간의 복무연한을 마치고 고향으로 돌아갈 준비를 하는 병사들을 대체할 징집병 파견부대가 도착했다. 이 부대는 이곳의 간부진에 합류하게 될 젊은 장교가 인솔하고 있다.

나는 여관에서 저녁식사를 같이하자며 그를 그의 동료 두 사람과 함께 초대한다. 저녁시간이 순조롭게 지나간다. 음식도 괜찮고 마실 것도 넉넉하다. 장교는 날씨가 나쁜 계절에 완전히 낯선 곳으로 이동하면서 겪은 일들을 얘기하느라 바쁘다. 그는 오는 길에 병사 세 명을 잃었다고 한다. 한 명은 밤중에 볼일을 보러 텐트를 나섰다가 돌아오지 않았고, 두 명은 오아시스가 보이는 지역에 이르렀을 때 대열을 이탈해

갈대숲으로 도망쳤다고 한다. 장교는 어차피 말썽을 피울 자들이니 그들이 없어졌어도 개의치 않는다는 투다. 그래도 그런 식으로 탈영하는 건 어리석은 짓 아닙니까? 아주 어리석은 짓이죠, 내가 대답한다. 그들이 왜 탈영했는지는 아시오? 그가 대답한다. 모르겠어요. 그들은 공정한 대우를 받았습니다. 모든 사람이 그렇지요. 하지만 징집병들이니 물론…… 그는 어깨를 으쓱한다. 더 일찍 탈영하는 편이 좋았을 겁니다, 내가 얘기한다. 이 근방 시골은 사람이 살기 힘든 지역이에요. 만약 지금까지 대피소를 찾지 못했다면 그들은 죽었을 거요.

우리는 야만인들에 대해 얘기한다. 그는 오는 길에 야만인들이 거리를 두고 그들 뒤를 밟은 게 확실하다고 말한다. 그들이 야만인이라는 게 확실하오? 내가 묻는다. 야만인 말고 달리 누구였겠습니까? 그가 대답한다. 그의 동료들도 그 말에 동의한다.

나는 이 젊은이가 활력에 차 있고, 변경 지역의 새로운 풍경에 관심을 가져서 마음에 든다. 이 가혹한 계절에 대원들을 이끌고 이곳으로 오다니 칭찬할 만하다. 손님들이 시간이 늦었다며 가겠다고 하자, 나는 더 머물다 가라고 붙잡는다. 우리는 자정이 넘을 때까지 얘기를 하며 술을 마신다. 나는 오랫동안 가보지 못한 수도에 관한 새로운 소식을 듣는다. 나는 추억이 어려 있어 가끔 회상하곤 하는 몇몇 장소에 대해 그에게 얘기한다. 산책하는 사람들을 위해 악사들이 연주를 하고, 잣나무 잎새들이 떨어져 있어 발길이 닿으면 바스락거리는 정원들, 그리고 박공벽 주변으로 찰싹이던 물의 표면에 천국의 꽃 모양으로 비치는 달의 모습을 바라보던 다리.

"사령부 주변에 떠도는 소문에 의하면," 그가 말한다. "봄에 야만인들을 대대적으로 공격해 변경에서 산악지역으로 몰아붙일 거라고 합니다."

유감스럽게도 그의 말 때문에 나의 회상은 끊기고 만다. 나는 말다툼을 하며 이 자리를 끝내고 싶지는 않지만 그래도 응수한다. "그건 소문일 뿐이오. 그렇게 되지는 않을 거요. 우리가 야만인이라고 부르는 사람들은 유목민이오. 그들은 매년 저지대와 고지대를 오가며 살고, 그게 그들이 사는 방식이죠. 그들은 결코 산악지방에만 갇혀 있지는 않을 거요."

그는 나를 이상하게 쳐다본다. 오늘밤 처음으로 나는 장벽이 내려오는 걸 느낀다. 군인과 일반인 사이의 장벽. "솔직히 말씀드리면, 바로 그게 전쟁입니다. 우리가 강요하지 않으면 선택을 내리지 않을 사람들에게 선택을 강요하는 거죠." 그는 사관학교를 나온 젊은이답게 오만하고 솔직한 눈초리로 나를 살핀다. 나는 그가 지금쯤 멀리 퍼졌을 나에 관한 소문을 들었으리라 확신한다. 내가 제3국 소속의 경찰에게 비협조적이었다는 얘기 말이다. 그가 나를 어떻게 생각하는지 알 것 같다. 그는 나를, 수년 동안 이렇게 침체된 곳에서 게으른 토착민들의 방식에 맞춰 살다보니 구태의연한 생각에 젖어 있고, 제국의 안보를 임시적이고 불안정한 평화와 맞바꾸려는 위태로운 생각에 빠진 하찮은 민간인 관리쯤으로 여기는 것 같다.

그는 앞으로 몸을 기울이고, 공손하지만 소년처럼 어리둥절한 표정을 짓는다. 점점 더 그가 나를 가지고 장난을 치고 있다는 확신이 든다. 그가 말한다. "저한테 살짝 말씀해주시겠습니까? 이 야만인들이 불만스럽게 생각하는 게 뭔지, 우리에게서 원하는 게 뭔지요?"

나는 조심해야 하지만 그러지 않는다. 하품을 하며 그의 질문을 피하고 이 자리를 끝내야 하지만, 나는 미끼를 덥석 문다. (나는 이 방정맞은 혀를 가만히 두는 법을 언제 배우게 될까?)

"그들은 자기들 땅에 정착지가 확산되는 걸 막으려고 해요. 최종적으로는 그들의 땅을 되찾고 싶어하고요. 전에 하던 대로, 자신들의 가축을 몰고 초지에서 초지로 자유롭게 이동하고 싶은 거요." 지금이라도 말을 끝내면 너무 늦은 건 아닐 게다. 그러나 목소리는 더 커지고, 나는 유감스럽게도 화까지 낸다. "제국의 안보가 걸려 있기 때문에, 아니면 그렇게들 얘기하기 때문에, 최근에 그들을 이유 없이 공격하고 극도로 잔인한 행위를 한 일에 대해서는 아무 말도 하지 않겠소. 그 며칠 동안에 일어난 피해를 복구하려면 몇 년은 걸릴 거요. 하여간 그 얘긴 그만두고, 내가 행정관으로서 실망스럽게 느끼는 바를 얘기해주겠소. 국경에 아무런 문제가 없었던 평화로운 시기에도 실망스러운 일은 있었소. 유목민들은 일 년에 한 번씩 우리를 찾아와 교역을 한다오. 시장에 있는 가게에 들러보면, 어느 쪽이 어느 쪽한테 저울 눈금을 속이고 고함을 치고 협박을 하는지 분명하게 알 수 있소. 군인들한테 희롱을 당할까 두려워 천막에 여자들을 두고 와야 하는 그들의 처지도 분명히 알 수 있소. 취해서 도랑에 드러누워 있는 게 누구이며, 거기에 누워 있는 자에게 누가 발길질을 하는지도 분명히 알 수 있소. 내가 지난 이십 년 동안 치안판사로서 싸워야 했던 문제는 가장 저열한 마부들이나 농사꾼들이 야만인들을 상대로 보여준 모욕과 경멸이었소. 특히 그 경멸이라는 게 식사 예절이 다르고 눈꺼풀의 형태가 다르다는 사실 말고는 구체적인 근거가 없다면, 그 경멸을 어떻게 근절할 수 있겠소? 내가 가끔 바라는 게 뭔지 아시오? 야만인들이 들고일어나 우리에게 본때를 보여 그들을 존중하는 법을 가르쳤으면 좋겠소. 우리는 이곳이 우리 소유이고, 우리 제국의 일부이며, 우리의 전진기지이자 정착지이고 중앙시장이라고 생각하고 있소. 하지만 이 사람들, 즉 이 야만인들은 전혀 그렇게 생각하지 않는단 말이오. 우리는 백 년도 넘게 이곳에 있었소. 우리는 사막을 농토로 개간하고 관개시설을 만들고 들에 곡물을 심고, 탄탄한 집을 짓고 도시 주변에 벽을 쌓았소. 하지만 그들은 아직도 우리를 잠시 머무는 방문객으로 생각하고 있소. 그들 중에는 이 오아시스가 전에 어땠는지 부모가 얘기해줬던 걸 기억하는 노인네들도 있다오. 이곳은 겨울에도 방목을 할 수 있는 목초지가 많은, 호숫가의 알맞게 그늘진 곳이었다는 거요. 지금도 그들은 그런 식으로 얘기하고 있소. 어쩌면 지금도 이곳을 그런 식으로 보고 있는지도 모를 일이오. 마치 이곳의 땅이 한 삽도 파헤쳐지지 않고 벽돌 하나도 다른 벽돌 위에 쌓이지 않은 상태로 있다는 듯 말이오. 그들은 우리가 조만간 수레에 짐을 가득 싣고 우리의 고향으로 가버리고, 우리가 세운 건물들이 쥐나 도마뱀의 서식처가 되고, 자신들이 기르는 짐승들이 우리가 일궈놓은 비옥한 들에서 풀을 뜯어먹게 되리라는 걸 의심하지 않소. 지금 웃는 거요? 얘기 하나 해주리다. 호수 물이 해마다 조금씩 염분이 많아지고 있소. 이유는 간단하오. 구태여 얘기하진 않으리다. 야만인들은 이 사실을 알고 있소. 바로 이 순간, 그들은 이렇게 생각하고 있을 거요. '조금만 참자. 조만간 그들의 곡식이 염분 때문에 말라죽기 시작할 것이다. 먹을 것이 없으면 떠날 수밖에 없다.' 그들은 이렇게 생각하고 있소. 자신들이 우리보다 더 오래 남아 있으리라고 생각하는 거요."

"하지만 우리는 철수하지 않을 겁니다." 젊은 장교가 침착하게 말을 받는다.

"확신하오?"

"우리는 철수하지 않습니다. 그러니 그들은 착각하고 있는 겁니다. 호위대를 통해 정착지에 보급품을 보내야 하는 상황이 되더라도, 우리는 철수하지 않을 겁니다. 이 변경의 정착지가 제국을 수호하는 최전선이니까요. 그 점을 빨리 이해하면 이해할수록 야만인들에게는 더 좋을 겁니다."

적극적인 태도에도 불구하고 그의 사고방식에는 경직된 데가 있다. 그건 틀림없이 군사교육을 받았기 때문일 게다. 나는 한숨을 쉰다. 절제하지 못하고 생각하는 바를 드러냈지만 나는 아무것도 얻은 게 없다. 그가 나에 대해 품었을 최악의 의혹, 즉 내가 구태의연할 뿐만 아니라 사상이 불온하다는 게 틀림없이 확인된 것이다. 나는 내가 말한 바를 정말로 믿는가? 나는 지적 무기력, 지저분함, 질병과 죽음을 아무렇지도 않게 대하는 태도 등 야만적인 방식이 승리하리라고 정말로 기대하고 있는가? 만약 우리가 사라지면, 야만인들은 우리의 잔해를 발굴하며 그들의 오후 시간을 보낼 것인가? 그들은 우리의 인구조사표와 곡물상 장부를 유리상자에 넣어 보관하거나, 우리의 연애편지에 쓰인 글자를 해독하는 데 시간과 정신을 쏟을 것인가? 제국의 정책 집행 방식에 대한 나의 분노는 변경에서의 편안한 말년을 방해받지 않으려는 노인의 투정이 아니라 그 이상의 무엇일까? 나는 말, 사냥, 날씨 등 더 적절한 소재로 대화를 끌고 가려고 한다. 하지만 시간이 너무 늦어, 젊은 친구는 일어나고 싶어한다. 나는 오늘 저녁의 접대비를 계산해야 한다.

아이들이 다시 눈 속에서 놀고 있다. 내게 등을 돌린 채, 두건을 쓰고 있는 그 소녀는 그들의 한가운데에 있다. 순간, 나는 소녀를 향해 나아가려고 안간힘을 쓴다. 그러자 소녀는 내리고 있는 눈 속으로 사라져버린다. 발이 너무 깊이 빠져 들어올리기가 힘들다. 한 발자국을 떼는 데 오랜 시간이 걸린다. 지금까지 꿈에서 본 눈 중 최악의 눈이다.

내가 그들을 향해 힘들게 나아갈 때, 아이들은 놀이를 그만두고 나를 쳐다본다. 그들은 진지하고 환한 얼굴을 내게로 돌린다. 그들의 입에서 하얀 입김이 나온다. 나는 소녀에게로 나아가면서 웃음을 지으며 그들에게 손을 대려 한다. 그러나 내 얼굴은 얼어붙어 있다. 웃음이 나오지 않는다. 얇은 얼음층이 내 입을 덮고 있는 것 같다. 나는 그걸 떼어내려고 한 손을 들어올린다. 손에는 두꺼운 장갑이 끼워져 있다. 장갑 속의 손가락은 얼어 있다. 나는 장갑을 얼굴에 대보지만, 아무런 느낌도 없다. 나는 힘들게 움직여, 아이들을 지나쳐 나아간다.

이제 나는 소녀가 무엇을 하고 있는지 보기 시작한다. 그녀는 눈으로 된 성을 만들고 있다. 어느 모로 보나 벽으로 둘러싸인 도시다. 네 개의 감시탑이 있는 흙벽, 경비의 오두막이 옆에 있는 정문, 거리와 집들, 한쪽 구석에 막사가 있는 광장. 그리고 여기가 내가 서 있는 지점이다! 그러나 광장은 텅 비어 있다. 온 시내가 하얗고 조용하고 텅 비어 있다. 나는 광장 한가운데를 가리킨다. "저기에는 사람들이 있어야지!" 나는 이렇게 말하고 싶다. 그러나 내 입에서는 아무 소리도 나오지 않는다. 혀는 물고기처럼 얼어붙어 있다. 그래도 그녀가 반응을 한다. 그녀는 무릎을 꿇은 자세에서 몸을 펴고 두건으로 가린 얼굴을 내게로 향한다. 나는 바로 그 순간, 그녀의 모습이 실망스러울까봐 두렵다. 그녀가 내게 보여줄 얼굴이 햇빛 속에서는 살 수 없는 내장처럼 뭉툭하고 반질반질한 모습일까봐 두렵다. 하지만 그렇지 않다. 그녀는 본래 모습, 내가 본 적 없는 본래 모습을 드러낸다. 얼굴에 미소를 띠고, 이가 빛나고, 새까만 눈으로 사람을 쳐다보는 아이. "그래, 이게 본래 모습이었구나!" 나는 혼잣말을 한다. 나는 입이 얼어붙어 굳어 있지만 그녀에게 이렇게 말하고 싶다. "벙어리장갑을 낀 손으로 어쩌면 그리 섬세하게도 만드니?" 내가 더듬거리자, 그녀는 따뜻한 미소를 짓는다. 그런 다음, 그녀는 등을 돌리고 눈으로 성을 만드는 일로 돌아간다.

나는 차갑고 굳은 상태로 꿈에서 깬다. 동이 트려면 아직도 한 시간이 남았다. 불은 꺼져 있고, 머리는 추위로 얼얼하다. 내 곁에 있는 여자는 공처럼 몸을 웅크리고 잔다. 나는 침대 밖으로 나와서, 두터운 외투로 몸을 감싼 채 불을 지피기 시작한다.

꿈이 뿌리를 내렸다. 나는 매일 밤, 눈이 휩쓸고 간 광장의 폐허로 되돌아간다. 그리고 한가운데에 있는 사람에게로 터벅터벅 걸어가서, 그녀가 만들고 있는 도시에 생명이 없다는 걸 거듭 확인한다.

나는 여자에게 자매에 대해 물어본다. 그녀에게는 두 자매가 있다. 그녀에 따르면, 동생은 "아주 예쁘긴 하지만 차분하지가 못하다". 나는 이렇게 묻는다. "다시 보고 싶지 않니?" 아차 싶다. 분위기가 싸해진다. 우리 둘 다 미소를 짓는다. "당연히 보고 싶죠." 그녀가 대답한다.

나는 그녀에게, 감금에서 풀려난 후 내 관할구역에 살고 있었지만 아직 내가 그녀를 몰랐던 시절은 어떠했느냐고 묻는다. "사람들은 제가 뒤에 남겨진 걸 보고 친절하게 대해줬어요. 저는 발이 나아지는 동안 잠시 여관에 있었어요. 어떤 남자가 저를 보살펴줬어요. 그 사람은 지금 떠나고 없어요. 말을 치는 사람이었어요." 그녀는, 내가 그녀를 처음 봤을 때 신고 있던 장화를 준 남자에 대해서도 얘기한다. 나는 다른 남자들에 대해서도 묻는다. "그래요, 다른 남자들도 있었죠. 저한테는 선택의 여지가 없었어요. 그럴 수밖에 없었어요."

이 대화를 나눈 다음부터, 일반 병사들과의 관계가 더 껄끄러워진다. 나는 아침에 법원 청사를 향해 거처를 나서면서, 보기 드문 열병식을 하는 군인들을 지나친다. 발치에 군장을 두고 차렷 자세로 서 있는 이 병사들 가운데 그 여자와 잠자리를 같이한 자들이 분명 있을 것이다. 그렇다고 내가 손으로 입을 가리고 낄낄 웃는 그들의 모습을 상상한다는 건 아니다. 정반대다. 그들이 매서운 바람이 몰아치는 뜰에서 이보다 더 금욕적인 모습으로 서 있는 걸 나는 본 적이 없다. 그들의 태도는 이보다 더 정중한 적이 없다. 그들은 할 수만 있다면 내게 이렇게 얘기하고 싶을 것이다. 우리는 모두 남자이며, 남자라면 누구라도 여자에게 정신이 나갈 수 있다고 말이다. 그럼에도 나는 식당 문 앞에 줄지어 서 있는 병사들을 피하기 위해 저녁 늦게 집으로 돌아온다.

두 탈영병에 관한 소식이 들린다. 사냥꾼에 따르면, 이곳으로부터 동쪽으로 삼십 마일쯤 떨어진, 도로 근처 험한 곳의 변변찮은 대피소에서 얼어죽어 있었다고 한다. 장교는 그들을 그대로 방치해두고 싶은 모양이다. (이미 죽은 자들을 위해 이런 날씨에 삼십 마일을 왕복하는 건 지나치지 않나요?) 그러나 나는 병사들을 보내라고 그를 설득한다. "그들에게도 의식儀式을 치러줘야죠. 그러는 편이 그들 동료들의 사기에도 도움이 될 거요. 자기들 또한 사막에서 죽어 잊힌 채 방치될지도 모른다고 생각할 여지를 주면 안 되죠. 이 아름다운 세상과 작별하고 죽어야 한다는 두려움을 완화시켜주기 위해 우리가 할 수 있는 일은 다 해야죠. 결국 그들을 위험으로 이끈 건 우리잖소." 그래서 파견대가 길을 떠난다. 그들은 이틀 후, 몸을 구부린 상태로 얼어 있는 시체들을 싣고 돌아온다. 병사들이 고향으로부터 수백 마일 떨어진 곳에서, 그것도 하루만 더 가면 음식과 온기가 기다리고 있는 상황에서 탈영을 했다니 아직도 이상하기만 하다. 그러나 나는 그 생각을 더이상 밀고 나가지 않는다. 마지막 의식이 거행되고, 죽은 병사들보다는 운이 좋은 동료들이 모자를 벗고 그 모습을 지켜보는 동안, 나는 꽁꽁 얼어붙은 공동묘지의 무덤가에 서서, 유골을 잘 다뤄야 한다고 강조함으로써 죽음이 소멸이 아님을, 우리는 우리가 알고 있던 사람들의 기억 속에 살아남게 됨을 이 젊은 병사들에게 보여주려 한다고 스스로에게 반복하여 되뇌고 있다. 그러나 내가 그러한 의식을 거행하는 게 순전히 그들 때문일까? 나 자신도 위로하고자 하는 게 아닐까? 나는 그들의 부모에게 이 불행한 소식을 알리는 힘든 일을 도맡겠다고 나선다. "이런 일은 나이 먹은 사람에게 더 쉬운 법이오." 나는 말한다.

*　　*

"뭔가 다른 걸 하고 싶진 않으세요?" 그녀가 묻는다.

그녀의 발이 내 무릎에 놓여 있다. 나는 부풀어오른 발목을 비비고 주무르는 리듬에 정신이 팔려 있다. 그녀의 질문을 받자, 나는 화들짝 놀란다. 그녀가 그렇게 뼈 있는 말을 한 건 처음 있는 일이다. 나는 어깨를 으쓱하고 미소를 짓고, 정신이 딴 데 쏠리는 걸 내켜하지 않으며 잠에 가까운 황홀경으로 다시 빠지려 한다.

내 손에 잡힌 발이 꼼지락거리며 살아나, 내 사타구니를 부드럽게 찌른다. 나는 눈을 뜨고 침대 위에 있는 발가벗은 황금색 몸을 바라본다. 그녀는 팔로 머리를 받치고 누워서, 이제는 내게 익숙해진 비스듬한 시선으로 나를 지켜보고 있다. 그녀는 동물적인 건강미를 발산하며, 탄력 있는 가슴과 미끈한 배를 과시하고 있다. 그녀의 발가락이 계속 꼼지락거린다. 그러나 진보라색 잠옷 차림으로 그녀 앞에 무릎을 꿇은 맥빠진 노인에게선 아무런 반응도 없다.

"다음에." 내 혀가 말의 주변에서 둔하게 맴돈다. 나는 내 말이 거짓말이라는 걸 알지만, 그렇게 얘기한다. "아마 다음에." 그런 다음 나는 그녀의 다리를 들어 옆에 놓고 그녀 옆에 눕는다. "나이든 남자에겐 지킬 정절이 없는 법이야. 난들 어쩌니?" 서투르게 표현한 변변찮은 농담이다. 그녀는 그 말을 이해하지 못한다. 그녀는 내 잠옷을 열어젖히고 나를 애무하기 시작한다. 잠시 후 나는 그녀의 손을 밀쳐낸다.

"당신은 다른 여자들을 찾아가잖아요." 그녀가 속삭인다. "제가 모를 줄 아세요?"

나는 조용히 하라며 단호한 몸짓을 한다.

"그들에게도 이렇게 하세요?" 그녀가 속삭인다. 그리고 흐느끼기 시작한다.

내 마음은 그녀를 향해 가건만, 내가 할 수 있는 일은 아무것도 없다. 그녀는 얼마나 모욕적인 느낌을 받을 것인가! 그렇다고 그녀는 여기를 떠날 수도 없는 처지다. 비틀대고 더듬거리지 않고는 옷도 입을 수 없는 처지다. 그녀는 전과 마찬가지로 죄수일 뿐이다. 나는 그녀의 손을 두드려주고 우울함 속으로 더 깊이 빠져든다.

이날이 우리가 같은 침대에서 자는 마지막 밤이다. 나는 간이침대를 거실로 옮기고 거기에서 잔다. 우리 사이에 있었던 육체적 친밀감은 끝난다. "겨울이 끝날 때까지 잠시만이야. 그게 낫겠어." 그녀는 이 평계를 아무 말 없이 받아들인다. 내가 저녁에 집에 돌아오자, 그녀는 나에게 차를 가져다주고 쟁반 옆에 무릎을 꿇은 채 내 시중을 든다. 그런 다음 그녀는 부엌으로 돌아간다. 한 시간 후, 그녀는 저녁상을 갖고 올라오는 여자의 뒤에서 더듬더듬 계단을 올라온다. 우리는 같이 식사를 한다. 나는 식사를 한 후, 서재로 가거나 밖으로 나가 그동안 소홀히 해온 사교생활을 재개한다. 친구들의 집에서 체스를 두기도 하고, 여관에서 장교들과 카드놀이를 하기도 한다. 한두 번쯤 여관의 위층도 찾아간다. 하지만 죄의식 때문에 흥이 깨진다. 내가 돌아올 때면 언제나 그녀는 잠들어 있다. 그래서 나는 외도를 하는 남편처럼 발꿈치를 들고 걷는다.

그녀는 아무런 불평 없이 새로운 생활 방식에 적응한다. 나는 그녀가 야만인의 교육을 받고 자랐기 때문에 순종적이라고 생각한다. 하지만 내가 야만인의 교육에 대해서 아는 게 뭐지? 내가 순종이라고 부르는 것은 무관심에 지나지 않을지 모른다. 거지에 아버지도 없는 그녀에게, 거처할 곳이 있고 배를 채울 음식만 있다면 내가 혼자 자든 말든 무슨 상관이겠는가? 지금까지는 나도 열정에 사로잡힌 남자라는 사실을—그 열정이 제아무리 모호하고 변태적이라 해도—그녀가 모를 리 없고, 우리의 관계 중 그렇게 많은 부분을 차지해온 침묵 속에서도 육체의 무게로 그녀를 압박해들어가는 내 시선을 느끼지 못할 리 없다고 생각하고 싶었다. 상대를 무시하는 변덕을 포함한 남자의 변덕에 무조건 맞춰주지 말라고, 말에게든 양에게든 남자에게든 여자에게든 상관없이 성적 열정을 가장 분명한 수단과 목적을 가진 하나의 단순한 사실로서 바라보아야 한다고 그녀가 야만인의 교육을 통해 배웠을 가능성에 대해서는 생각하고 싶지 않다. 그래서 그녀를 길거리에서 낚아채 자기 거처로 데려가, 발에 입을 맞추기도 하고, 호통을 치기도 하고, 몸에 이국적인 오일을 발라주기도 하고, 무시하기도 하고, 밤새도록 품에 안겨 자기도 하고, 우울한 모습으로 떨어져 자기도 하는 늙어가는 이 방인이 보여주는 혼란스러운 행동들이 단지 성적 무능력과 우유부단함, 자신이 가진 욕망으로부터의 소외를 나타내는 증거로 보일 가능성은 생각하고 싶지 않다. 내가 줄곧 그녀를 상처받고 손상된 몸을 가진 불구자로 본 반면, 그녀는 지금쯤 자신의 불완전한 몸에 익숙해져, 고양이가 손가락 대신 발톱을 갖고 있다는 사실 때문에 자신이 불구라고 느끼지 않듯이, 더이상 불구라고 느끼지 않게 되었는지도 모른다. 나는 이러한 생각들을 심각하게 받아들이는 편이 좋을 것이다. 그녀는 내가 생각하고 싶은 정도 이상으로 나를 평범하다고 생각하고 있는지도 모를 일이다.

3

매일 아침, 대기는 남쪽에서 날아온 새들이 염분이 있는 늪지대에 내려앉기 전에 호수 주변을 빙글빙글 돌면서 날갯짓을 하는 소리로 가득하다. 바람이 잔잔한 가운데 꽥꽥, 까악까악, 꺼억꺼억 하는 불협화음이 물위에 세워진 다른 도시에서 들려오는 소음처럼 우리의 귀에 들려온다. 기러기, 거위, 고방오리, 홍머리오리, 물오리, 검둥오리, 흰비오리가 내는 소리다.

철새들의 첫 무리가 온 것은 봄이 옴을 알리는 최초의 신호다. 바람에 온기가 묻어 있고, 호수의 얼음도 반투명 유리 같다. 봄이 오고 있다. 조만간 씨를 뿌릴 때가 될 것이다.

그사이는 덫을 놓는 때다. 남자들은 새벽이 되기 전에 일어나 호수로 가서 그물을 친다. 그리고 엄청나게 많은 포획물을 들고 오전에 돌아온다. 목이 비틀린 채 다리가 줄줄이 묶여 막대기에서 대롱거리거나, 나무 새장에 빽빽이 갇혀 서로를 밟으며 아우성을 치는 새들, 때로는 그 무리에 섞여 한가운데에 조용히 웅크리고 있는 거대한 백조 한 마리 등 가관이다. 풍요로운 자연의 선물 덕에 다음 몇 주 동안 사람들은 포식할 것이다.

내가 출발하기 전에 작성해야 하는 두 가지 서류가 있다. 하나는 이 지역의 총독에게 보내는 것이다. 나는 이렇게 기술한다. "본인은 제3국의 공격적 행동으로 인해 생긴 상처를 다독거리고, 이전에 존재했던 상호간의 선의를 회복하기 위해 야만인들을 잠시 방문하고자 합니다." 나는 서명을 하고 봉한다.

나는 다음 서류가 어떤 것이 될지 아직 모른다. 유언일까? 회고록일까? 고백일까? 변방에서 보낸 삼십 년 역사일까? 나는 하루종일 책상에 앉아 하얀 종이를 응시하며 쓸 말이 떠오르길 기다린다. 이튿날도 같은 식으로 지나간다. 사흘째가 되자 나는 포기하고 종이를 서랍에 넣는다. 그리고 떠날 준비를 한다. 침대 속에서 여자를 어떻게 다룰지도 모르는 사람이니, 무엇을 써야 할지 모르는 것도 당연한 듯 보인다.

나는 나를 수행할 사람을 세 명 선발했다. 그중 두 사람은 임시파견 형식으로 내가 부릴 수 있는 젊은 징집병들이다. 다른 한 사람은 이 지역에서 태어난 말 거간꾼이자 사냥꾼인데 그들보다 나이가 많다. 이 사람의 급료는 내 호주머니에서 나가게 될 것이다. 나는 떠나기 전 오후에 이들을 한데 불러놓고 얘기한다. "여행하기에 좋은 계절은 아니야. 아직 봄이 시작되지 않은 겨울의 끝자락이라 날씨가 험악하지. 하지만 우리가 더 기다리면 유목민들은 멀리 떠나고 없을 거야." 그들은 아무것도 묻지 않는다.

나는 여자에게 간단히 얘기한다. "너를 네 부족에게 데려다주마. 아니, 지금은 그들이 흩어져 있으니 가능한 한 가까이 데려다주겠다는 말이 더 맞겠구나." 그녀는 좋다는 내색을 전혀 하지 않는다. 나는 여행용으로 그녀를 위해 산 두터운 모피 옷과 원주민들의 양식으로 장식된 토끼 가죽 모자, 그리고 새 장화와 장갑을 그녀 옆에 내려놓는다.

마음이 정해지자 이제 잠도 더 쉽게 잔다. 행복하다는 느낌마저 든다.

우리는 3월 3일에 출발한다. 아이들과 개들이 성문을 지나 호수에 이르는 길 아래까지 초라하게 우리를 따라온다. 우리가 강변로에서 떨어진 관개시설을 지나 사냥꾼들 외에는 아무도 사용하지 않는 오른쪽 길로 접어든 후에는 우리를 따라오던 아이들도 점점 줄어들고, 결국 서로 앞서거니 뒤서거니 하면서 우리 뒤를 종종걸음으로 따라오는 끈질긴 녀석 둘만 남는다.

해는 떴지만 온기가 없다. 호수를 가로질러 부는 바람은 눈물이 핑 돌 정도로 차갑다. 남자 넷과 여자 하나, 짐을 실은 말 네 마리. 바람에 떠밀려 자꾸 뒷걸음을 치는 통에 앞쪽으로 잡아채야 하는 말들이 일렬종대를 이루어 벽으로 둘러싸인 도시와 텅 빈 들판으로부터, 그리고 결국에는 숨을 헐떡거리는 두 소년으로부터 멀어져간다.

내 계획은 이 길을 따라가다가 호수 남쪽으로 우회해 사막을 가로질러 북동쪽으로 가서 북쪽 유목민들이 겨울을 나는 계곡을 향해 가는 것이다. 이 길은 사람들이 거의 다니지 않는 길이다. 유목민들은 가축떼를 몰고 이동할 때, 강바닥이 말라서 생긴 동쪽과 남쪽의 광활한 지대를 이용한다. 그러나 이 길을 이용하면 육 주 걸릴 여정이 일이 주로 줄어든다. 나는 이 길을 이용해본 적이 없다.

우리는 처음 사흘 동안은 남쪽을 향해 터벅터벅 걷다가 동쪽으로 이동한다. 오른쪽으로는 바람에 부식된 진흙 계단 모양의 평원이 펼쳐져 있는데, 그 끝은 붉은 먼지구름의 층들로 이어지고 다시 누렇고 흐린 하늘로 이어져 있다. 왼쪽으로는 평평한 늪지대와 갈대밭, 가운데 부분의 얼음이 녹지 않은 호수가 펼쳐져 있다. 얼음 위로 불어오는 바람이 우리의 숨결마저 얼어붙게 만든다. 그래서 우리는 종종 말에서 내려 바람을 피해 몸을 말 옆에 붙이고 오랫동안 걷기도 한다. 여자는 얼굴에 스카프를 칭칭 감고 안장에 웅크린 채 앞에 가는 사람을 무턱대고 따른다.

말 두 마리에는 장작이 실려 있지만, 사막에서 사용하기 위해 남겨둬야 한다. 우리는 모래에 반쯤 묻힌, 봉분 같은 나무를 발견해서 쪼개어 땔감으로 쓴다. 그러나 대부분은 마른 갈대로 만족해야 한다. 여자와 나는 모피 속에 몸을 웅크리고 같은 천막 속에서 나란히 누워 잔다.

여행 초기에는 잘 먹는다. 우리는 소금에 절인 고기, 밀가루, 콩, 말린 과일 등을 가져왔고, 들새를 잡아먹기도 한다. 그러나 물만은 아껴야 한다. 남쪽 얕은 늪지대의 물은 마시기에는 너무 짜다. 그래서 누군가 이삼십 보쯤 물속으로 걸어들어가 종아리까지 물이 차는 곳에서 가죽부대에 물을 채우거나, 더 좋은 방법으로는 얼음을 깨서 가지고 나와야 한다. 그러나 녹은 얼음물조차 너무 쓰고 짜서 진한 홍차를 넣어 마셔야 할 정도다. 호수의 물은 해가 지날수록 더 짜지고 있다. 강이 둑을 잠식하면서 염분과 명반이 호수에 유입되는 것이다. 호수의 물이 밖으로 빠져나가지 않기 때문에 무기물의 함량이 계속 높아지고 있다. 수로

가 모래톱에 의해 주기적으로 차단되는 남쪽 지대가 특히 그렇다. 여름 홍수가 끝나고 나면, 어부들은 얕은 물속에서 배를 드러내고 죽어 있는 잉어들을 본다고 한다. 그들은 농어가 더이상 보이지 않는다고 말한다. 호수가 사해가 된다면 정착지는 어떻게 될까?

짠 홍차를 하루 동안 마시고 나자 여자를 제외한 우리 모두는 설사로 고생하기 시작한다. 내가 가장 심하다. 가던 길을 자주 멈추고, 다른 사람들이 기다리는 동안 말 쪽으로 돌아서서 언 손가락으로 옷을 내렸다 올렸다 반복하며 볼일을 봐야 한다는 게 너무나 굴욕적이다. 그래서 나는 가능한 한 물을 적게 마시려고 노력한다. 갈증이 심해 말을 타고 가면서 물이 찰랑찰랑 담겨 있는 물통이나 흰 눈과 같은 헛것이 눈앞에 아른거릴 정도다. 사냥을 나가고 가끔 여자들을 찾아 잡다한 오입질을 하며 인생을 살다보니 몸이 이처럼 약해졌다는 사실을 깨닫지 못하고 있었던 것이다. 행군을 오래하고 나니, 뼛속까지 쑤신다. 저녁이면 너무 피곤해서 식욕조차 없다. 나는 걸음을 더이상 옮길 수 없을 때까지 터벅터벅 걷는다. 그런 다음 안장에 올라가 외투로 몸을 감싸고 손을 흔들어 남자들 중 하나에게 길을 찾아보라고 한다. 바람은 결코 잠잠해지지 않는다. 얼음을 가로지르는 바람은 사방에서 불어대며 붉은 먼지구름으로 하늘을 가리고, 우리를 향해 으르렁거린다. 먼지를 피할 길은 없다. 먼지는 우리의 옷 속으로 들어오고, 피부를 뒤덮으며, 짐 속으로 들어간다. 우리는 먼지로 뒤덮인 혀로 음식을 먹으며, 종종 침을 뱉고 이를 간다. 공기가 아니라 먼지 속에 사는 것 같다. 고기가 물속에서 헤엄을 치듯이, 우리는 먼지 속에서 헤엄치고 있다.

여자는 불평하지 않는다. 그녀는 잘 먹고 아프지도 않으며, 나라면 개라도 안고 자야 될 지독한 추위 속에서도 몸을 웅크린 채 밤새도록 곤히 잔다. 그녀는 하루종일 아무 말 없이 말을 타고 간다. 한번은 쳐다보니, 말을 탄 채 잠들어 있다. 잠든 얼굴이 어린아이의 얼굴처럼 평화롭다.

사흘째가 되자 늪지의 가장자리가 북쪽으로 휘어지기 시작한다. 우리가 호수를 한 바퀴 돌았다는 뜻이다. 우리는 일찍 천막을 치고 햇빛이 남아 있는 몇 시간 동안 할 수 있는 최대한 많이 땔감을 모으기 시작한다. 그사이 말들은 빈약한 풀을 뜯어먹는다. 그리고 우리는 나흘째 날 새벽에 일어나, 늪지대를 넘어 사십 마일쯤 펼쳐져 있는, 오래전에는 호수 바닥이었던 지대를 건너기 시작한다.

이 지대는 우리가 지금까지 본 어떤 풍경보다 더 황량하다. 염분이 있는 바닥에서는 아무것도 자라지 않는다. 어떤 곳에는 너비가 일 피트쯤 되는 들쭉날쭉한 육각형 모양의 소금 결정이 솟아올라 있다. 위험하기까지 하다. 전과 달리 이례적으로 평탄해 보이는 지대를 가로지르며 앞서던 말이 갑자기 땅의 표면에서 곤두박질을 치더니 악취나는 녹색 진흙탕에 가슴까지 빠지고, 말을 끌고 가던 사람은 너무나 놀라 잠시 얼이 빠져 있다가 자신도 그 속으로 빠져버린다. 우리는 그와 말을 밖으로 끌어내리려고 안간힘을 다한다. 소금기 있는 땅의 딱딱한 표면은 발버둥치는 말의 발굽 아래에서 부서지고, 구멍은 더 커지고, 짠내나는 악취가 이곳저곳에 진동한다. 우리는 호수를 벗어나지 못했다는 걸 이제야 깨닫는다. 호수는 바로 발밑에 있는 것이다. 때로는 은폐물 밑에 몇 피트나 되는 깊이로, 때로는 부서지기 쉬운 염분층 밑에 펼쳐져 있다. 이 썩은 물에 햇빛이 비친 지는 얼마나 됐을까? 우리는 온몸을 사시나무처럼 떨고 있는 사람을 따뜻하게 해주고 그의 옷을 말리기 위해 지반이 단단한 곳에 불을 지핀다. 그는 고개를 저으며 말한다. "녹색지대를 조심하라는 말을 늘 들었지만, 이런 일이 생기는 걸 본 적은 없네요." 그는 우리의 길잡이다. 우리 중 호수의 동쪽 지대를 건너본 사람은 이 사람뿐이다. 이 일을 겪은 후, 우리는 말을 더 심하게 몰아친다. 죽은 호수를 시급히 벗어나기 위해서다. 공기도 없는 지하의, 얼음보다 더 차가운 무기질 액체에 빠지게 될까봐 두려운 것이다. 우리는 고개를 숙이고 바람이 불어오는 쪽을 향한다. 우리의 옷자락은 바람에 펄럭여 풍선처럼 부풀어오른다. 우리는 평탄한 지대를 피해 들쭉날쭉한 소금 지대 위로 나아간다. 뿌연 먼지구름이 장엄하게 하늘을 덮고 있고, 태양은 오렌지색이지만 온기가 전혀 없다. 어둠이 내리자, 우리는 바위같이 단단한 소금에 말뚝을 박고 천막을 친다. 우리는 장작을 아끼지 않고 태우며, 선원들이 그러듯 육지가 나오게 해달라고 기도한다.

닷새째가 되어서야 호수 바닥을 뒤로하고 평탄한 소금 결정 지대를 지나, 모래와 돌이 있는 지대로 들어선다. 모두들 생기가 돈다. 소금 지대를 지나는 동안 아마씨 몇 줌과 짠물 한 통 외에는 아무것도 먹지 못했던 말들도 그렇다. 말들의 상태가 눈에 띄게 나빠지고 있다.

사람들은 불평하지 않는다. 생고기는 떨어져가지만 소금에 절인 고기와 말린 콩과 여행의 필수품인 밀가루와 차가 충분히 남아 있다. 우리는 가던 길을 멈출 때마다 차를 끓이고 비계와 밀가루로 작은 빵을 빚어 튀겨 먹는다. 배고픈 사람들에게는 감미로운 음식이다. 요리는 남자들이 한다. 그들은 여자가 있다는 게 수줍기도 하고, 여자의 위치가 어정쩡하기도 하고, 특히 그녀를 야만인들한테 데려다줘서 어쩌자는 건지 알 수 없어서, 그녀에게 말도 거의 걸지 않고 쳐다보지도 않으려 한다. 물론 음식 만드는 일을 도와달라고 하지도 않는다. 나는 그녀가 차차 긴장을 풀 거라고 생각해서 그녀의 등을 떠밀지 않는다. 내가 이 사람들을 선택한 건 튼튼하고 정직하며 어떤 일에든 기꺼이 응하기 때문이다. 그들은 이 상황에서도 최선을 다해 가벼운 마음으로 나를 따른다. 그런데 젊은 두 병사가 성문을 통과할 때 입었던 번질번질한 갑옷이 이제는 말의 몸에 가죽끈으로 묶여 있고, 그들의 칼집에는 모래알만이 가득하다.

모래평원이 모래언덕으로 바뀌기 시작한다. 언덕의 측면을 힘들게 오르락내리락하면서 나아가는 통에 속도가 느려진다. 말한테는 최악의 지대다. 발굽이 모래 속으로 깊이 빠져, 한 번에 몇 인치밖에 나아가지 못한다. 나는 길잡이를 쳐다보지만, 그는 어깨를 으쓱할 뿐이다. "몇 마일이 계속 이런 식입니다. 지나가야 합니다. 다른 길은 없으니까요." 나는 언덕 위에 올라서서 눈을 가늘게 뜨고 앞을 응시한다. 소용돌이치는 모래 외에는 아무것도 보이지 않는다.

그날 밤, 짐말 중 한 마리가 먹기를 거부한다. 아침이 되자 아무리 채찍질을 해도 일어나지 않는다. 우리는 짐을 옮겨 싣고 장작 중 일부를 버린다. 다른 사람들이 출발할 때 나는 뒤에 남는다. 짐승은 자기에게 무슨 일이 일어날지 알고 있음이 틀림없다. 말은 칼을 보자 눈알을 굴린다. 목에서 피가 뿜어져나오자, 말은 모래에서 불쑥 일어나 바람이 불어가는 쪽으로 한두 발짝 비틀거리다가 푹 쓰러진다. 나는 야만인들이 극단적인 상황에 처할 경우 말의 피를 마신다는 소리를 들은 적이 있다. 말의 피를 모래 위에 이처럼 무절제하게 허비한 걸 후회할 때가 우리에게 올까?

　이레째가 되자, 우리는 마침내 모래언덕들을 뒤로한다. 아무것도 없는 침침한 회갈색 풍경을 배경으로 그보다 더 짙은 회색 띠가 드러난다. 더 가까이 가보니 그것은 동쪽과 서쪽으로 몇 마일이나 펼쳐져 있다. 크다 만 나무들의 검은 모습도 보인다. 안내자의 말에 따르면, 우리는 운이 좋단다. 그건 이곳에 물이 있을 거라는 뜻이다.

　우리가 마주친 곳은 옛날에는 늪의 바닥이었던 지역이다. 희끄무레한 흰색을 띠고 손을 대면 바스러지는 죽은 갈대들이 있고, 둑의 흔적도 있다. 나무들은 포플러인데, 죽은 지 오래되었다. 나무들은 오래전 지하의 수위가 뿌리에 닿지 않을 만큼 급격히 낮아져버렸기 때문에 죽은 것이다.

　우리는 말의 등에서 짐을 내리고 땅을 파기 시작한다. 이 피트를 파자, 무거운 청색 진흙이 나오기 시작한다. 그 밑으로 모래가 또 나오고, 유달리 찐득찐득한 진흙층이 또 나온다. 칠 피트를 파자, 가슴이 두근거리고 귀가 울리기 시작한다. 번갈아가며 하던 삽질이 내 차례가 되었지만 더이상은 할 수가 없다. 세 남자는 귀퉁이를 동여맨 천막용 천에 흙을 담아 위로 올리는 일을 계속한다.

　십 피트를 파자, 그들의 발 주위에 물이 고이기 시작한다. 맛을 보니 달짝지근하고 소금기가 전혀 없다. 우리는 서로에게 흐뭇한 미소를 보낸다. 그러나 물은 아주 천천히 고인다. 그래서 아래로 흘러내리는 구덩이의 측면을 계속해서 긁어내야 한다. 늦은 오후가 되어서야 우리는 마지막 남은 호수의 짠물을 버리고 가죽부대를 다시 채울 수 있게 된다. 어둠이 밀려올 때쯤 물통으로 길어올린 물을 말들이 마실 수 있게 된다.

포플러나무 장작이 많이 있기에, 남자들은 진흙을 파서 작은 오븐 두 개를 만들고 그 위에 불을 지펴 진흙을 말린다. 불이 사그라지자, 그들은 석탄을 오븐 속에 넣고 빵을 굽기 시작한다. 여자는 모래땅에서 사용하기 편리하도록 내가 나무를 붙여서 만들어준 지팡이에 기대어 이 모든 일을 지켜보며 서 있다. 휴식을 취할 수 있게 됐다는 안도감과 편안하고 자유로운 동료의식이 사람들로 하여금 자연스럽게 대화를 하게 만든다. 남자들은 그녀에게 농담을 하며 우정의 서곡을 연다. "이쪽에 앉아 남자들이 만든 빵 맛이 어떤지 좀 보세요." 그녀는 턱을 들고 그들을 향해 미소를 보낸다. 아마도 나만이 의미를 알고 있을 그 동작은 그녀 나름으로 상대를 바라보려 노력하고 있다는 뜻이다. 그녀는 조심스럽게 그들 옆에 앉아 오븐에서 나오는 불빛을 쬐기 시작한다.

나는 바람을 피해 천막 입구에 깜빡이는 기름램프를 놓고, 그들로부터 떨어져 앉아 업무일지를 기록하며 그들이 하는 말을 듣는다. 그들은 변경에서 사용하는 말로 농담을 주고받는다. 그녀도 말을 잘한다. 나는 그녀의 유창함과 기민함과 자신감에 깜짝 놀란다. 그녀에 대한 자랑스러움에 흥분감마저 느껴진다. 그녀는 그저 늙은이의 계집이 아니다. 재치 있고 매력적인 젊은 여자다! 내가 가벼운 농담을 구사하는 법을 처음에 알았더라면, 우리는 서로에게 더 다정했을지 모른다는 생각이 든다. 하지만 나는 바보 같았다. 나는 그녀를 즐겁게 하는 대신 우울함으로 압박했다. 그래, 세상은 가수들과 무용수들의 것이어야 한다! 이제는 소용없는 비통함이요, 쓸데없는 울적함이요, 무의미한 회한일 뿐이다! 나는 램프 불을 불어서 끄고 주먹으로 턱을 받치고 앉아 불을 응시한다. 뱃속에서 꼬르륵거리는 소리가 난다.

* *

나는 완전히 기진맥진해진 상태에서 잠을 잔다. 나는 그녀가 커다란 곰 가죽의 가장자리를 들추고 내게 바싹 파고들 때에도 비몽사몽이다. '밤에는 아이가 추위를 타지.' 나는 잠결에 정신이 혼미한 가운데 품으로 그녀를 끌어들이며 생각한다. 나는 잠시 동안 다시 잠에 빠진 것 같다. 그런 다음 의식이 든다. 나는 그녀의 손이 내 옷 속을 더듬고, 그녀의 혀가 내 귀를 핥는 걸 느낀다. 감각적인 쾌락의 물결이 나를 훑고 지나간다. 나는 어둠 속에서 하품을 하고 몸을 쭉 뻗으며 미소를 짓는다. 그녀의 손이 원하던 걸 찾는다. '그게 어때서?' 나는 생각한다. '만약 우리가 어딘지도 모르는 곳에서 죽게 되면 어쩌나? 그래, 적어도 기가 죽고 비참해져 죽지는 말자!' 그녀는 겉옷 밑으로 아무것도 입고 있지 않다. 나는 신음소리를 내며 그녀를 올라탄다. 그녀의 몸은 따뜻하고 흥분해 있으며 날 받아들일 준비가 되어 있다. 오 개월에 걸친 무의미한 망설임의 시간들이 금세 사라지고 나는 편안한 감각적 망각 속으로 다시 표류해 들어가고 있다.

잠에서 깨자 마음이 완전히 씻겨 텅 빈 느낌이라, 두려움이 일기 시작한다. 나는 한참 동안 노력을 하고 나서야 시간과 공간 감각을 되찾는다. 침대, 천막, 밤, 세상, 서쪽과 동쪽을 향해 누워 있는 몸이 눈에 들어온다. 내가 죽은 황소처럼 그녀의 몸 위에 팔다리를 펴고 누워 있는데도, 그녀는 내 등을 팔로 느슨하게 감싸고 잠들어 있다. 나는 그녀에

106

게서 몸을 떼고 침구를 정돈하고 정신을 차리려 한다. 나는 아침이 되면 천막을 걷고 오아시스로 되돌아가서, 햇볕이 따사롭게 비치는 치안판사의 별장에서 젊은 신부와 같이 살아가고 그녀 곁에 누워 평온한 잠을 자고 그녀와 아이들을 낳으며 계절이 바뀌는 걸 지켜보는 모습을 단 한순간도 상상할 수 없다. 만약 그녀가 젊은 남자들과 모닥불 주위에서 저녁시간을 보내지 않았다면, 나를 원하지 않았을지 모른다는 생각이 든다. 그러나 상관없다. 내가 그녀를 안고 있을 때 어쩌면 그녀는 그들 중 하나의 품에 안겨 있는 상상을 했을지 모른다. 나는 마음속에서 일어나는 생각들에 조심스레 귀를 기울인다. 하지만 거기에서 내가 상처를 받았다고 알리는 마음의 움직임은 찾아낼 수 없다. 그녀는 잠을 잔다. 내 손은 그녀의 부드러운 배를 이리저리 만지고 허벅지를 애무한다. 됐다, 나는 만족한다. 동시에 나는, 만약 내가 며칠 안에 그녀와 헤어져야 할 상황이 아니라면 이렇게 되지는 않았으리라고 믿을 용의가 있다. 솔직히 말하자면 내가 그녀에게서 느끼는 쾌락이, 아직도 나의 손바닥에 여운이 느껴지는 그 쾌락이 깊은 건 아니다. 그녀의 손길이 닿으면 심장이 뛰고 피가 고동치는 게 전보다 더하지도 않다. 내가 그녀와 같이 있는 건 그녀가 나에게 느끼게 해줄 수 있는 희열감 때문이 아니라, 지금까지도 나에게 알 수 없는 상태로 남아 있는 다른 면들 때문이다. 그녀의 뒤틀린 발이나 반쯤 먼 눈과 같은, 고문자들이 그녀에게 남긴 자국들이 어둠 속의 침대 위에서는 쉽게 잊힌다는 사실을 물론 모르지 않는다. 그렇다면 내가 원하는 건 온전한 여자인가? 그리고 내가 그녀에게서 느끼는 즐거움은 그녀에게 남겨진 이 상처가 지워지고 그녀가 원래대로 회복할 때까지는 불완전한 채로 남아 있게 될까? 혹은 (나도 어리석은 사람은 아니니, 이 말도 마저 하겠다) 내가 그녀에게 끌린 건 그녀의 몸에 난 상처 때문이었는데, 그 상처가 충분히 깊지 않다는 걸 알고 실망했던 걸까? 너무 많거나 너무 적은 걸까? 내가 원하는 건 그녀일까, 아니면 그녀의 몸에 배어 있는 역사의 자취들일까? 나는 천막의 지붕이 손을 뻗으면 닿는 거리에 있는 걸 알면서도, 칠흑 같아 보이는 어둠을 오랫동안 응시하면서 누워 있다. 욕망의 근원에 관한 어떤 생각도, 어떤 표현도, 아무리 반의적인 표현이라 해도 나를 혼란스럽게 하지는 못하는 듯하다. '나는 피곤한 게 틀림없어.' 나는 생각한다. '혹은 어쩌면 말로 표현될 수 있는 것은 무엇이든 틀린 말인지도 모른다.' 내 입술이 움직인다. 소리 없이 말을 만들고 다시 만든다. '혹은 어쩌면 말로 표현되지 않은 것은 오직 살아내야 하는 건지 모른다.' 이 마지막 명제에 동의하거나 이의를 제기할 움직임이 내 안에서 전혀 느껴지지 않는다. 그저 그 명제를 응시할 뿐이다. 단어들은 내 앞에서 점점 더 불명료해진다. 그러다가 모든 의미를 잃고 만다. 지금은 긴 하루가 끝나고 긴 밤의 한밤중이다. 나는 한숨을 쉰다. 나는 여자를 향해 몸을 돌려 그녀를 끌어당기며 꼭 껴안는다. 그녀가 잠결에 낮은 소리를 낸다. 곧 나도 잠에 빠진다.

* *

우리는 여드렛날엔 휴식을 취한다. 말들이 정말로 비참한 상태에 있기 때문이다. 말들은 배가 고픈 나머지, 물기가 전혀 없는 갈대 줄기라도 씹는다. 그들은 물배가 차서 방귀를 몹시 크게 뀐다. 우리는 말에게 마지막 남은 아마씨를 먹이고 빵을 조금 떼어서 먹이기도 했다. 하루나 이틀 내에 풀을 찾아내지 못하면 그들은 죽을 것이다.

*　　*

우리는 파낸 샘과 흙더미를 뒤로하고 북쪽을 향해 길을 재촉한다. 여자를 제외한 모든 사람이 걷는다. 우리는 말의 짐을 덜어주기 위해 가능한 한 모든 것을 버렸다. 그러나 불이 없으면 살아남을 수 없으므로 말들은 아직도 많은 양의 장작더미를 싣고 가야 한다.

나는 안내인에게 묻는다. "언제쯤 산이 보이려나?"

"하루나 이틀 걸릴 겁니다. 잘 모르겠네요. 저도 이 지역은 와본 적이 없습니다." 그는 호수의 동쪽 지역과 사막 주변에서 사냥을 하며 살아온 사람이다. 구태여 사막을 가로질러야 할 이유가 없었던 것이다. 나는 그가 속마음을 얘기할 기회를 주고 싶어 기다린다. 그러나 그는 별로 동요하지 않는 듯 보인다. 우리가 위험에 처해 있다고 생각하지 않는 것이다. "아마 이틀쯤 지나면 산이 보이고, 하루쯤 더 가면 산에 도착할 겁니다." 그는 눈을 가늘게 뜨고, 지평선에 베일을 드리우고 있는 갈색 아지랑이를 응시한다. 그는 우리가 산에 도착하면 무슨 일을 하려는지 묻지 않는다.

우리는 평탄한 자갈밭 황무지의 끝에 도착해 바위가 많은 능선을 올라, 말라죽은 겨울 풀이 작은 언덕을 이루고 있는 낮은 고원지대로 간다. 말들은 미친듯이 풀을 뜯는다. 그들이 먹는 모습을 보니 안도감이 든다.

나는 뭔가 잘못돼가고 있다는 끔찍한 느낌이 들어 깜짝 놀라 한밤중에 잠에서 깬다. 옆에 있는 여자가 일어나 앉는다. 그녀가 묻는다. "왜 그러세요?"

"들어봐. 바람이 그쳤어."

그녀는 모피로 몸을 감싼 채 맨발로 나를 따라 천막 밖으로 기어나온다. 부드럽게 눈이 내리고 있다. 흐릿한 보름달 밑으로 사방이 눈으로 덮여 있다. 나는 그녀가 일어서는 걸 도와 그녀를 붙잡고 서서, 눈이 내리는 허공을 쳐다본다. 바람이 일주일 동안 끊임없이 우리의 귓전에 불어댄 탓인지, 뚜렷하게 느껴지는 적막 속에서 눈이 내린다. 두번째 천막에 있던 남자들이 우리에게 다가온다. 우리는 서로를 향해 어리숭한 미소를 짓는다. "봄눈일세. 올해의 마지막 눈이야." 내가 말하자, 그들은 고개를 끄덕인다. 말이 근처에서 몸을 터는 소리에, 우리는 깜짝 놀란다.

나는 눈 덮인 따스한 천막 안에서 다시 한번 그녀와 사랑을 한다. 그녀는 수동적으로 나에게 몸을 맡기고 있다. 우리가 시작할 무렵, 나는 때가 무르익었다고 확신한다. 나는 더할 나위 없는 쾌락과 자부심을 느끼며 그녀를 힘껏 껴안는다. 하지만 도중에 그녀와의 교감을 잃어버린 것 같다. 열기가 점차 사라진다. 내 직감이 틀린 게 분명하다. 아직도 내 마음속에는 내 품에 안겨 그토록 기분좋게 잠든 여자를 향한 애정과 따스함이 남아 있다. 다음번에 하면 되겠지. 그러나 하지 않는다 해도 상관없다고 생각한다.

＊　　＊

천막 입구에 난 틈으로 누군가가 부른다. "일어나세요!"

내가 늦잠을 잔 모양이다. 고요하다, 나는 생각한다. 마치 우리가 고요함 속에 완전히 정지해버린 듯 고요하다.

나는 천막에서 햇빛 속으로 나온다. 나를 깨운 사람이 북동쪽을 가리키며 말한다. "저기 보세요! 날씨가 험악해지고 있어요!"

거대한 검은 물결이 눈 덮인 평원을 가로질러 우리를 향해 출렁이며 다가오고 있다. 아직 몇 마일 떨어진 거리에 있지만 대지를 집어삼키며 다가오는 중이다. 물결의 꼭대기는 짙은 구름 속으로 들어가 보이지 않는다. "폭풍이다!" 나는 소리친다. 그렇게 위협적인 것은 본 적이 없다. 사람들은 황급히 천막을 걷는다. "말들을 이쪽으로 끌고 와서 한가운데에 묶어!" 첫번째 돌풍이 벌써 우리를 덮치고 있다. 눈이 소용돌이를 치며 휘날리기 시작한다.

여자는 지팡이를 짚고 내 옆에 있다. "보이니?" 내가 묻자, 그녀는 비뚤어진 자세로 쳐다보며 고개를 끄덕인다. 사람들은 두번째 천막을 걷기 시작한다. "결국 눈은 좋은 징조가 아니었어!" 그녀는 내 말에 아무런 반응도 하지 않는다. 나는 사람들이 하는 일을 도와야 한다는 걸 알고 있지만, 전속력으로 달리는 말처럼 우리를 덮쳐오는 거대한 검은 벽으로부터 눈을 뗄 수가 없다. 바람이 일어나면서 서 있는 우리를 흔들어댄다. 전처럼 다시 바람이 울부짖는 소리가 들린다.

나도 기운을 낸다. "빨리, 빨리!" 나는 손뼉을 치며 소리를 지른다. 한 사람이 무릎을 꿇은 채 천막 천을 접고, 펠트를 말고, 침구를 집어넣고 있다. 다른 두 사람은 말들을 끌고 온다. "앉아!" 나는 여자에게 소리친다. 그리고 서둘러 짐 챙기는 일을 돕는다. 폭풍의 벽은 더이상 검은 벽이 아니다. 회오리치는 모래와 눈과 흙의 아수라장일 뿐이다. 갑자기 바람이 비명으로 바뀌더니 내 머리에서 모자를 잡아채 내동댕이친다. 폭풍이 우리를 강타한다. 나는 땅 위에 벌렁 나자빠진다. 바람 때문이 아니라 귀가 납작해지고 눈을 굴리며 고삐가 풀려 우왕좌왕하는 말에게 차였기 때문이다. "잡아!" 나는 소리친다. 그러나 내 고함은 속삭이는 소리에 지나지 않는다. 내 귀에도 들리지 않는다. 말은 유령처럼 시야에서 사라진다. 동시에 천막이 하늘 높이 소용돌이를 치며 들려 올라간다. 나는 둘둘 말린 펠트 뭉치에 몸을 던지고 그것을 꼭 잡은 채 스스로에게 화를 내며 신음한다. 그런 다음 엉금엉금 기면서 펠트 뭉치를 끌며 여자가 있는 곳으로 조금씩 다가간다. 흐르는 물 속에서 기는 듯하다. 내 눈과 코와 입은 이미 모래로 막혀 있다. 나는 헐떡거리며 숨을 쉰다.

여자는 양팔을 말 두 마리의 목 위에 날개처럼 펼친 채 서 있다. 말들에게 얘기를 하고 있는 듯 보인다. 말들은 눈알을 희번덕거리지만 꼼짝 않고 있다.

나는 하늘을 향해 팔을 저으며 그녀의 귀에 대고 소리친다. "우리 천막이 없어졌어!" 그녀가 돌아선다. 그녀는 모자를 쓰고, 검은색 스카프로 얼굴을 감싸고 있다. 그녀의 눈마저 싸여 있다. 나는 다시 소리를 친다. "천막이 없어졌어!" 그녀가 고개를 끄덕인다.

우리는 장작더미와 말들 뒤에서 다섯 시간 동안이나 웅크리고 있다. 바람이 눈, 얼음, 비, 모래, 자갈을 우리에게 퍼붓는다. 추위 때문에 뼛속까지 아리다. 바람 부는 쪽을 향하고 있는 말들의 옆구리는 얼음으로 덮인다. 우리는 사람이나 짐승 할 것 없이 서로의 온기를 나누며 이 상황을 견뎌내려고 몸을 밀착시킨다.

그런데 정오가 되자, 어딘가에서 문이 닫힌 듯 바람이 갑자기 잔잔해진다. 낯선 고요가 찾아오자 귀가 얼얼해진다. 우리는 마비된 손과 발을 움직여 몸을 털고 말에 짐을 싣는다. 혈액순환이 되도록 무엇이든 해야 한다. 하지만 우리에게는 자리에 조금이라도 더 누워 있고 싶은 마음밖에 없다. 위험한 무기력 상태다! 내 목에서 귀에 거슬리는 소리가 나온다. "뭣들 하는 거야, 어서 짐을 실어야지."

모래가 불룩하게 쌓인 데는 우리의 버려진 짐이 묻혀 있는 곳이다. 우리는 바람이 불어가는 쪽을 수색해보지만 잃어버린 천막은 흔적도 없다. 우리는 신음소리를 내는 말들을 일으켜세우고 등에 짐을 싣는다. 폭풍이 몰아칠 때의 추위는 그다음에 오는 추위, 우리에게 얼음 장막을 드리우는 듯한 추위에 비하면 아무것도 아니다. 우리의 입김은 서리로 변한다. 우리는 장화를 신은 채 오들오들 떤다. 불안정하게 흔들리는 세 발걸음을 떼던 앞 말의 뒷다리가 힘없이 꺾인다. 우리는 말에 실려 있던 장작을 버리고 채찍질을 하면서 막대기로 말을 일으켜세우려고 한다. 나는 스스로를 저주한다. 날 저주하는 게 처음은 아니지만, 이처럼 궂은 계절에 미덥지 않은 길잡이를 데리고 험난한 길을 나선 자신이 저주스러울 뿐이다.

*　　*

열흘째 되는 날이다. 날씨가 더 따뜻해지고 하늘은 더 맑고 바람은 더 부드럽다. 우리는 평원을 터벅터벅 가로지른다. 그때 안내인이 손가락으로 가리키며 소리를 지른다. "산입니다!"라고 들은 듯하여 내 가슴이 뛴다. 그러나 그가 가리키는 건 산이 아니다. 그가 멀리 가리키는 점들은 말을 탄 사람들이다. 야만인들이 아니면 누구겠는가! 내가 끄는 비틀거리는 말에 타고 있는 여자를 향해 나는 말한다. "거의 다 왔어. 저기 사람들이 보이잖아. 그들이 누군지 곧 알게 될 거야." 지난 며칠간 내 어깨를 짓누르던 압박감이 사라진다. 나는 앞쪽으로 이동해, 멀리 떨어져 있어서 아주 작게 보이는 세 사람을 향해 발걸음을 빨리한다.

우리는 반시간 동안 그들을 향해 길을 재촉하다가, 거리가 더이상 좁혀지지 않음을 문득 깨닫는다. 우리가 움직이면 그들도 움직인다. '저들은 우리를 무시하고 있군.' 나는 이렇게 생각하고 불을 피울까 생각해본다. 그러나 내가 일행을 정지시키자 그들도 정지하는 듯 보인다. 우리가 다시 움직이면 그들도 움직이기 시작한다. '저들은 우리의 모습이 반사되어 생긴 형상일까? 아니면 빛의 장난일까?' 나는 궁금해진다. 우리는 거리를 좁힐 수 없다. 그들은 얼마나 오랫동안 우리를 따라다닌 걸까? 아니면 그들은 우리가 자신들을 따라다닌다고 생각할까?

"그만둬. 저들을 쫓아가봤자 소용없어." 나는 사람들에게 말한다. "혼자라면 저들이 만나줄지 보자고." 나는 여자의 말에 올라타고 혼자서 낯선 사람들을 향해 간다. 잠시 그들은 가만히 멈춰 서서 이쪽을 쳐다보며 기다리고 있는 듯 보인다. 그런 다음 물러나기 시작한다. 뿌연 먼지의 언저리에서 그들의 모습이 반짝인다. 나는 말을 재촉하지만, 말은 너무 힘이 없어 한 걸음을 느리게 떼는 것도 힘들어한다. 나는 그들에게 다가가기를 포기하고 말에서 내려 우리 일행이 내가 있는 곳으로 올 때까지 기다린다.

우리는 말의 힘을 아끼기 위해 이동하는 거리를 점점 더 짧게 한다. 우리는 그날 오후, 지반이 탄탄한 평지대임에도 육 마일이 채 안 되는 거리만 이동해 천막을 친다. 말을 탄 세 사람은 언제나 우리의 시야에 들어오는 지점에 있다. 한 시간 동안 말들은 자라다 만 풀을 찾아 뜯어 먹는다. 그런 다음 우리는 말들을 천막 가까이 매어놓고 보초를 세운다. 밤이 된다. 흐린 하늘에 별들이 뜬다. 우리는 모닥불 주변에 모여앉아 불을 쬔다. 팔다리가 쑤시고 난리다. 하나밖에 없는 비좁은 천막 속으로 들어가는 게 꺼려진다. 북쪽을 보니 확언컨대 또다른 불빛이 번쩍거리는 게 얼핏 보이는 듯하다. 그러나 내가 다른 사람들에게 그것을 알려주려고 했을 때, 밤은 칠흑처럼 어둡다.

세 사람이 밖에서 자며 교대로 불침번을 서겠다고 자원한다. 나는 감동한다. "날씨가 며칠 내로 더 따뜻해지면 그렇게 하지." 이인용 천막에서 네 남자는 한데 엉켜 자고, 여자는 얌전하게 한쪽 끝에서 잔다.

나는 동이 트기 전에 일어나 북쪽을 바라본다. 아침노을의 분홍색과 자주색이 금색으로 바뀌면서 텅 빈 평원 위에 점들이 나타난다. 그런데 셋이 아니라 여덟, 아홉, 열이다. 아니, 어쩌면 열둘인지도 모르겠다.

나는 막대기에 흰 리넨 셔츠를 묶어서 들고 그들을 향해 말을 타고 간다. 바람이 멎어 있다. 공기는 깨끗하다. 나는 말을 타고 달리며 숫자를 센다. 언덕의 측면에 열두 명이 조그맣게 보인다. 그들로부터 멀리 떨어진 뒤쪽으로, 산의 푸른 형체가 희미하게 보일락 말락 한다. 내가 바라보자, 그들은 움직이기 시작한다. 그들은 열을 지어 개미들처럼 언덕을 오르기 시작한다. 그리고 언덕의 정상에 이르러 멈춘다. 소용돌이

치는 먼지가 그들의 모습을 흐릿하게 만든다. 그러다가 그들의 모습이 다시 나타난다. 지평선 위로 말을 탄 남자 열두 명이 보인다. 나는 어깨 위로 하얀 기를 펄럭이며 그들을 향해 천천히 다가간다. 언덕의 정상을 계속 바라보고 있었는데도, 나는 그들이 사라지는 순간을 놓친다.

"저들을 무시해야 해." 나는 일행에게 얘기한다. 우리는 다시 짐을 싣고 산을 향해 출발한다. 날마다 짐이 더 가벼워짐에도 쇠약해진 말들을 채찍으로 몰아쳐야 한다는 사실이 우리의 가슴을 아프게 한다.

여자가 피를 흘리고 있다. 매달 찾아오는 그때가 된 것이다. 그녀는 그 사실을 숨길 수도 없다. 여기에서는 사생활이라는 게 없다. 몸을 가릴 만한 변변한 덤불마저 없다. 여자도 당황하고 남자들도 당황한다. 여자의 하혈은 불길한 징조라는 옛말이 있다. 곡식에도 불길하고 사냥에도 불길하고 말들에게도 불길한 징조다. 남자들은 언짢아한다. 그들은 그녀가 말한테서 떨어져 있기를 바라지만 그럴 수 없다. 그들은 그녀가 자신들의 음식에 손을 대는 것도 싫어한다. 그녀는 수치심에 하루 종일 혼자 지내고, 저녁식사도 같이하지 않는다. 나는 식사를 끝낸 후, 콩과 만두가 담긴 그릇을 천막 속에 앉아 있는 그녀에게 가져다준다.

그녀가 말한다. "절 챙겨주지 마세요. 저는 천막 안에 있어서도 안 되잖아요. 그렇다고 달리 갈 곳도 없지만요." 그녀는 자신을 소외시키는 데 이의를 제기하지 않는다. "신경쓰지 마." 내가 그녀에게 말한다. 나는 그녀의 볼을 손으로 어루만지며 잠시 동안 앉아서 그녀가 먹는 모습을 지켜본다.

그녀가 안에 있는 한, 남자들에게 천막 속에서 같이 자자고 해도 소용없다. 그들은 불을 피워놓고 교대로 불침번을 서며 밖에서 잔다. 나는 아침에 일어나 그들을 위하여 여자와 함께 간단한 정화 의식을 치른다(왜냐하면 내가 여자와 같은 침대에서 잠으로써 나 자신을 불결하게 만들었기 때문이다). 나는 막대기로 모래 위에 선을 하나 긋고 그녀를 이끌고 그것을 넘어가, 그녀의 손과 내 손을 씻은 다음, 다시 그녀를 이끌고 그 선을 넘어온다. 그녀가 낮은 소리로 말한다. "내일 아침에도 똑같이 해주셔야 돼요." 우리는 같이 여행하는 열이틀 동안, 방에서 같이 살았던 몇 달 동안보다 더 가까워졌다.

우리는 산기슭에 도착한다. 말을 탄 이상한 남자들이 우리보다 한참 앞에서 말라붙은 시내의 굽이진 바닥 위쪽으로 터벅터벅 가고 있다. 그들을 따라잡는 건 포기했다. 이제 우리는 그들이 길을 안내하고 있음을 알아차린다.

바위가 점점 더 많아지면서 우리의 이동 속도가 느려진다. 우리는 이제 휴식을 취하기 위해 멈추거나 시내가 굽이진 곳에서 그들의 모습이 안 보일 때, 그들이 사라졌을까봐 두려워하지 않는다.

우리는 산기슭을 오른다. 말을 달래고 안간힘을 쓰며 앞에서 당기고 뒤에서 미는데 갑자기 그들이 나타난다. 바위 뒤에서, 숨겨진 협곡에서 그들이 나온다. 털이 텁수룩한 조랑말을 타고 있다. 열두 명 남짓 되며, 양가죽 외투를 입고 양가죽 모자를 쓰고 있다. 얼굴은 햇볕에 그을려 갈색이고 눈은 작다. 자기들 땅에 실제로 나타난 야만인들이다. 나는 말의 땀냄새, 연기 냄새, 반쯤 손질된 가죽 냄새 등을 맡을 수 있을 정도로 그들과 가까이 있다. 그들 중 하나가 길이는 거의 사람만하고 총구에 이각 받침대가 부착돼 있는 구식 총으로 내 가슴을 겨눈다. 심장이 멎는 것 같다. 나는 작은 소리로 말한다. "안 돼." 나는 말의 고삐를 조심스럽게 놓고 손에 아무것도 없다는 걸 그들에게 보여준다. 나는 천천히 몸을 돌려 고삐를 잡고 자갈에 미끄러지면서, 일행이 기다리는 산기슭 아래쪽으로 서른 발자국쯤 말을 끌고 내려간다.

우리 위의 하늘을 등지고 선 야만인들의 윤곽이 보인다. 내 심장이 뛰는 소리와 말이 헐떡이는 소리, 바람의 신음소리를 제외하면 다른 소리는 들리지 않는다. 우리는 제국의 경계를 넘어섰다. 가볍게 생각할 때가 아니다.

나는 여자가 말에서 내리는 걸 도와준다. 내가 말한다. "잘 들어. 비탈길 위로 널 데려갈 테니, 저들한테 말을 해봐. 땅이 단단하지 않으니까 지팡이를 가지고 가. 저 비탈길을 오르는 방법은 그뿐이야. 일단 말을 해보면 네가 어떻게 하고 싶은지 알 수 있을 거야. 만약 그들을 따라가고 싶고 그들이 너를 네 가족에게 데려다줄 수 있다면, 같이 가. 만약 우리와 함께 돌아가고 싶다면 그렇게 해도 돼. 알아듣겠지? 강요하는 게 아니야."

그녀는 머리를 끄덕인다. 무척 긴장한 상태다.

나는 그녀의 몸에 팔을 두르고 그녀가 자갈이 많은 비탈길을 오르는 걸 도와준다. 야만인들은 움직이지 않는다. 세어보니, 그들에게는 총신이 긴 총이 세 자루 있다. 나머지는 흔히 보는 작은 활이다. 우리가 꼭대기에 이르자, 그들이 약간 뒤로 물러난다.

나는 헐떡거리며 묻는다. "저들이 보여?"

그녀는 특유의 이상하고 묘한 방식으로 고개를 돌린다. "잘 안 보여요." 그녀가 말한다.

"맹인이라는 말을 어떻게 하지?"

그녀가 나에게 얘기해준다. 나는 야만인들을 향해 얘기한다. "맹인이
오." 나는 내 눈꺼풀을 만지며 이렇게 말한다. 그들은 아무런 반응도 보
이지 않는다. 조랑말의 귀 사이에 놓인 총이 아직도 나를 겨누고 있다.
그걸 든 사람의 눈이 유쾌한 듯 반짝인다. 침묵이 길어진다.

"저들에게 말을 해. 왜 우리가 여기에 왔는지 얘기하라고. 저들에게
네 얘기를 해. 진실을 얘기해."

그녀는 나를 옆눈으로 바라보면서 엷은 미소를 짓는다. "제가 정말
저들에게 진실을 얘기하기를 바라세요?"

"진실을 얘기해. 그것 말고 달리 얘기할 게 뭐 있어?"

미소가 그녀의 입술을 떠나지 않는다. 그녀는 고개를 흔들고 침묵을
지킨다.

"저들에게 네가 하고 싶은 얘기를 해. 다만 이제 내가 최대한 먼 곳까
지 널 데리고 왔으니 내 마음을 아주 분명히 할게. 나는 네가 나와 함께
도시로 돌아가기를 바란다. 스스로 선택해서 말이야." 나는 그녀의 팔
을 꼭 잡는다. "내 말 이해하지? 그게 내가 원하는 거야."

"왜요?" 이 말이 그녀의 입술에서 너무나 부드럽게 흘러나온다. 그녀
는 그 말이 나를 당황스럽게 만든다는 걸, 처음부터 나를 당황스럽게
만들었다는 걸 알고 있다. 총을 든 남자가 거의 우리의 목전까지 서서
히 다가온다. 그녀는 고개를 젓는다. "싫어요. 저는 그곳으로 돌아가고
싶지 않아요."

나는 비탈길을 기다시피 내려온다. 나는 남자들에게 얘기한다. "불을
피우고 차를 끓이게. 여기에서 묵을 것이니." 여자의 부드러운 목소리
가 바람소리에 끊어지며 위에서 들려온다. 그녀는 두 개의 지팡이에 기

대고 있다. 남자들이 말에서 내려 그녀 주위에 몰려 있다. 나는 그들이 하는 말이 무엇인지 알 수 없다. "아깝구나," 나는 생각한다. "저애는 할 일 없는 긴긴 저녁시간에 자기네 말을 내게 가르쳐줄 수도 있었을 텐데! 이젠 너무 늦었구나."

*　　*

나는 말안장에 달린 주머니에서 사막을 횡단하며 가지고 다녔던 은 접시 두 개를 꺼낸다. 나는 그걸 싸고 있던 명주 보자기를 푼다. "이걸 네가 가졌으면 좋겠다." 나는 그녀의 손을 끌어 부드러운 명주 보자기와 물고기와 나뭇잎 그림이 있는 접시를 만져볼 수 있도록 한다. 그리고 그녀의 작은 보따리도 가져온다. 나는 거기에 무엇이 들어 있는지 모른다. 나는 그것을 땅 위에 놓는다. "저들이 널 데려다준다니?"

그녀가 고개를 끄덕인다. "한여름까지는 그렇게 해주겠대요. 말 한 필도 달래요. 제가 탈 말이래요."

"우리는 먼길을 힘들게 가야 할 처지라고 얘기해. 말들이 형편없는 상태라는 건 저들도 보면 알잖아. 그보다는 우리가 저들에게서 말을 살 수 있는지 물어봐라. 은으로 지불하겠다고 해."

그녀는 내가 기다리는 동안 노인에게 내 말을 통역한다. 그의 동료들은 말에서 내렸지만 그는 큼직한 구식 총을 등에 메고 아직도 말 위에 앉아 있다. 등자, 안장, 재갈, 고삐는 쇠로 된 게 아니라, 불에 달궈 단단해진 나무와 뼈를 창자로 꿰매고 가죽끈으로 묶은 것이다. 그들은 양모와 짐승 가죽으로 몸을 싸고 있다. 어렸을 때부터 고기와 우유

120

만 먹고 자란 그들의 몸은 면의 부드러운 촉감과 좋은 곡식과 과일의 맛을 모른다. 이들은 제국이 확장되면서 평원에서 산으로 쫓겨난 사람들이다. 이전에 나는 북부 지역 사람들을 그들의 땅에서, 그리고 대등한 입장에서 만난 적이 없다. 내가 알고 있는 야만인은 물물교환을 하기 위해 오아시스로 찾아오는 이들과 강변에 사는 소수의 사람들과 졸 대령의 비참한 포로들이 전부다. 오늘 여기에 있는 건 얼마나 대단하고, 또 얼마나 수치스러운 일인가! 어느 날, 내 후임자들은 화살촉과 조각된 칼 손잡이, 나무접시 등과 같은 이 사람들의 유물을 수집하여 내가 수집한 새알과 미지의 문자와 함께 진열해놓을 것이다. 나는 우리에게 물기를 쪽 빨린 몸을 돌려주며 그저 미안하다는 말 한마디로, 미래 사람들과 과거 사람들 사이의 관계를 수습하려 하고 있다. 일종의 중개인, 양의 탈을 쓴 제국의 자칼!

"안 된대요."

나는 주머니에서 작은 은괴를 꺼내 그 사람을 향해 치켜든다. "말 한 필 값으로 이걸 주겠다고 해."

그는 몸을 아래로 굽히고 반짝이는 은괴를 잡고 조심스럽게 깨물어 본다. 그것은 그의 옷 속으로 사라진다.

"안 된대요. 은괴는 가져가지 않는 말 값으로 받는 거래요. 제 말을 가져가지 않는 대신 은괴를 가져가겠대요."

나는 자제력을 잃을 뻔한다. 그러나 입씨름을 해봐야 좋을 게 뭐가 있는가? 그녀가 떠나고 있고, 거의 떠났다. 나는 그녀의 얼굴을 똑똑히 쳐다보고, 내 마음의 움직임을 들여다보며, 그녀가 누구인지 이해해보려고 마지막으로 노력한다. 이제부터는 의심스러운 욕망에 따라 기억의 목록에서 그녀를 끄집어내 상상만 하게 될 것이다. 나는 그녀의 볼을 만지고 그녀의 손을 잡는다. 나는 이 아침 이 황량한 언덕 위에서, 밤이면 밤마다 나를 그녀의 몸으로 이끌어 마비 상태로 몰고 갔던 욕망의 흔적을 스스로에게서 찾아낼 수 없다. 아니, 여행을 하면서 느꼈던 동료애의 흔적마저 찾아낼 수 없다. 공허함만이 있을 뿐이다. 이토록 공허해야 하는 황량함만이 있을 뿐이다. 내가 그녀의 손을 꽉 쥐어도, 아무런 반응이 없다. 나는 눈에 보이는 대로 너무나 분명하게 볼 따름이다. 입은 크고, 앞머리는 눈썹 위에서 가지런히 잘려 있고, 내 어깨 너머로 눈길을 둬 하늘을 바라보고 있는 땅딸막한 여자, 이방인, 낯선 곳에서 왔다가 행복하지 못한 방문을 끝내고 이제 집으로 돌아가는 손님. 내가 말한다. "안녕." 그녀가 말한다. "안녕." 그녀의 목소리도 내 목소리만큼이나 생기가 없다. 나는 비탈길을 내려오기 시작한다. 아래로 내려왔을 때, 그들은 그녀의 지팡이를 받아들고 그녀가 조랑말에 올라타는 걸 돕고 있다.

*　　*

누가 보아도, 봄은 왔다. 대기는 향기롭고, 초록색 싹이 이곳저곳에서 돋아나기 시작하고, 사막 메추라기떼가 우리의 눈앞에서 날아다닌다. 만약 우리가 이 주 전이 아니라 지금 오아시스를 출발했다면 여행 속도는 더 빨랐을 테고 목숨을 걸 필요도 없었을 것이다. 하지만 그랬더라면 우리가 야만인들을 만날 수 있었을까? 바로 오늘, 그들은 천막을 접고 수레에 짐을 싣고 가축을 몰아 봄철 이동을 시작할 것이다. 그건 확실하다. 나와 동행한 남자들은 날 비난하겠지만, 내가 위험을 감수한 일은 잘못된 게 아니었다. ("우리를 한겨울에 이곳으로 데려오다니!" 나는 그들이 말하는 모습을 상상해본다. "우리는 동의하지 말았어야 했어!" 이제 그들은 내가 그들에게 넌지시 암시했듯이 자신들이 야만인들에게 가는 사절이 아니라 한 여자, 그것도 뒤에 남겨진 야만인 죄수이자 치안판사의 하찮은 매춘부에 불과한 여자를 호위하는 일을 했음을 알았을 것이다. 이제 그들이 어떻게 생각할까?)

우리는 왔던 길을 가능한 한 되짚어가려고 한다. 우리는 내가 세심하게 기록해둔 별자리에 의존한다. 바람은 뒤에서 불고 날씨는 더 따뜻하다. 말들은 짐을 덜 싣고 있고, 우리는 우리의 위치를 알고 있다. 그러니 여행에 속도가 붙지 않을 이유가 없다. 그러나 첫날밤에 문제가 생긴다. 모닥불이 있는 곳으로 오라고 해서 가보니, 젊은 병사 중 하나가 손으로 얼굴을 감싼 채 비참한 표정으로 앉아 있다. 그는 장화를 벗고 발싸개를 풀고 있다.

"저 친구의 발을 보세요." 길잡이가 말한다.

오른발이 붓고 곪아 있다. "왜 이래?" 내가 그에게 묻는다. 그는 발을 들고 피고름으로 얼룩진 뒤꿈치를 보여준다. 더러운 발싸개 냄새마저 뚫고 상처의 악취가 느껴진다.

"발이 언제부터 이렇게 된 거냐?" 나는 소리를 지른다. 그는 얼굴을 가린다. "왜 아무 말도 안 했던 거냐? 내가 발을 깨끗이 하고, 이틀에 한 번씩 발싸개를 갈고 세탁하라고, 물집이 생긴 부분은 연고를 바르고 붕대로 감으라고 지시하지 않았니? 이유가 있으니 지시를 내렸던 거야! 그런 발로 어떻게 여행을 하겠다는 거야?"

병사는 대답하지 않는다. 그의 동료가 낮은 목소리로 말한다. "저 친구는 우리를 지체시키고 싶지 않았던 겁니다."

"우리를 지체시키지 않으려 했다가 이제는 우리가 너를 수레에 태워 끌고 가야 하게 생겼구나!" 나는 고함을 친다. "물을 끓여서 발을 씻고 붕대로 감아!"

내 말이 맞다. 다음날 아침, 사람들이 그가 장화 신는 걸 도와주려고 하자 그는 고통을 숨기지 못한다. 그는 붕대로 감은 발을 자루로 감싸 묶고, 지반 상태가 좋은 길을 택해 절뚝거리며 걷는다. 그러나 대부분은 말을 타고 가야 한다.

이 여정이 끝나면 우리는 모두 행복해질 것이다. 우리는 서로에게 질려 있다.

나흘째 되는 날, 우리는 예전에 늪이었던 곳의 바닥에 이르러 남동쪽으로 몇 마일 더 이동한다. 그러자 포플러나무의 그루터기가 많은, 우리가 전에 샘을 파놓았던 장소가 나온다. 우리는 그곳에서 하루 쉬며 험난한 길을 건널 힘을 비축한다. 우리는 비계와 밀가루로 만든 빵을 튀기고 마지막 남은 콩 한 통을 끓여 으깬다.

나는 혼자 지낸다. 사람들은 낮은 목소리로 얘기하다가 내가 다가가면 입을 다문다. 처음에 느꼈던 흥분감은 이제 사라지고 없다. 여정의 절정이었던 사막에서의 교섭을 끝내고 같은 길을 따라 되돌아오는 일이 너무 실망스럽기 때문만은 아니다. 여자가 있을 때는 그녀의 존재 자체가 남자들을 자극하여 성적인 과시를 하게 만들고 우호적인 경쟁을 하도록 했으나, 여자가 가버리고 없는 지금은 사사건건 신경질만 내게 되는 상황으로 바뀌었다. 그 신경질은 자신을 무모한 여행으로 내몬 나를 향하기도 하고, 말을 잘 듣지 않는 말들을 향하기도 하고, 발이 아파 여행을 지체시키고 있는 동료를 향하기도 하고, 그들이 지니고 다녀야 하는 볼품없는 짐을 향하기도 하고, 심지어 그들 자신을 향하기도 한다. 나는 자청하여 밤하늘 아래 불 옆에 침구를 깐다. 투덜대는 남자세 명과 함께 질식할 것같이 후덥지근한 천막 속에서 잠을 자느니, 춥더라도 밖에서 자는 게 나을 것 같아서다. 다음날 밤에는 아무도 천막을 치려 하지 않는다. 그래서 우리는 모두 밖에서 잔다.

이레째 되는 날, 우리는 소금기 많은 황무지를 통과한다. 우리는 또말 한 마리를 잃는다. 변함없는 콩과 밀가루빵 튀김에 질린 남자들은말을 잡아먹자고 한다. 나는 허락은 하지만 그 자리에 끼지는 않는다. "말들을 몰고 먼저 가겠다." 나는 말한다. 그들이 포식을 하도록 내버려두자. 그들이 말의 목을 자를 때는 그게 내 목이라고, 내장을 긁어낼 때는 그게 내 내장이라고, 뼈를 부술 때는 그게 내 뼈라고 상상하는 걸 막지 말자. 그러고 나면 그들이 더 친절해질지도 모른다.

나는 일상적인 업무수행, 다가오는 여름, 꿈을 꾸면서 자는 긴 낮잠, 황혼녘에 호두나무 밑에서 친구들과 나누는 대화, 차와 레모네이드를 내오는 소년들, 광장에서 두세 명이 어울려 아름다운 옷을 입고 우리앞을 산책하는 묘령의 소녀들에 대한 생각이 간절하다. 헤어진 지 며칠밖에 되지 않았는데, 그녀의 얼굴이 벌써 내 기억 속에서 굳어지고 불투명해진다. 마치 그 위에 껍질이 씌워진 듯 말이다. 나는 소금 지대를터벅터벅 걸으며, 내가 그처럼 먼 곳에서 온 누군가를 사랑할 수 있었다는 게 놀랍다는 생각을 한다. 이제 내가 원하는 건 낯익은 곳에서 편안하게 살다가 내 침대에서 죽어, 옛친구들의 조문을 받으며 무덤으로 가는 것뿐이리라.

* *

십 마일쯤 떨어진 곳에서 높이 솟은 감시탑이 하늘 위로 보인다. 우리가 아직 호수의 남쪽 길 위에 있음에도, 성벽의 황토색이 사막의 회색을 배경으로 드러나기 시작한다. 나는 뒤에 있는 사람들을 흘긋 쳐다본다. 그들의 걸음도 빨라진다. 그들은 흥분감을 숨기지 못한다. 우리는 지난 삼 주 동안 씻지도 않고 옷을 갈아입지도 않았다. 지독한 냄새가 난다. 피부는 바람과 햇볕에 메마르고 검게 갈라져 있다. 우리는 기진맥진해 있다. 그러나 우리는 남자답게 걷는다. 발에 붕대를 감은 병사도 가슴을 펴고 걷는다. 상황이 이보다 더 나빴을 수도 있었을 것이다. 하기야 이보다 더 좋았을 수도 있었겠지만 더 나빴을 수도 있었을 것이다. 늪지대의 풀을 뜯어 배가 불룩해진 말들도 생기를 되찾는 듯하다.

들에는 첫 봄싹이 나오기 시작하고 있다. 희미한 트럼펫 소리가 우리의 귀에 들린다. 우리를 환영하는 기병들이 햇빛에 헬멧을 반짝이며 문에서 나온다. 우리는 허수아비처럼 보인다. 병사들에게 마지막 몇 마일은 군복을 입고 행군하라고 지시했더라면 더 좋았을 것이다. 기병들이 우리를 향해 빠르게 다가온다. 그들은 금방이라도 전속력으로 질주하며 공중에 축포를 쏘며 소리를 칠 것 같다. 그러나 그들의 태도는 사무적이다. 나는 그들이 우리를 환영하러 나온 게 아님을 깨닫는다. 그들 뒤를 따르는 아이들도 없다. 그들은 두 줄로 갈라져 우리를 에워싼다. 내가 아는 사람은 아무도 없다. 그들의 눈은 무표정하다. 그들은 내 질문에 답변하지 않고, 우리가 죄수라도 되는 듯 열린 성문으로 들어가게 한다. 우리는 광장에 있는 천막을 보고 소란한 소리를 듣고서야, 군대가 여기에 주둔해 있으며 야만인들에 대한 예정된 작전이 진행중임을 알게 된다.

4

남자가 법정 뒤편에 있는 내 집무실 책상에 앉아 있다. 나는 그를 본
적이 없지만, 푸른 라일락빛 제복 상의에 달린 휘장으로 보아 보안청의
제3국 소속이다. 분홍빛 테이프로 묶인 갈색 서류철들이 그의 팔꿈치
께에 놓여 있고 그중 하나가 그의 앞에 펼쳐져 있다. 나는 서류철을 알
아본다. 지난 오십 년간의 세금 징수 기록이다. 그는 정말로 서류를 살
펴보고 있는 걸까? 그는 뭘 찾는 걸까? 내가 묻는다. "도와드릴 일이라
도 있습니까?"

그는 내 말을 무시하고, 나를 감시하는 두 군인은 나무처럼 뻣뻣하
다. 그렇다고 불평하는 건 아니다. 몇 주 동안 사막에 있었으니, 이렇게
한가하게 서 있는 게 어렵지 않다. 오히려 나 자신과 제3국 사이에 존
재하던 허위적인 우정에 종지부가 찍힌다는 생각에 어렴풋한 희열마

저 느껴진다.

"졸 대령과 얘기할 수 있겠소?" 내가 묻는다. 졸 대령이 돌아왔는지 알 수 없는 상황에서 어림잡아 던져본 질문이다.

그는 계속 서류를 검토하는 척하며 내 질문에 답변하지 않는다. 잘생긴 남자다. 하얀 이는 고르고, 푸른 눈은 멋지다. 하지만 허세가 많을 것 같다. 나는 여자와 침대에 누워 있다가 일어나 앉아, 근육을 움직여 여자를 감탄에 빠지게 하는 그의 모습을 상상해본다. 나는 그가 자신의 몸을 기계처럼 다루는 남자라고 상상해본다. 몸에도 나름대로 리듬이 있다는 걸 모르고 말이다. 그는 곧 나를 쳐다볼 것이다. 그는 배우가 가면 뒤에서 사람을 바라보듯이, 잘생기긴 했지만 표정이 전혀 없는 얼굴 뒤에서 맑은 두 눈을 통해 나를 쳐다볼 것이다.

그는 서류에서 눈을 떼고 올려다본다. 내가 생각했던 모습 그대로다. "어디 갔다 왔소?" 그가 묻는다.

"긴 여행을 하고 돌아왔소. 내가 부재중이어서 당신이 이곳에 도착했을 때 환대를 하지 못했다는 게 아쉽소. 하지만 이제 돌아왔으니, 마음대로 모든 걸 편하게 활용하시면 되겠소."

휘장을 보면, 그는 준위다. 제3국의 준위. 그건 뭘 뜻하는 걸까? 추측해보건대, 그건 오 년 동안 사람들을 발길로 차고 때렸고, 일반 경찰과 정당한 법 절차를 경멸하고, 나 같은 관리가 부드럽게 얘기하는 방식을 혐오한다는 의미일 것이다. 하기야 이렇게 말하면 내가 그에게 잘못하는 건지 모른다. 나는 오랫동안 수도를 떠나 살았으니 말이다.

"당신은 적과 내통을 했소." 그가 말한다.

결국 그렇게 됐구나. '내통', 책에 나오는 말이다.

"우리는 평화로운 상태요." 나는 말한다. "우리에게는 적이 없소." 침묵이 흐른다. "내가 착각한 게 아니라면 말이오." 나는 말한다. "그리고 우리가 그 적이 아니라면."

나는 그가 내 말을 이해하는지 확신할 수 없다. 그가 말한다. "원주민들은 우리와 전쟁중이오." 그가 일생 단 한 번이라도 야만인을 본 적이 있는지 의심스럽다. "어째서 그들과 내통한 거요? 누구의 허락을 받고 직무를 이탈했소?"

나는 그의 도발적인 말에 어깨를 으쓱해 보인다. "사적인 일이었소. 내 말을 믿어야 하오. 그 일을 가지고 입씨름은 하고 싶지 않소. 다만 한 지역의 치안판사 직은 문기둥처럼 내버릴 수 있는 게 아니라는 점만 얘기해둡시다."

두 경비병에 끌려 감방으로 가는 내 발걸음이 가볍다. "몸을 좀 씻으면 좋겠는데." 그들은 내 말을 무시해버린다. 신경쓰지 말자.

나는 내가 우쭐한 이유를 안다. 제국의 수호자들과의 연대는 이제 끝났다. 나는 반대편에 서게 됐다. 유대관계가 깨졌다. 나는 자유인이다. 누군들 웃지 않으랴? 하지만 얼마나 위험한 기쁨인가! 구원을 받는 게 그렇게 쉬워서는 안 되는 법이다. 내가 반대편이 된 일의 이면에 무슨 원칙이라도 있는가? 내 책상을 강탈하고 내 서류들을 함부로 건드리는 새로운 유형의 야만인들 중 하나를 보고 감정이 격해져 그랬던 건 아닐까? 내가 지금 버리려고 하는 자유는 나에게 어떤 가치가 있는 걸까? 나는 지난해, 전보다 더 내 마음대로 인생을 살았다. 나는 정말로 무제한적인 자유를 즐겼던 걸까? 예를 들자면, 나에게는 그 여자를 내 마음대로 할 수 있는 자유가 있었다. 내 변덕에 맞춰 그녀를 아내, 첩,

딸, 노예, 혹은 그 모든 것을 아우른 존재, 혹은 아무것도 아닌 존재로 만들 수 있었다. 가끔씩 느껴지는 감정을 제외하면 그녀에 대한 의무가 내게 없었기 때문이다. 그러한 자유로부터 압박감을 느끼는 사람이라면 그 누가, 감금을 당함으로써 생기는 자유를 환영하지 않을 것인가? 내가 반대편이 된 일에는 영웅적인 면은 전혀 없다. 한순간도 그 점을 잊지 말자.

이 방은 그들이 지난해에 취조를 할 때 사용했던 막사 안에 있는 바로 그 방이다. 이곳에서 취침을 하는 군인들이 침구를 밖으로 끌어내 문가에 쌓는 동안, 나는 옆에 서 있다. 같이 여행을 했던 세 남자가 부엌에서 나를 쳐다본다. 아직도 더럽고 남루한 몰골이다. 내가 소리친다. "먹고 있는 게 뭔가? 저들이 나를 가두기 전에 먹을 것 좀 가져다 줘." 그들 중 하나가 뜨거운 수수죽 그릇을 들고 빠른 걸음으로 다가온다. "드세요." 그가 말한다. 경비병들이 나에게 안으로 들어가라는 몸짓을 한다. "잠깐만. 저 사람에게 내 침구를 가져오라고 해. 다시는 자네들을 귀찮게 하지 않을게." 내가 햇빛이 비치는 곳에 서서 굶주린 사람처럼 죽을 퍼먹는 동안, 그들은 기다린다. 발이 아픈 병사가 미소를 지으며, 찻잔을 들고 내 팔꿈치 옆에 서 있다. "고마워." 나는 말한다. "걱정하지 마. 그들은 자네들에게는 해를 끼치지 않을 거야. 자네들은 시키는 대로만 했을 뿐이니까." 나는 침구와 오래된 곰 가죽 모피를 겨드랑이에 끼고 감방으로 들어간다. 화로가 놓여 있던 벽에는 아직도 검댕 자국이 남아 있다. 문이 닫히고 어둠이 내린다.

나는 머리맡 벽 뒤에서 곡괭이가 쿵쿵거리는 소리, 멀리서 손수레가 덜거덕거리는 소리, 인부들의 고함소리가 들려도 별로 구애받지 않고 밤낮으로 잠을 잔다. 꿈속에서 나는 다시 사막으로 돌아가, 알 수 없는 목적지를 향해 끝없는 공간을 터벅터벅 걸어가고 있다. 나는 한숨을 쉬며 입술을 축인다. "저 소리는 뭐지?" 경비병이 음식을 가져왔을 때, 나는 묻는다. 그의 말에 의하면, 그들은 막사의 남쪽 벽에 붙은 집들을 허물고 있다고 한다. 막사를 확장해 제대로 된 감방들을 만들고 있는 것이다. "아, 알겠네." 나는 말한다. "문명의 검은 꽃이 필 때가 된 거로군." 그는 이해하지 못한다.

창문이 없다. 벽 높은 곳에 구멍만 한 개 있을 뿐이다. 그래도 하루이틀이 지나자, 침침한 어둠에 눈이 적응하기 시작한다. 아침과 저녁에 문이 열리고 음식이 들어올 때, 눈이 부셔 눈을 가려야 한다. 가장 좋은 시각은 이른아침이다. 나는 잠에서 깨어 밖에서 새들이 지저귀는 소리를 듣고, 어둠이 비둘기의 회색 같은 첫 빛에 자리를 내주는 그 순간, 네모진 환기통을 바라보며 누워 있다.

내게 일반 병사들과 같은 양의 급식이 주어진다. 나는 이틀에 한 번씩 한 시간 동안 막사 정문이 잠긴 상태에서 밖으로 나가 몸을 씻고 운동을 한다. 한때 막강한 권력을 누렸던 자가 형편없이 몰락한 모습을 정문의 문살에 몸을 밀착시킨 채 바라보며 놀라서 입을 벌리는 사람들이 늘 있다. 낯익은 사람들이 많지만 아무도 나에게 인사하지 않는다.

밤이 되어 모든 게 고요해지면, 바퀴벌레가 나와 기어다닌다. 나는 그들이 날갯짓하는 소리와 마루 위를 기어다니고 달음질치는 소리를 듣는다. 아니, 어쩌면 상상한다. 구석에 있는 양동이에서 나는 냄새, 바닥에 있는 음식 부스러기가 그들을 유혹한다. 틀림없이, 생명과 부패의 다양한 냄새를 풍기는 살덩이도 그들을 유혹하긴 마찬가지일 게다. 어느 날 밤, 뭔가 가벼운 것이 목에서 기어다니는 바람에 잠에서 깬다. 그 다음부터는 자주 몸을 움찔하며 잠에서 깬다. 그들의 더듬이가 내 입술과 눈에 닿는 것 같아 몸을 털고 움직인다. 그때부터 강박관념이 생기기 시작한다. 이건 위험이 다가온다는 경고다.

나는 하루종일 텅 빈 벽을 응시한다. 골똘히 응시하면 거기에 스며 있는 모든 고통과 타락의 흔적이 나타날 것 같아서다. 혹은 눈을 감고, 아주 희미한 소리도 들을 수 있을 정도로 청각을 집중시킨다. 여기에서 고통을 당했던 모든 사람들의 신음이 벽에서 벽으로 울리는 소리를 잡아내기 위해서다. 나는 언젠가 이 벽들이 무너져내리고 불안한 메아리들이 마침내 날아갈 수 있는 날이 오기를 기도한다. 그러나 아주 가까이에서 들리는, 벽돌 쌓는 소리를 무시하기란 힘들다.

운동 시간이 기다려진다. 얼굴에 닿는 바람과 발에 닿는 흙의 감촉을 느끼고, 다른 사람들의 얼굴을 보고, 사람들의 말소리를 듣기 위해서다. 이틀간 독방에 갇혀 있다보면 입술에 맥이 빠지고, 내 말소리도 이상하게 들린다. 정말로, 인간은 혼자 살도록 만들어지지는 않은 모양이다! 나는 식사시간을 중심으로 말도 안 되게 하루를 보낸다. 나는 개처럼 게걸스럽게 먹는다. 짐승처럼 살다보니 진짜 짐승이 돼가고 있다.

그러나 나 자신에게만 전적으로 의존해 지내는 텅 빈 나날들도 있다. 그런 날이면 나는, 이 방에 다녀간 후 더이상 음식을 먹고 싶다는 생각도 없어지고 도움을 받지 않고는 더이상 혼자서 걸을 수도 없게 된 사람들의 영혼을, 이 벽들 사이 어딘가에 갇혀 있는 그들의 영혼을 불러내려고 노력한다.

언제나, 어딘가에서, 아이가 두들겨맞는 소리가 들린다. 나는 나이와 상관없이 여전히 아이에 불과했던 그 여자에 대해 생각한다. 그녀는 이곳에 끌려와 아버지의 눈앞에서 고문을 당해 상처를 입었고, 자신의 눈앞에서 아버지가 모욕당하는 모습을 지켜보았다. 그때 딸이 자신을 보고 있다는 사실을 아버지도 알고 있다는 걸 그녀는 알았으리라.

혹은 그녀는 어쩌면 그때쯤 앞을 볼 수 없었을지도 모른다. 그래서 다른 수단을 통해서, 가령 그녀의 아버지가 그들에게 그만두라고 애원할 때의 어조를 통해서 알게 되었을지 모른다.

나는 여기에서 무슨 일이 벌어졌는지를 구체적으로 생각하면 늘 움츠러든다.

그후 그녀에게는 아버지가 없었다. 그녀의 아버지는 스스로를 소멸시켰다. 그는 죽은 사람이었다. 그녀의 아버지가 그를 심문하는 사람들에게 덤비고, 곤봉에 나가떨어질 때까지 야생동물처럼 그들을 할퀴었던 건, 딸이 그로부터 스스로를 고립시킨 이 순간이었음이 틀림없다. 물론 그들의 이야기에 조금이라도 신빙성이 있다면 말이다.

나는 몇 시간 동안 눈을 감고 희미한 빛이 비치는 마룻바닥의 중앙에 앉아, 생각이 잘 나지 않는 그 남자의 모습을 떠올리려고 노력한다. 내 머릿속에 떠오르는 건 **아버지**라 불리는 인물, 아이가 두들겨맞는데도 아이를 보호해줄 수 없다는 걸 아는 여느 아버지의 모습일 뿐이다. 그는 사랑하는 사람에게 자신의 의무를 다할 수 없기 때문에 자신이 결코 용서받지 못하리라는 걸 안다. 자신이 그런 아버지여야 하다니, 더구나 그 때문에 비난까지 받아야 하다니, 그는 견딜 수 없다. 그가 죽고 싶어했던 것도 놀라운 일은 아니다.

나는 미심쩍은 방식이긴 하지만, 아버지가 되어주겠다고 하며 그녀를 보호해줬다. 그러나 그때는 너무 늦었다. 그녀가 아버지를 믿지 않게 된 후였기 때문이다. 나는 옳은 일을 하고 싶었다. 보상을 해주고 싶었다. 더 의심스러운 동기가 섞였다 해도, 좋은 마음으로 했다는 걸 부인하지 않겠다. 참회와 보상을 위한 여지는 언제나 있어야 하니 말이다. 그렇지만 나는 인간의 품위를 지키는 것보다 중요한 게 있다고 주장하는 사람들에게 성문을 열어주지 말았어야 했다. 그들은 그녀 앞에서 아버지를 발가벗겼고, 그가 고통으로 몸을 덜덜 떨게 만들었다. 그들은 그녀에게 상처를 입혔고 그는 그들을 막을 수 없었다. (그날은 내가 사무실에서 장부에 정신이 팔려 있던 날이었다.) 그런 일이 있은 후, 그녀는 더이상 온전한 인간이 아니었고, 우리 모두의 누이도 아니었다. 어떤 동정심이 사라졌고, 마음의 어떤 움직임은 더이상 가능하지 않았다. 만약 내가 이 감방 안에서, 그 아버지와 그 딸의 유령뿐만이 아니라 램프 불 옆에서도 검은 안경을 벗지 않는 그 사람과 옆에서 화롯불을 계속 지피던 그의 부하의 유령들과도 함께 오래 지내게 된다면, 나도 전염되어 아무것도 믿지 못하는 사람으로 바뀌고 말 것이다.

그래서 나는 되돌릴 수 없는 그 여자의 모습에 달려들어 주변을 빙빙 돌면서, 의미의 그물을 하나씩 던진다. 그녀는 희미한 눈으로 위쪽을 바라보며 두 개의 지팡이에 몸을 기대고 있다. 그녀는 무엇을 보는 걸까? 수호자 알바트로스의 듬직한 날개일까? 아니면 먹잇감에 숨이 붙어 있는 한 무서워서 공격을 하지 못하는 겁쟁이 까마귀의 검은 모습일까?

　　　　　*　　　*

　경비병들에게는 나와 아무런 얘기도 하지 말라는 명령이 내려져 있다. 그러나 뜰에 나가서 주위들은 얘기들을 종합해보면 이야기의 가닥을 잡기란 그리 어렵지 않다. 최근에는 강변에 난 화재 이야기가 대부분이다. 닷새 전만 해도 북서쪽의 아지랑이를 배경으로 좀 어두운 색깔의 모닥불이 보인다고만 생각했다. 그런데 그 불이 강변을 서서히 먹어가며 내려오기 시작했다. 때로는 꺼질 듯했지만 언제나 되살아났다. 강물이 호숫물로 유입되는 지점인 삼각주 위에 갈색 장막이 덮인 듯한 모습이, 이제 이곳에서도 분명히 보인다.

　나는 무슨 일이 있었는지 짐작할 수 있다. 야만인들이 강둑을 은폐물로 사용하니, 강둑이 깨끗해지면 그쪽을 방어하기가 한결 쉬워질 거라고 누군가가 결정한 모양이었다. 그래서 그들은 덤불에 불을 질렀다. 불은 북쪽에서 불어오는 바람을 맞으며 낮은 계곡 전체로 번졌다. 나는 이전에 들불이 난 것을 본 적이 있다. 갈대밭이 순식간에 타고, 포플러 나무는 횃불처럼 타오른다. 영양, 토끼, 고양이같이 잽싼 동물들은 도망친다. 수많은 새들이 질겁하여 날아간다. 모든 게 다 타버린다. 그러나 강변에는 불모지가 너무 많아 불길이 번지는 일이 거의 없다. 그렇다면 이번 경우에는, 사람들이 강변을 따라 불이 계속 번지도록 하고 있다는 말이 된다. 이 사람들은 땅에 아무것도 없게 되면, 바람이 땅을 파먹기 시작하고 결국 그곳이 사막화되리라는 건 개의치 않는다. 이렇게 원정대는 땅을 유린하고 우리의 재산을 못쓰게 만들며 야만인들을 섬멸할 작전을 준비하고 있다.

136

　　　　　*　　*

　책장은 깨끗이 치워졌으며 먼지가 닦이고 윤이 난다. 알록달록한 작은 구슬들이 담긴 접시를 제외하면 아무것도 없는 책상의 표면은 반들반들하다. 방은 티 없이 깨끗하다. 구석 탁자 위의 꽃병에 꽂힌 히비스커스꽃 향기가 방안을 가득 채우고 있다. 마루에는 새 카펫이 깔려 있다. 내 사무실이 이보다 더 멋있던 적은 없다.

　나는 여행할 때 입었던 옷을 그대로 입고 서서 경비병 옆에서 기다리고 있다. 속내의는 한두 번 빨아 입었지만, 코트에서는 아직도 나무 연기 냄새가 난다. 나는 창밖에 있는 아몬드꽃 사이로 햇빛이 유희하는 모습을 바라본다. 흡족하다.

　오랜 시간이 흐른 후, 그가 들어와 책상 위에 서류를 던지며 앉는다. 그는 말없이 나를 응시한다. 다소 지나치게 과장된 방식이긴 하지만, 그는 내게 어떤 인상인가를 심어주려고 노력하는 중이다. 그는 지저분하고 어지럽던 내 사무실을 말끔히 정돈해놓고, 거들먹거리며 방안을 거닐고, 의도적으로 무례하게 행동함으로써 내게 뭔가를 알리고자 한다. 그는 자신이 주도권을 쥐고 있을 뿐만 아니라(어떻게 내가 그 점에 이의를 제기할 수 있겠는가?) 사무실에서 처신하는 법과 사무실을 편리하면서도 우아하게 만드는 법까지 알고 있다는 걸 보여주고자 한다. 그는 왜 내게 그런 걸 과시할 가치가 있다고 생각하는 걸까? 아무리 저쪽 감방에서 궁상스러운 모습으로 쇠잔해가고 있다 할지라도, 그리고 냄새나는 옷과 텁수룩한 수염에도 불구하고 내가 여전히 **명문가** 출신이기 때문에? 그는 틀림없이 제3국에 있는 상급자들의 사무실을 눈여

겨보고 그곳 실내장식을 여기에 도입했을 것이다. 그런 장식으로 자신을 방어하지 않으면 내가 자기를 경멸하리라고 두려워한 걸까? 내가 그런 건 중요하지 않다고 얘기하면 그는 내 말을 믿지 않을 것이다. 웃지 않도록 조심해야겠다.

그는 헛기침을 하고 얘기한다. "치안판사, 당신의 혐의가 얼마나 무거운지 파악할 수 있도록 우리가 확보한 증언들을 읽어주겠소." 그가 몸짓을 하자, 경비병이 사무실에서 나간다.

"한 증언에 나오는 내용이오. '그의 직무수행에는 문제가 많았다. 그의 판단은 늘 독단적이었다. 재판을 청구한 사람들이 어떤 경우에는 몇 달씩 기다려서야 재판을 받을 수 있었다. 또한 회계 처리 방식도 제멋대로였다.'" 그는 서류를 내려놓는다. "금전 거래 장부를 조사해보니 변칙적으로 처리한 부분이 드러났다는 얘기도 해주디다." 그는 다시 읽는다. "'그는 이 지역의 최고 행정책임자임에도 자신의 의무를 소홀히 하면서까지 길거리 여자와 접촉하며 그 일에 대부분의 정력을 쏟았다. 결국 그처럼 문란한 행동은 제국의 품위를 떨어뜨리는 결과로 이어졌다. 문제의 그 여자는 일반 병사들이 단골로 찾는 여자였을 뿐만 아니라 수많은 음담의 주인공이기도 했다.' 그 이야기들을 반복하지는 않겠소.

다른 증언에 나오는 걸 읽어주리다. '원정대가 도착하기 이 주 전인 3월 1일, 그는 나를 비롯한 다른 두 명에게 즉시 장거리여행을 떠날 준비를 하라고 명령했다. 당시 그는 우리가 어디로 가는지 얘기해주지 않았다. 우리는 야만인 여자가 우리와 같이 간다는 걸 알고 놀랐지만, 아무것도 묻지 않았다. 우리는 그렇게 성급하게 떠나야 한다는 게 놀라울 뿐이었다. 조금 더 기다렸다가 따뜻한 봄이 되어 출발하지 않는 이유를 이해할 수 없었다. 우리는 돌아온 다음에야 앞으로 있을 작전을 야만인들에게 미리 경고해주려는 게 그의 목적이었다는 걸 이해할 수 있었다…… 우리는 3월 18일경에 야만인들과 접촉했다. 그는 우리를 제외시킨 가운데, 야만인들과 오랫동안 협의를 했다. 선물을 교환하기까지 했다. 당시 우리는 그가 우리에게 야만인들 쪽으로 넘어가라고 명령하면 어떻게 할지 서로 의견을 나눴다. 우리는 그러한 상황이 발생할 경우 명령에 복종하지 않고 집으로 돌아오겠다고 결심했다…… 여자는 자기 부족에게로 돌아갔다. 그는 여자에게 홀딱 빠져 있었지만, 여자는 그를 좋아하지 않았다.' 대충 이런 식이오."

그는 조심스럽게 서류를 내려놓고 서류의 모서리를 편다. 나는 침묵을 지킨다. "나는 일부만 발췌해 읽은 거요. 사건이 어떻게 돌아가는지 당신이 파악할 수 있도록 말이오. 우리가 와서 지방행정을 처리해야 하다니 모양새가 안 좋게 됐소. 이건 우리가 할 일도 아닌데 말이오."

"법정에서 얘기하겠소."

"그래요?"

나는 그들이 무슨 짓을 하고 있는지 알면서도 놀라지 않는다. 암시하거나 뉘앙스를 풍기는 말이 어떤 결과로 이어질지, 그리고 그런 식으로 질문을 함으로써 특정한 답변을 유도하는 방식에 대해서도 나는 아주 잘 알고 있다. 그들은 자신들이 원하는 바에 맞는 한 법을 이용할 것이다. 그런 다음 다른 수단을 동원할 것이다. 그게 제3국이 운영되는 방식이다. 법의 테두리 내에서 행동하지 않는 사람들에게 법적 절차라는 건 그저 많은 수단들 중 하나일 뿐이다.

내가 말한다. "아무도 내 면전에서 그런 말을 감히 하지는 못할 것이오. 처음 건 누가 증언한 거요?"

그는 손을 휘젓다가 다시 내린다. "신경쓰지 마시오. 당신에게도 답변할 기회가 올 테니까."

우리는 서로를 응시한다. 고요한 아침이다. 결국 그는 손뼉을 쳐 경비병을 불러들이고 나를 데리고 나가라고 지시한다.

나는 감방의 고독 속에서 그에 대해 많이 생각한다. 그가 나에 대해 생각하듯이 스스로에 대해 생각해보며, 그의 악의를 이해하려 노력한다. 나는 그가 내 사무실에 들인 수고에 대해 생각한다. 그는 내 서류들을 구석에 던져버리거나 장화를 신고 내 책상 위에 올라서지도 않는다. 오히려 그는 자신의 좋은 취향을 애써 내게 보여준다. 그 이유가 뭘까? 그는 소년처럼 날렵한 허리와 싸움꾼처럼 건장한 팔뚝을 푸른 라일락빛 제복 속에 숨기고 있는, 제3국이 자기 조직을 위해 만들어낸 남자다. 그는 허영심이 많고 칭찬에 굶주려 있을 게 분명하다. 여자들을 집어삼키듯 정복하지만, 만족하지 못하고 만족시킬 줄도 모른다. 그는 인간 피라미드를 밟고 올라가야 꼭대기에 도달할 수 있다는 말을 들었을 게다. 그는 언젠가 내 목을 발로 밟고 누르겠다고 꿈꾸고 있을 게다. 그렇다면 나는? 나는 그가 날 미워하듯 그를 미워하는 게 힘들다. 돈도 없고 연줄도 없고 학벌도 변변치 않은 젊은이들이 정상에 이르기란 힘든 일이다. 그들은 제국에 봉사하는 길에 발을 들인 만큼이나 쉽게 범죄의 세계에 빠질 수도 있을 것이다(그들이 제3국보다 더 좋은 곳을 어떻게 선택할 수 있었겠는가!).

그렇다고 내가 수치스러운 감옥생활을 안이하게 받아들인다는 건 아니다. 때때로 나는 매트 위에 앉아 벽에 있는 얼룩 세 개를 응시하며 천 번도 넘게 이런 질문들을 한다. 왜 저 얼룩들은 일렬로 있지? 누가 저걸 저기에 찍어둔 거지? 무슨 의미라도 있는 걸까? 혹은 방안을 거닐며 하나, 둘, 셋, 넷, 다섯, 여섯, 하나, 둘, 셋……을 세기도 하고, 아무 생각 없이 손으로 얼굴을 문지르기도 한다. 그러면서 나는 그들이 내 세계를 얼마나 왜소하게 만들었는지 깨닫는다. 내가 어떠한 방식으로 날마다 짐승이나 단순한 기계, 혹은 예를 들어, 연인, 기병, 도둑 등을 나타내는 작은 형상 여덟 개가 달린 장난감 물레가 되어가는지 깨닫는다. 어지럽고 무섭다. 나는 팔을 휘젓고 수염을 뽑고 발을 구르고 감방 안을 뛰어다닌다. 나는 스스로를 놀래키기 위해서, 다양하고 풍요로운 세계가 저 너머에 있다고 스스로에게 일깨워주기 위해서 무슨 짓이든 한다.

치욕스러운 일은 또 있다. 내가 깨끗한 옷을 달라고 하면 그들은 들어주지 않는다. 내가 입고 들어온 것 외에는 입을 게 아무것도 없다. 나는 운동을 하는 날이면, 호위병들이 보는 앞에서 재와 찬물로 셔츠나 바지를 빨고 감방 안으로 갖고 들어와 말린다(말리려고 뜰에 널었던 셔츠는 이틀 후에 가보니 사라지고 없었다). 햇볕에 말리지 않은 옷에서는 늘 곰팡이 냄새가 난다.

그보다 나쁜 일도 있다. 수프와 죽, 차만을 단조롭게 먹고 마시다보니, 대변을 보는 게 고통스럽다. 나는 며칠 동안 배가 딱딱하고 더부룩해져 망설이다가, 결국 변기통 위에 쪼그려앉는다. 나는 변이 나올 때 항문이 찢어지면서 생기는 찌르는 듯한 고통을 견뎌야 한다.

아무도 나를 때리지 않고, 아무도 나를 굶기지 않으며, 아무도 나에게 침을 뱉지 않는다. 내가 당하는 고통이 이토록 사소한데, 어떻게 내가 박해받고 있다고 할 수 있을까? 그러나 그런 고통은 사소하기 때문에 훨씬 더 수치스럽다. 나는 처음 감방에 들어와 문이 닫히고 자물쇠가 채워질 때 웃었다. 일상적인 삶의 고독에서 감방의 고독으로 옮겨가는 건 큰 고통이 아닌 듯했다. 생각과 기억을 갖고 들어갈 수 있으니 말이다. 그러나 나는 지금 자유라는 게 얼마나 기본적인 것인지 이해하기 시작한다. 나에게 어떤 자유가 남았는가? 먹거나 배고플 자유, 침묵을 지키거나 혼자 지껄일 자유, 혹은 문을 두드리거나 비명을 지를 자유이리라. 그들이 나를 여기에 감금했을 때 내가 불의, 경미한 불의의 대상이었다면, 지금의 나는 피와 뼈와 고기가 뭉쳐진 불행한 덩어리에 지나지 않는다.

내 저녁식사는 요리사의 손자가 가져온다. 틀림없이 그애에게는 전에 치안판사였던 사람이 어두운 방에 혼자 갇혀 있는 게 이상하게 보일 것이다. 그러나 그애는 아무런 질문도 하지 않는다. 경비병이 문을 열어 잡아주면, 그는 허리를 쭉 펴고 당당한 모습으로 쟁반을 들고 들어온다. "고맙다, 네가 와서 아주 기쁘구나, 몹시 배가 고팠단다……" 나는 아이와 나 사이의 공간을 인간의 언어로 채우며, 아이의 어깨에 손을 얹는다. 아이는 내가 맛이 괜찮다고 말해주기를 엄숙하게 기다린다. "할머니는 어떠시니?"

"잘 지내셔요."

"개는? 돌아왔니?" (뜰에서 그의 할머니가 부르는 소리가 들린다.)

"아뇨."

"너도 알다시피 봄은 교미철이란다. 개들이 짝을 찾아가고 며칠 동안 들어오지 않지. 그러다가 어디 있었는지도 모르게 불쑥 돌아오니 걱정하지 마라. 돌아올 거야."

142

"네, 알겠어요."

나는 그가 바라는 대로, 수프의 맛을 보고 입맛을 다신다. "아주 맛있구나. 할머니에게 고맙다고 전해드려라."

"네, 그럴게요." 부르는 소리가 다시 들린다. 그는 오늘 아침에 사용한 잔과 접시를 집어들고 나가려고 한다.

"군인들이 돌아왔니?" 나는 재빨리 묻는다.

"아뇨."

나는 열린 문을 잡고 잠시 문가에 서서, 광대한 보라색 하늘 밑으로 보이는 나무 밑에서 새들이 마지막으로 지저귀는 소리를 듣는다. 아이가 쟁반을 들고 뜰을 가로지르고 있다. 나에게는 그에게 줄 게 아무것도, 단추 하나도 없다. 관절을 꺾어 뚝뚝 소리가 나게 하는 법을 아이에게 가르쳐줄 시간도 없고, 손가락으로 아이의 코를 낚아채 아이로 하여금 코가 없어졌다고 생각하게 만드는 속임수를 부릴 시간도 없다.

나는 그 여자를 잊어가고 있다. 나는 잠 속으로 빠져들며, 그녀를 전혀 생각하지 않은 채 하루를 지냈다는 걸 너무나도 분명히 깨닫는다. 설상가상으로 나는 그녀가 어떻게 생겼는지조차 정확히 기억할 수 없다. 그녀의 공허한 눈에는 언제나 엷은 안개가 퍼져 있는 듯했다. 그건 그녀 전체를 압도하는 공허함이었다. 나는 그녀의 모습이 떠오르기를 기다리며 어둠 속을 응시한다. 그러나 내가 절대적으로 의존할 수 있는 유일한 기억은 오일이 묻은 내 손이 그녀의 무릎과 종아리와 발목 위로 미끄러지던 기억이다. 우리의 몇 안 되는 친밀한 순간을 떠올려보려 하지만 내가 살면서 거쳐온 다른 따뜻한 육체의 기억과 뒤섞여버린다. 나는 그녀를 잊어가고 또 잊어간다. 나는 안다, 그 망각이 의도적이라는 걸. 나는 막사 정문 부근에서 가던 길을 멈추고 그녀를 점찍은 순간부터, 내가 그녀를 원하는 근본적인 이유가 무엇인지 알지 못했다. 그리고 지금, 나는 지속적으로 그녀를 망각 속에 묻으려 하고 있다. 손이 차가우면 마음도 차갑다는 속담을 떠올리며, 나는 손바닥을 볼에 대보고 어둠 속에서 한숨을 쉰다.

꿈을 꾼다. 누군가가 벽 밑에 무릎을 꿇고 있다. 광장은 텅 비어 있다. 바람에 먼지가 구름처럼 일어난다. 그녀는 외투의 깃 속으로 몸을 움츠리고 모자를 눌러써 얼굴을 가린다.

나는 그녀를 내려다본다. "어디가 아프니?" 내가 말한다. 나는 말이 내 입속에서 만들어지는 걸 느끼고, 그 말이 누군가 다른 사람이 하는 말처럼 희미하고 형체 없는 소리가 되어 나오는 걸 듣는다.

그녀는 어색한 동작으로 다리를 앞으로 내밀고 발목을 만진다. 그녀는 너무 작아서, 입고 있는 남자용 외투에 거의 묻혀버린 듯 보인다. 나는 무릎을 꿇고 커다란 모직 양말을 벗기고 붕대를 푼다. 먼지 속에 있는 발은 형체를 알아볼 수 없는 기괴한 모습이다. 오도 가도 못하는 물고기 두 마리 같고, 큼직한 감자 두 개 같다.

나는 그중 한쪽 발을 내 무릎 위에 올려놓고 문지르기 시작한다. 그녀의 눈에서 눈물이 솟아 볼을 타고 흘러내린다. "아파요!" 그녀는 작은 소리로 울부짖는다. "쉬, 내가 따뜻하게 해줄게." 나는 다른 쪽 발을 들어올려 두 발을 같이 껴안는다. 바람이 우리에게 먼지를 뿌린다. 내 이에 모래가 낀다. 잠에서 깨어나보니 잇몸이 아프고 피가 난다. 밤은 고요하고, 달은 어둡다. 나는 잠시 어둠 속을 응시하며 누워 있다가 다시 꿈속으로 미끄러진다.

나는 막사 정문으로 들어가, 사막처럼 끝이 없는 뜰을 쳐다본다. 저쪽 끝에 도달할 가망은 없지만, 나는 여자를 데리고 터벅터벅 걷는다. 그녀는 이 미로에서 내가 가진 유일한 열쇠다. 그녀의 머리가 내 어깨 위에서 깐닥깐닥거리고 그녀의 무감각한 발이 반대쪽으로 축 늘어져 있다.

어떤 꿈에서는 내가 그 여자라고 부르는 사람이 형상과 성과 크기를 달리하여 나타나기도 한다. 두 개의 형상으로 나타나 나를 공포로 몰아넣는 경우도 있다. 거대하고 텅 빈 두 형상은 내가 자고 있는 공간이 다 찰 때까지 점점 더 커진다. 나는 숨이 막혀 질식할 것 같아 소리를 지르며 꿈에서 깬다.

그에 반해, 하루하루는 죽처럼 단조롭다. 이처럼 단조로움에 젖어 산 적이 없었다. 아무것에도 흥미가 없다. 바깥 세계에서 일어나는 일들, 내가 처해 있는 곤경, 이걸 곤경이라고 할 수 있다면 이 곤경의 도덕적 의미, 그리고 법정에서 나 자신을 변호할 전망마저도 식욕과 신진대사와 매 시간 살아가는 무료함에 눌려 내 흥미를 끌지 못한다. 나는 감기에 걸렸다. 코를 훌쩍거리고 재채기를 하느라 정신이 없다. 오직 아프다고 느끼고 낫고 싶어하는 비참한 육체만이 있을 뿐이다.

*　　*

어느 날 오후 벽 저쪽에서 불규칙하고 희미하게 들리던, 벽돌공의 흙손이 긁어내며 짤그랑거리는 소리가 갑자기 멈춘다. 나는 매트 위에 누운 채 귀를 쫑긋 세운다. 멀리서 잡음이 들린다. 그 소리는 분명히 들리지는 않지만 나를 불안하게 하고 긴장시킨다. 적막한 오후에 느닷없이 흐른 일종의 전기 같은 속성을 지닌 잡음이다. 폭풍우가 다가오는 걸까? 나는 문에 귀를 대보지만 아무것도 알 수 없다. 막사의 뜰은 텅 비어 있다.

조금 지나자, 흙손이 짤그랑거리는 소리가 다시 들리기 시작한다.

저녁때가 가까워지자 문이 열리고 꼬마가 저녁식사를 갖고 들어온다. 그는 내게 뭔가를 얘기해주고 싶어 안달이다. 그러나 경비병이 같이 들어와 그의 어깨에 손을 얹고 서 있다. 그는 흥분하여 반짝반짝 빛나는 눈으로만 내게 얘기한다. 단언하건대, 군인들이 돌아왔다는 말일 것이다. 그렇다면 왜 환호성과 나팔소리가 들리지 않는 걸까? 왜 말들이 광장을 가로지르지 않는 걸까? 왜 연회를 준비하는 떠들썩한 소리가 나지 않는 걸까? 왜 호위병은 그애를 꽉 잡고 있고, 내가 빡빡 깎은 그의 머리에 입을 맞추기도 전에 그를 쫓아버리는 걸까? 분명한 답은 군인들이 돌아왔지만, 승리해서 돌아온 게 아니라는 것이다. 만약 그렇다면, 나는 조심해야 한다.

저녁 늦게 뜰에서 갑자기 소란스럽고 왁자지껄한 소리가 들린다. 문이 열리고 닫히고, 거친 발소리가 여기저기에서 들린다. 어떤 말소리는 또렷하게 들리기도 한다. 전략이나 야만인 군대에 관한 얘기가 아니라 아픈 발과 극도의 피로감에 관한 얘기이고, 침대에 눕혀야 하는 아픈 사람들에 관한 얘기다. 한 시간이 채 안 돼, 사방이 다시 조용해진다. 뜰은 텅 비었다. 따라서 죄수들도 없다. 적어도 그것은 기뻐할 만한 이유가 된다.

아침나절이다. 나는 아직 아침식사를 하지 못했다. 나는 방안을 거닌 다. 배고픈 암소의 배에서 나는 소리처럼 배에서 꼬르륵 소리가 난다. 짭짤한 죽과 홍차를 생각하자 침이 고인다. 그건 어쩔 수 없다.

게다가 오늘은 운동하는 날인데, 나를 내보내줄 기미가 없다. 벽돌공 들은 다시 일을 하고 있다. 뜰에서는 일상적인 일을 하는 소리가 들린 다. 요리사가 손자를 부르는 소리도 들린다. 나는 문을 두드리지만 아 무도 관심을 갖지 않는다.

오후가 되자 열쇠를 따는 소리가 들리고 문이 열린다. 간수가 말한 다. "원하는 게 뭐야? 왜 문을 계속 두드리는 거야?" 그는 내가 얼마나 싫겠는가! 날마다 닫힌 문을 바라보고 다른 사람의 동물적인 욕구를 수발해야 하다니! 그도 자유를 강탈당했고, 나를 강도라고 생각한다.

"오늘 날 안 내보내줄 텐가? 나는 아무것도 먹지 못했네."

"그게 나를 부른 이유요? 곧 먹게 될 거요. 참을성이 없군. 살도 많이 쪘고."

"잠깐만. 내 변기통을 비워야 하네. 냄새가 너무 지독해. 마루도 닦아 야겠어. 이런 냄새나는 옷을 입고 대령님 앞에 갈 수는 없잖나. 그렇게 되면 간수들만 창피할 거야. 뜨거운 물과 비누와 걸레가 필요하네. 변 기통을 빨리 비우고, 부엌에서 더운물을 가져오겠네."

그가 내 말에 이의를 달지 않는 걸 보니 대령에 관해 내가 추측하여 말한 바는 맞나보다. 그는 문을 더 활짝 열더니 옆으로 비켜선다. 그가 말한다. "서둘러!"

부엌에는 설거지를 하는 여자만 있다. 우리 둘이 들어서자 그녀는 깜짝 놀란다. 심지어 달아나려는 것처럼 보이기까지 한다. 사람들이 나에 대해 무슨 얘기들을 하고 있는 걸까?

"저 사람에게 뜨거운 물을 좀 줘라." 간수가 명령한다. 그녀는 머리를 숙이고 화덕 쪽으로 향한다. 가마솥에서는 언제나 물이 펄펄 끓고 있다.

나는 어깨 너머로 간수에게 얘기한다. "물 담을 통을 가져오리다." 나는 큰 걸음으로 부엌을 가로질러 걸레와 빗자루가 밀가루 자루, 소금, 기장가루, 마른 콩 등과 같이 놓여 있는 어두운 구석으로 간다. 양고기를 매달아놓는 지하실의 열쇠가 머리 높이에 있는 못에 걸려 있다. 나는 순간적으로 그걸 호주머니에 넣는다. 돌아올 때, 내 손에는 나무통이 들려 있다. 여자가 끓는 물을 바가지로 퍼주는 동안 나는 통을 들고 있다. "잘 지내는가?" 내가 묻는다. 그녀가 너무 심하게 손을 떨어, 내가 바가지를 받아들어야 한다. "비누 조금하고 낡은 걸레 조각을 좀 주겠는가?"

나는 감방으로 돌아와 옷을 벗고 사치스러울 정도로 따뜻한 물로 몸을 씻는다. 썩은 양파 냄새가 나는, 단 하나뿐인 바지를 빨아 쥐어짜 문 뒤에 있는 못에 걸고 바닥에 물을 버린다. 그런 후 누워서 밤이 오기를 기다린다.

* *

열쇠가 부드럽게 돌아간다. 나 외에 지하실 열쇠가 다용도로 쓰일 수 있다는 걸 아는 사람이 몇이나 될까? 지하실 열쇠는 막사 복도에 있는 커다란 벽장만이 아니라 내가 갇혀 있는 감방 문도 열 수 있다. 또한 부엌 위에 있는 여러 개의 방을 여는 열쇠는 무기고 문을 여는 열쇠와 같고, 북서쪽 탑 계단으로 통하는 문의 열쇠는 북동쪽 탑 계단의 문과 홀에 있는 작은 벽장, 안뜰에 있는 송수관의 수문을 열 수 있다. 작은 정착지의 자질구레한 일들을 하며 삼십 년을 보낸 게 그리 헛되지만은 않았던 셈이다.

맑고 검은 하늘에서 별들이 반짝인다. 저 너머 광장에서 타오르는 어슴푸레한 불빛이 뜰의 문살을 통해 보인다. 골똘히 쳐다보니, 정문 옆으로 검은 모습이 보인다. 벽에 기대앉아 있거나 새우잠을 자는 남자의 모습이다. 감방 문가에 서 있는 내 모습이 그에게 보일까? 나는 몇 분 동안 주위를 살피며 서 있다. 그는 움직이지 않는다. 나는 벽을 따라 서서히 움직이기 시작한다. 아무것도 신지 않은 내 발이 자갈밭에 닿으며 작은 소리를 낸다.

나는 모서리를 돌아 부엌문을 통과한다. 그다음 문은 위층에 있는 내 예전 방으로 통하는 문이다. 잠겨 있다. 세번째와 마지막 문은 열려 있다. 그곳은 때로는 병실로 사용되기도 하고, 때로는 단순히 남자들이 묵는 용도로 사용되는 작은 방이다. 나는 몸을 숙이고 앞을 손으로 더듬으며, 희미한 청색 창살이 달린 네모난 창문을 향해 살금살금 다가간다. 사람들이 숨쉬는 소리가 사방에서 들린다. 그들의 몸에 걸려 넘어지지 않을까 걱정이다.

실 한 가닥이 실타래에서 분리되기 시작하듯, 내 발밑에 있는 사람이 움직인다. 그는 거친 숨을 몰아쉰다. 숨을 들이쉴 때마다 작은 신음

소리가 난다. 그는 꿈을 꾸고 있는 걸까? 나는 불과 몇 인치 떨어지지 않은 곳에 잠시 멈춰 선다. 그는 어둠 속에서 기계처럼 헐떡거리며 신음소리를 낸다. 나는 살금살금 그를 지나친다.

나는 창가에 서서, 모닥불과 매어놓은 말들과 쌓아놓은 무기와 천막이 있으리라고 반쯤 기대하며 광장을 건너다본다. 그러나 거의 아무것도 보이지 않는다. 타다 남은 단 하나의 모닥불 불빛과 멀리 떨어진 나무 밑에 있는 흰 천막 두 개 외에는 아무것도 없다. 그렇다면 원정대는 돌아오지 않았다는 말이다! 혹은 여기에 있는 사람들만 남았다는 말일까? 그 생각을 하자 심장이 멎는 것 같다. 하지만 그럴 리가 없다! 이 사람들은 전쟁을 하고 온 게 아니었다. 이 사람들은 최악의 경우 강의 상류 지역을 돌아다니고, 무장하지 않은 양치기들을 쫓아다니고, 그들의 여자들을 능욕하고, 집을 약탈하고, 가축떼를 쫓아버리는 짓을 저질렀을 것이다. 최선의 경우에는 이들은 아무도 보지 못했을 것이다. 물론 제3국이 야만인들의 분노로부터 우리를 보호해준답시고 찾아 나선 그 부족 무리도 보지 못했을 것이다.

나비 날개처럼 가벼운 손가락이 내 발목을 만진다. 나는 무릎을 꿇는다. "목이 말라요." 목소리가 들린다. 헐떡거리던 그 남자다. 그는 자지 않고 있었던 것이다.

"얘야, 조용히 말해." 나는 이렇게 속삭인다. 그는 눈을 치켜뜨고 있다. 흰자위가 보인다. 나는 그의 이마를 만져본다. 열이 있다. 그의 손이 나를 꼭 잡는다. "목이 너무 타요!" 그가 말한다.

"물을 가져올게." 나는 그의 귀에 대고 속삭인다. "하지만 조용히 하겠다고 약속해라. 여기 있는 아픈 사람들이 잠을 자야 하니까."

문 옆에 있는 그림자는 움직이지 않고 있다. 거기에 아무것도 없을 수도 있고, 어쩌면 낡은 자루나 장작더미에 지나지 않을 수도 있다. 나는 발소리를 죽이고 자갈길을 가로질러 군인들이 세수를 하는 물통이 있는 곳으로 간다. 물은 깨끗하지 않지만 그렇다고 수돗물을 틀 수는 없다. 찌그러진 그릇이 통 옆에 걸려 있다. 나는 거기에 물을 가득 담아 발소리를 죽이며 돌아온다.

소년은 일어나 앉으려고 하지만 힘이 너무 없다. 나는 그가 물을 마시는 동안 몸을 잡아준다.

나는 낮은 목소리로 묻는다. "무슨 일이 있었던 거야?" 자고 있는 사람들 중 하나가 움직인다. "다친 거니, 아니면 아픈 거니?"

"너무 더워요!" 그가 신음한다. 그가 담요를 밀쳐내려 해 내가 말린다. 내가 속삭인다. "땀을 흘려서 열을 내려야 해." 그는 서서히 머리를 이쪽저쪽으로 젓는다. 나는 그가 다시 잠에 빠질 때까지 그의 팔목을 붙든다.

나무로 된 창틀에 창살이 세 개 설치돼 있다. 막사의 아래층 창문에는 모두 창살이 있다. 나는 한 발로 창틀을 버팀대로 삼아 버티고, 가운데 창살을 잡고 힘을 준다. 땀이 나고 몸이 결린다. 등이 찌르는 듯 아프다. 그러나 창살은 움직이지 않는다. 그런데 갑자기 창틀이 갈라진다. 나는 뒤로 넘어지지 않기 위해 매달려야 한다. 소년 병사가 다시 신음하기 시작한다. 다른 사람이 헛기침을 한다. 내 무게가 오른쪽 다리에 실리자 고통이 느껴지고, 나는 놀라서 하마터면 소리를 지를 뻔한다.

창문이 열려 있다. 나는 창살을 한쪽으로 밀치며, 머리와 어깨를 그

틈으로 밀어넣고 밖으로 나가려 한다. 마침내 막사의 북쪽 벽을 따라 나 있는 짧게 잘린 수풀 뒤로 내 몸이 굴러떨어진다. 머릿속에는 고통스럽다는 생각밖에 없다. 옆으로 누워 무릎을 턱 쪽으로 오그리고 세상에서 가장 편안한 자세로 있고 싶다는 생각밖에 없다. 나는 빠져나갈 길을 모색하면서, 거기에 적어도 한 시간 동안 누워 있다. 잠을 자는 사람들의 한숨소리와 뭔가를 혼자 중얼거리는 젊은 병사의 목소리가 열린 창문으로 들린다. 광장에 있는 마지막 남은 불씨도 꺼지고 없다. 인간이나 짐승, 모두 자고 있다. 새벽이 오기 전, 가장 추운 시각이다. 나는 땅의 한기가 뼛속으로 스며드는 걸 느낀다. 이곳에 조금 더 누워 있다가는 내 몸은 얼어붙을 테고, 아침이 되면 수레에 실려 감방으로 가게 될 것이다. 나는 광장에서 떨어진 첫번째 길의 어두운 입구를 향해 다친 달팽이처럼 벽을 따라 나아가기 시작한다.

여관 뒤쪽으로 통하는 문은 경첩이 썩어 넘어져 있다. 그곳에서도 썩은 냄새가 난다. 부엌에서 나오는 껍질, 뼈, 밥 찌꺼기, 재 등이 이곳에 버려지고 다시 흙속에 매장된다. 그러나 땅도 포화상태라서, 이번 주에 나온 쓰레기를 묻을라치면 지난주에 묻은 게 쇠스랑에 걸려 나오기 일쑤다. 낮에는 파리가 들끓고, 해질녘이 되면 바퀴벌레가 활개를 친다.

발코니와 하인들의 숙소로 통하는 나무 계단 밑에는 목재를 저장하고 비가 오면 고양이들이 쉬러 들어가는 후미진 공간이 있다. 나는 그곳으로 기어들어가 낡은 가방 위에 몸을 웅크린다. 오줌냄새가 난다. 틀림없이 벼룩으로 꽉 차 있을 것이다. 너무 추워서 이가 덜덜 떨린다. 그러나 이 순간 내 머릿속에는 아픈 등이 어떻게 하면 나을까 하는 생각뿐이다.

*　　*

　나는 계단에서 들리는 발걸음소리에 잠에서 깬다. 낮이다. 머리가 무겁고 얼떨떨해서 둥지 속으로 다시 몸을 움츠린다. 누군가가 부엌문을 연다. 사방에서 닭들이 달려나온다. 이제 내가 발각되는 건 시간문제다.

　나는 최대한 대담하게, 그러나 마음과는 다르게 몸을 움츠리고 계단을 오른다. 맨발에 때묻은 셔츠와 바지를 입고, 수염이 텁수룩한 내 모습이 사람들에게는 어떻게 보일까? 하인이나 하룻밤 진탕 술을 마시고 나서 집으로 돌아오는 마부같이 보였으면 좋겠다.

　통로는 텅 비어 있다. 여자의 방문이 열려 있다. 방은 전처럼 깔끔하고 단정하다. 침대 옆 마루 위에는 푹신푹신한 가죽이 깔려 있고, 붉은 체크무늬 커튼이 창문에 드리워져 있고, 먼 벽에는 옷 선반이 놓인 궤짝이 바짝 붙어 있다. 나는 그녀의 향긋한 옷에 얼굴을 묻고, 내게 음식을 가져다주었던 소년을 생각한다. 내가 그 아이의 어깨 위에 손을 얹었을 때 그 감촉이 지닌 치유의 힘이 부자연스러운 고독으로 굳어져 있던 내 몸속으로 흐르던 것이 생각난다.

　침대는 정리되어 있다. 시트 속에 손을 넣자 그녀의 온기가 희미하게 느껴지는 것 같다. 그녀의 침대 속에 몸을 웅크리고, 그녀가 베던 베개에 머리를 눕히고, 모든 통증과 고통을 다 잊고, 지금쯤 나를 찾느라 발칵 뒤집혔을 상황도 무시하고, 이야기 속에 나오는 작은 소녀처럼 망각 속으로 떨어지는 것보다 더 좋은 일은 없을 듯하다. 오늘 아침에는 부드럽고 따뜻하고 향기로운 것이 얼마나 그리운지 모르겠다! 나는 한숨을 쉬며 무릎을 꿇고 침대 밑으로 겨우 들어간다. 나는 얼굴을 아래쪽으로 향한 채, 마루와 침대 사이의 공간에 끼어 있다. 그 공간이 너무 좁아, 어깨를 움직이면 침대가 위로 들썩거린다. 나는 마음을 가라앉히고 하루 동안 숨어 있을 준비를 한다.

나는 꾸벅꾸벅 졸면서 형체를 알 수 없는 꿈속에서 표류하다가 잠에서 깬다. 오전이 중반에 이르면서 잠을 잘 수 없을 정도로 날씨가 더워진다. 나는 최대한도로 오래, 비좁고 먼지 낀 은신처에서 땀을 흘리며 누워 있다. 그러다가 미루고 또 미뤄보지만, 용변을 봐야 하는 시간이 결국 찾아온다. 나는 신음소리를 내며 조금씩 밖으로 나와 요강 위에 쪼그려앉는다. 찢어지는 듯한 고통이 다시 느껴진다. 훔친 하얀색 손수건으로 닦으니 피가 묻는다. 방에는 악취가 진동한다. 구석에 변기통을 두고서 지난 몇 주를 살아온 나도 메스꺼울 지경이다. 나는 문을 열고 절름거리며 통로를 내려간다. 발코니에서 보면 지붕들이 줄줄이 보인다. 그 위로 남쪽 성벽이 있고, 푸른색을 띤 저 먼 곳까지 뻗은 사막이 있다. 골목의 다른 쪽 어귀에서 계단을 청소하는 여자를 제외하면 아무도 보이지 않는다. 그녀의 뒤에는 아이가 무릎과 손으로 기며 먼지 속의 뭔가를 밀고 있다. 그것이 무엇인지는 보이지 않는다. 아이는 조그맣고 예쁜 엉덩이를 위로 쳐들고 있다. 여자가 돌아서자, 나는 그늘에서 나와 아래쪽 쓰레깃더미 위에 요강을 비운다. 그녀는 아무것도 눈치채지 못한다.

무력감이 벌써 도시에 내려앉기 시작한다. 오전 일과가 끝났다. 사람들은 한낮의 더위를 생각해서 그늘진 뜰이나 서늘한 방으로 물러난다. 도랑에서 들리던 물소리가 잦아들더니 멈춘다. 이제 내 귀에 들리는 소리는 철공소에서 망치를 두드리는 소리와 산비둘기가 구구거리는 소리, 어딘지 먼 곳에서 아이가 칭얼대는 소리뿐이다.

나는 한숨을 쉬며, 달콤한 꽃향기가 희미하게 배어 있는 듯한 침대 위에 눕는다. 다른 사람들처럼 낮잠을 잔다면 얼마나 좋겠는가! 요즘 날씨를 보면 벌써 봄을 지나 여름으로 가고 있다. 그들처럼 무기력한 상태에 빠지는 건 얼마나 쉬운가! 세상은 그렇게도 평온하게 예전처럼 잘 굴러가는데, 재앙이 내 인생을 덮쳤다는 걸 내가 어떻게 받아들일 수가 있겠는가? 그림자가 길어지기 시작하고 바람의 첫 숨결이 나뭇잎을 살랑일 때 잠에서 깨어 하품을 하고 옷을 입고 계단을 내려가, 지나치는 친구들과 이웃들에게 고개를 끄덕이며 광장을 가로질러 내 사무실에 가서 한두 시간 동안 일을 보고, 책상을 정돈하고, 자물쇠를 채우리라고, 지금까지 그랬듯이 앞으로도 모든 일이 똑같이 계속되리라고 믿는 건 전혀 어렵지 않다. 머리를 흔들어보고 눈을 깜빡거린 다음에야 지금 내가 쫓기는 자로서 여기에 누워 있으며, 군인들이 이곳으로 와 나를 끌어내 하늘도 보이지 않고 사람들도 보이지 않는 곳에 나를 다시 가둘 것이라는 걸 깨닫는다. "왜?" 나는 베개에 대고 신음한다. "왜 하필 나야?" 나만큼 세상 물정을 모르고 혼란스러워하는 사람도 없을 것이다. 영락없는 어린애다! 그들은 할 수만 있다면 나를 가둬 썩게 만들고 이따금 내 몸을 악독하게 다루다가, 어느 날 예고도 없이 나를 끌어내 그들이 계엄령하에서 갖고 있는 힘을 이용해 비공개 재판에 서둘러 회부할 것이다. 작은 몸집의 대령은 굳은 표정으로 법정을 주재하고 그의 심복이 혐의 내용을 낭독하고, 젊은 하급 장교 두 명이 법적 절차를 준수하고 있다는 모양새를 갖추기 위해 입회인으로 참석할 것이다. 법정에는 그들 외에 아무도 없을 것이다. 특히 그들이 패배했거나 야만인들한테 당했다면, 그들은 나에게 반역죄를 뒤집어씌울 것이다—내가 그 점을 의심할 필요가 있을까? 그들은 나를 법정에서 사형장으로 끌고 갈 것이다. 나는 이 세상에 태어난 날처럼 혼란에 빠져 발로 차고 울고불고하면서, 죄가 없는 사람에게는 해로운 일이 일어날 수 없다는 믿음에 끝까지 매달릴 것이다. "너는 꿈을 꾸고 있는 거야!" 나는 혼잣말을 한다. 큰 소리로 이 말을 발음하고, 그 말을 바라보며, 의미를 파악하려고 노력한다. "넌 일어나야 해!" 나는 내가 아는 죄 없는 사람들의 모습을 마음속에 찬찬히 떠올리려고 노력한다. 손을 사타구니에 붙이고 램프 불 밑에서 벌거벗은 채 누워 있던 소년, 먼지 속에 쪼그려앉아 눈을 가리고 다음에 일어날 일을 기다리던 야만인 포로들이 떠오른다. 그들을 짓밟았던 그 짐승이 나도 짓밟으리라고 왜 상상할 수 없는 걸까? 나는 정말로, 내가 죽음을 두려워하지 않는다고 믿는다. 내가 피하고 싶은 건 현재의 나처럼 어리석고 어리둥절한 상태에서 모욕적인 죽임을 당하는 일이다.

아래쪽 뜰에서 갑자기 사람들의 소란스러운 목소리가 들린다. 남자들의 목소리도 들리고, 여자들의 목소리도 들린다. 나는 급히 은신처로 숨는다. 계단을 올라오는 발걸음 소리가 들린다. 그들은 발코니의 저쪽 끝까지 갔다가 서서히 돌아오며 모든 문 앞에서 잠시 걸음을 멈춘다. 하인들의 숙소로 사용되거나 수비대의 군인들이 돈을 내고 여자와 오붓이 자는 데 사용되는 위층 방들의 벽은 말이 벽이지, 널빤지에 종이를 발라놓은 것에 불과하다. 나를 찾는 병사가 방문을 차례차례 열어젖히는 소리가 또렷이 들린다. 나는 벽에 귀를 댄다. 그가 내 냄새를 맡지 않았으면 싶다.

발걸음이 구석을 돌아 통로를 내려온다. 내가 있는 방의 문이 열린다. 문은 몇 초 동안 열린 채로 있다가 다시 닫힌다. 그렇게 나는 시험 하나를 통과했다.

더 빠르고 날렵한 발걸음 소리가 들린다. 누군가가 통로를 달려와 방에 들어선다. 내 머리가 반대 방향을 향하고 있기 때문에 그 사람의 발은 보이지 않는다. 그러나 나는 그게 그 여자라는 걸 안다. 바로 지금, 밖으로 나가 저녁때까지만이라도 나를 숨겨달라고 그녀에게 애원해야 한다. 그렇게 되면 나는 도시 밖으로 빠져나가 호수 쪽으로 갈 수 있을 것이다. 그러나 내가 어떻게 그 일을 해낼 수 있을까? 침대가 들썩거리길 멈추고 내가 밖으로 나왔을 때쯤이면, 그녀는 벌써 혼비백산하여 도와달라고 고함을 지르며 도망치고 있을 것이다. 그녀가 이 방에서 시간을 보냈던 남자들 중 하나에게, 그러니까 생계를 꾸리기 위해 잠자리를 같이하는 많은 남자들 중 하나에게, 그것도 치욕스럽게 도망을 다니고 있는 사람에게 피난처를 제공하리라고 누가 장담할 수 있겠는가? 그녀가 이 몰골을 하고 있는 나를 알아보기나 할까? 그녀의 발이 이곳에서 멈췄다 저곳에서 멈췄다 하면서 방안을 배회한다. 그녀의 움직임에는 방향성이 전혀 없다. 나는 꼼짝도 않고 누워 소리 없이 숨을 쉰다. 땀이 뚝뚝 떨어진다. 그런데 갑자기 그녀가 가버린다. 계단이 삐걱대더니 고요해진다.

내게도 고요함이 몰려온다. 정신이 명료해진다. 이게 얼마나 어처구니없는 짓인지 알 수 있다. 도망치고 숨는 이 모든 일이 말이다. 갈대숲으로 빠져나갈 기회를 기다리며 더운 오후에 침대 밑에 누워 있다니 얼마나 어리석은 짓인가. 갈대숲에서 직접 구한 물고기나 새알로 연명하면서 땅속 굴에서 잠을 자고 역사의 한 장이 삐거덕거리며 지나가 변경이 비몽사몽 같은 상황으로 돌아갈 때까지 기다리겠다니 얼마나 어리석은 짓인가. 사실대로 얘기하자면, 나는 제정신이 아니다. 내게 말을 걸어서는 안 된다는 걸 환기하기 위해 간수가 아이의 어깨를 움켜쥐는 모습을 본 그 순간부터, 그리고 그날 무슨 일이 있었든 내가 책임을 져야 한다는 걸 알게 된 순간부터, 나는 공포에 질려 있다. 내 대의명분을 계속해서 제대로 표현하지 못하고 있지만, 그게 옳다고 확신하며 나는 온전한 정신으로 그 방으로 걸어들어갔다. 그런데 네 면의 벽과 수수께끼 같은 검댕자국 외에는 볼 게 아무것도 없고, 내 몸에서 나는 악취 외에는 아무것도 맡을 게 없고, 입이 봉해진 듯 보이는 꿈속의 유령 외에는 아무도 얘기할 상대도 없이 바퀴벌레들 사이에서 두 달을 보내고 나니, 나는 자신감을 잃어가고 있다. 다른 사람의 몸을 만지고, 다른 사람에게 만져지고 싶은 욕망이 나를 덮쳐 때로는 신음소리마저 나온다. 나는 아침저녁으로 아이가 감방에 드나드는 유일한 그 짧은 시간을 얼마나 기다렸던가! 제대로 된 침대에 여자의 품에 안긴 채 눕고, 좋은 음식을 먹고 햇빛을 쬐며 산책을 하는 일이, 경찰의 조언을 받지 않고서 누가 내 친구이며 누가 내 적이어야 하는지 결정할 수 있는 권리보다 훨씬 더 중요해 보이지 않는가! 내가 야만인 여자와 벌인 행각을 잘했다고 하는 사람이 단 한 사람도 없는데, 어떻게 내가 옳다고 할 수 있는가? 만약 이곳의 젊은 사람들이 내가 두둔하는 야만인들한테 죽임을 당한다면, 나를 비난하지 않을 사람이 어디 있겠는가? 그리고 내가 옳다는 절대적인 확신이 없다면, 푸른 제복을 입은 그들의 손에 고통을 당하는 일이 무슨 의미가 있겠는가? 나를 심문하는 사람들에게 내가 진실을 얘기하고, 야만인들을 찾아갔을 때 했던 말을 단어 하나까지 자세히 얘기한다 해도, 그들이 나를 믿고 싶은 유혹을 느낀다 해도, 그들은 끔찍한 일을 계속할 것이다. 극단적인 수단을 동원해야만 최종적인 진실을 들을 수 있다는 게 그들의 신조다. 나는 고통과 죽음을 피해 달아나고 있다. 도피 계획도 없다. 갈대밭에 숨어살게 되면, 일주일도 안 돼 굶어죽거나 연기에 쫓겨나오게 될 것이다. 진실을 얘기하자면 나는 편안함을 찾고 있을 뿐이고, 부드러운 침대와 따스한 품이 있는 곳으로 달아나고 있을 뿐이다.

다시 발소리가 들린다. 나는 여자의 빠른 걸음걸이를 알아챈다. 이번에는 혼자가 아니라 남자와 함께. 그들은 방안으로 들어온다. 목소리로 봐서 남자는 애에 지나지 않는다. 그가 격렬한 어조로 얘기한다. "그들이 당신을 그런 식으로 대하게 내버려두면 안 돼요. 당신은 그들의 노예가 아니잖아요!"

"너는 몰라." 그녀가 대답한다. "여하튼 지금은 그 얘길 하고 싶지 않아." 침묵이 깃든다. 그다음에는 더 은밀한 소리가 들린다.

얼굴이 화끈 달아오른다. 이런 걸 견뎌야 하다니 참을 수 없다. 그러나 나는 익살극에 나오는 오쟁이 진 남편처럼 숨을 죽이고, 치욕감 속으로 점점 더 빠져든다.

그들 중 하나가 침대 위에 앉는다. 장화가 쿵 하고 마루 위에 떨어지고, 옷 벗는 소리가 난다. 그들은 내 몸 바로 위에 눕는다. 널빤지가 휘어지며 내 등을 압박한다. 나는 그들이 서로에게 하는 말을 듣는 게 너무 창피해 귀를 막아보지만, 여자가 몸을 요동치는 소리와 신음소리를 듣지 않을 수 없다. 이 여자가 쾌락의 절정에 사로잡힐 때 내는 소리가 또렷이 기억난다. 나도 이 여자와 그랬으니까.

널빤지가 더 심하게 나를 압박한다. 나는 최대한도로 몸을 납작하게 한다. 침대가 삐걱거리기 시작한다. 땀이 나고 얼굴이 붉어지고, 마음과는 반대로 몸이 몹시 흥분되는 걸 느끼며 역겹다는 생각을 한다. 나는 실제로 신음소리를 내기까지 한다. 낮지만 긴 신음소리가 내 목구멍에서 나와 그들의 헐떡거리는 숨소리와 남몰래 섞인다.

그런 다음 그 일이 끝난다. 그들은 한숨을 쉬고 잦아든다. 그들의 움직임이 멈춘다. 그들은 나란히 누워 잠에 빠진다. 그사이, 불행한 나는 몸이 뻣뻣해진 채 깨어 있다. 나는 탈출할 기회를 기다린다. 닭들마저 졸고 있는 시간이다. 유일한 황제인 태양만이 존재하는 시간이다. 판판한 지붕 밑 이 작은 방 안의 더위는 질식할 정도다. 나는 하루종일 먹지도, 마시지도 못했다.

나는 벽을 발로 밀치며 조심스럽게 일어나 앉는다. 등의 통증이, 늙은이의 통증이 다시 존재를 드러낸다. "미안하네." 나는 속삭인다. 그들은 소년 소녀처럼 손에 손을 잡고 알몸으로 곤히 잠들어 있다. 땀이 송골송골 맺혀 있고, 그들의 얼굴은 편안하고 모든 시름을 잊은 듯하다. 수치심의 물결이 더욱 거세진 힘으로 나에게 몰려온다. 그녀의 아름다움은 나에게서 아무런 욕망도 일깨우지 못한다. 대신 무겁고 축 늘어지고 더러운 냄새(그들은 이 냄새를 어떻게 눈치채지 못한 걸까?)가 나는 이 늙은이의 몸이 그녀를 품에 안았어야 했다는 게 전보다 더 추잡

하게 느껴진다. 나는 저토록 부드럽고 꽃 같은 아이들에게, 그녀뿐만이 아니라 다른 아이에게도, 내 몸을 밀착시키며 무슨 짓을 했던 걸까? 나는 천하고 퇴화하는 인간들 속에 있었어야 했다. 그곳이 내가 속한 곳이다. 겨드랑이에서 고약한 냄새가 나고 성질이 더러우며 커다란 성기가 축 늘어진 뚱뚱한 창녀들이 있는 곳 말이다. 나는 발끝으로 살금살금 걸어, 태양빛이 이글거리는 계단을 절뚝거리며 내려온다.

부엌문의 위쪽이 열려 있다. 허리가 굽고 이가 다 빠진 노파가 놋쇠 그릇에 담긴 뭔가를 먹으며 서 있다. 우리의 눈길이 만난다. 그녀가 먹는 걸 멈춘다. 숟가락이 허공의 중간쯤에서 정지하고 입은 벌어진 채 그대로 있다. 그녀는 나를 알아본다. 나는 손을 들어 보이며 미소를 짓는다. 미소가 그렇게 쉽게 나온다는 사실이 놀랍기만 하다. 숟가락이 움직이고, 입이 그 위로 닫히고, 그녀의 눈빛이 변한다. 나는 그곳을 지나친다.

북문은 잠겨 있고 빗장이 걸려 있다. 나는 담의 모서리 위 감시탑으로 통하는 계단을 오른다. 그리고 강을 따라 뻗어 있는, 지금은 군데군데 검은색을 띤 녹지대와, 새로운 갈대가 나오고 있는 연녹색 늪지대와 호수의 빛나는 수면 등 내가 사랑하는 풍경을 굶주린 듯 응시한다.

그런데 뭔가 잘못돼 있다. 나는 세상으로부터 얼마나 오랫동안 격리되어 있었던 걸까? 두 달일까? 아니면 십 년일까? 성벽 아래쪽 땅에 심은 밀은 지금쯤이면 십팔 인치 정도 컸어야 하는데 그렇지가 않다. 관개시설이 있는 지역의 서쪽 끝자락을 제외하면 어린 밀들은 병들어 누리끼리하게 발육이 정지된 상태다. 호수와 더 가까운 곳은 아무것도 없는 드넓은 맨땅이다. 수로 벽 옆에는 회색 짚단이 줄지어 있다.

방치된 들, 불볕이 내리쬐는 광장, 텅 빈 거리 등이 내 눈앞에서 새롭고 불길한 모습으로 변한다. 도시가 버려지고 있다—달리 어찌 생각하겠는가—이틀 전에 내가 들었던 소리들은 도착하는 소리가 아니라 떠나는 소리였음이 틀림없다! 그 생각을 하자 가슴이 철렁한다(두려움 때문에? 고마움 때문에?). 그러나 내가 잘못 생각했음이 분명하다. 광장을 더 주의깊게 살펴보자, 두 소년이 뽕나무 밑에서 조용하게 구슬치기를 하며 놀고 있는 모습이 보인다. 여관에서 본 대로 삶은 전처럼 계속되고 있다.

남서쪽 탑에서는 보초가 높은 걸상에 앉아 멍한 눈으로 사막을 쳐다보고 있다. 가까이 다가가자, 그는 나를 보고 깜짝 놀란다.

"내려가세요. 여기 오시면 안 됩니다." 그가 단호한 목소리로 말한다.

나는 이 사람을 전에 본 적이 없다. 감방을 나온 후로, 전에 주둔하던 병사들을 한 사람도 만나지 못했다는 사실을 깨닫는다. 왜 낯선 사람들만 이곳에 있는 걸까?

"나를 모르겠는가?" 내가 묻는다.

"내려가세요."

"내려가지. 하지만 자네한테 중요한 질문을 먼저 해야겠네. 자네도 보다시피, 자네 말고는 물어볼 사람이 아무도 없으니까. 다른 사람들은 모두 잠을 자고 있거나 어디론가 가버린 것 같네. 내 질문은 자네가 누구냐는 거야. 내가 알던 사람들은 모두 어디에 있지? 들에는 무슨 일이 있었던 건가? 홍수가 났던 것처럼 보이는데, 어쩌다 홍수가 난 거지?" 내가 빠르게 지껄이자, 그가 눈을 가늘게 뜬다. "이렇게 어리석은 질문들을 하게 되어 미안하네. 내가 열이 있어서 침대에 앓아누워 있었거든"―이상한 말이 불쑥 나온다―"밖에 나온 건 오늘이 처음이라네. 그래서……"

"어르신, 한낮의 햇볕을 조심하셔야 합니다." 그가 말한다. 그에게 어울리지 않게 큰 모자 밑으로 귀가 튀어나와 있다. "이런 때는 휴식을 취하시는 게 더 좋습니다."

"알겠네…… 물 좀 마실 수 있겠나?" 그는 내게 물병을 건네준다. 나는 얼마나 갈증이 난 상태였는지 내색하지 않으려고 애쓰며, 미지근한 물을 마신다. "무슨 일이 있었는지 얘기해주게나."

"야만인들이에요. 그들이 저쪽 둑의 일부를 터서 들판을 물바다로 만들었답니다. 아무도 그들을 본 사람은 없었지만요. 밤중에 와서 그랬으니까요. 다음날 아침에 보니까 호수가 또하나 생긴 것 같더군요." 그는 담뱃대를 채워 나에게 건넨다. 나는 공손하게 거절한다("담배를 피우면 기침만 나오고 나한테는 좋은 게 없더구먼"). "네, 농부들은 아주 상심하고 있습니다. 그들이 하는 말을 들으니, 곡식은 죄 망쳐졌고 다시 씨를 뿌리기엔 너무 늦었답니다."

"안됐군. 힘든 겨울이 되겠구먼. 우리는 이제 허리끈을 잔뜩 졸라매야 할 거야."

"예, 이곳 사람들이 안됐어요. 그들이 또 그러지 않겠습니까? 그 야만인들 말입니다. 그들은 마음만 먹으면 언제든 들에 홍수가 나게 할 수 있을 테니 말입니다."

우리는 야만인들과 그들의 반역행위에 대해 얘기한다. 그들이 정정당당하게 맞서 싸우지 않는다고 그는 얘기한다. 등뒤로 슬그머니 다가와 비수를 꽂는다는 것이다. "그들은 왜 우리를 내버려두지 않는 거죠?

그들에게도 그들의 땅이 있지 않습니까?" 나는 변경 지역에서 모든 게 조용하기만 했던 옛날로 화제를 옮긴다. 그는 나를 "어르신"이라고 부른다. 농부들이 연장자에게 존칭을 쓸 때처럼 말이다. 그는 미치광이 늙은이의 말을 들어주듯 내 말을 듣고 있다. 여하튼 하루종일 공터를 응시하기보다는 나은 일일 것이다.

"얘기 좀 해보게." 나는 말한다. "나는 이틀 밤 전에 기병들이 내는 소리를 듣고 원정대가 돌아왔다고 생각했지."

그가 웃는다. "아닙니다. 원정대가 되돌려보낸 몇 명이었을 뿐입니다. 그들은 커다란 수레에 실려왔습니다. 어르신이 들은 건 분명히 그 소리였을 거예요. 제가 듣기론 그쪽의 나쁜 물을 먹고 몸이 아프게 됐답니다. 그래서 돌려보낸 거지요."

"그렇군! 그게 무슨 소린지 모르겠더라고. 주력부대는 언제 돌아온다고 하던가?"

"틀림없이 곧 돌아올 겁니다. 과일만 먹고 살 수는 없지 않습니까? 저는 그렇게 삭막한 곳을 본 적이 없습니다."

나는 계단을 내려온다. 대화를 하고 나니 나 자신이 위엄을 다시 찾은 듯한 느낌이 들 정도다. 아무도 그에게 남루한 옷을 입은 살찐 늙은이를 경계하라고 경고하지 않았다는 게 이상하다! 아니면 그는 얘기할 상대도 없이 지난밤부터 거기에서 근무를 서고 있었던 걸까? 내가 이처럼 침착하게 거짓말을 할 수 있으리라고 어느 누가 생각이나 했겠는가! 오후가 반쯤 지난 시각이다. 내 그림자가 잉크로 된 웅덩이처럼 곁에서 미끄러진다. 내가 이 네 개의 벽 안에서 움직이는 유일한 생물체인 듯하다. 나는 기분이 너무 좋아 노래를 부르고 싶다. 등이 아픈 것마저 상관이 없을 정도다.

나는 작은 쪽문을 열고 나간다. 감시탑에 있는 친구가 나를 내려다본다. 내가 손을 흔들자, 그도 손을 흔든다. 그가 외친다. "모자를 쓰셔야 해요!" 나는 맨머리를 두드리며 어깨를 으쓱하고 미소를 짓는다. 해가 내리쬔다.

봄밀은 정말로 망쳐져 있다. 따뜻한 황토색 진흙이 내 발가락 사이에서 철벅거린다. 아직도 이곳저곳에 웅덩이가 있다. 많은 어린싹들이 뿌리째 뽑혀 쓸려가버렸다. 잎들은 모두 누렇게 떠 있다. 호수와 가까운 지역이 가장 심한 타격을 입었다. 서 있는 게 아무것도 없고, 농부들은 벌써 죽은 작물을 태워버리려고 쌓아올리기 시작한다. 호수에서 떨어진 곳은 땅이 몇 인치쯤 높아 괜찮다. 아마 작물의 4분의 1쯤은 건질 수 있을 것 같다.

여름에 호수의 수위가 한계점에 다다를 때 물이 넘치지 않도록 막아주는, 길이가 이 마일 정도 되는 낮은 진흙 벽은 수리가 되어 있다. 하지만 물을 들에 공급해주는 복잡한 체계의 수로들과 수문들은 홍수에 쓸려가고 없다. 호수변에 위치한 댐과 물레방아는 온전하다. 그러나 물레방아를 돌리는 말은 온데간데없다. 농부들은 몇 주일 동안 힘들게 일해야 할 듯싶다. 그런데 그들이 해놓은 일은 삽으로 무장한 몇몇 남자들에 의해 어느 순간, 끝장날 수 있다! 어떻게 우리가 그런 전쟁에서 승리할 수 있단 말인가? 우리가 살고 있는 바로 이곳에서 피를 흘리며 끝장날 가능성이 있다면, 적진의 중심을 무차별적으로 침략하고 소탕하는 교과서적인 군사행동이 도대체 무슨 소용이 있을까?

나는 모래로 덮인 폐허로 통하는 작은 길로 이어지기 전의 서쪽 성벽 뒤에서 구부러지는 옛길을 택해 걸어간다. 아이들은 아직 여기에서 놀까? 아니면 부모들이 움푹한 곳에 야만인들이 숨어 있다는 얘기를 해서 집안에 잡아놓고 있을까? 궁금하다. 나는 성벽 위쪽을 쳐다본다. 감시탑에 있는 내 친구는 잠을 자러 간 듯하다.

우리가 지난해에 발굴했던 곳들이 모두 모래로 다시 덮여버렸다. 한때는 사람들이 살았을 게 틀림없는 폐허의 이곳저곳에 모서리 기둥만이 박혀 있다. 나는 좀 쉬려고 움푹한 곳을 찾아 앉는다. 아무도 나를 찾아 이곳으로 오지는 않을 것 같다. 나는 돌고래와 파도가 희미하게 새겨져 있는 낡은 기둥에 몸을 기대고 있다가, 햇볕에 몸이 그을려 물집이 생기고 다시 바람에 말랐다가 결국 서리에 얼어버리고, 먼 훗날 평화로운 시대가 왔을 때 오아시스의 아이들이 놀이터를 다시 찾아와서, 오래전 사막에 살았던 정체불명의 누더기옷을 입은 사람의 해골이 바람결에 드러난 모습을 발견할 때까지 눈에 띄지 않을 수도 있으리라.

나는 한기가 들어 깬다. 커다란 붉은 해가 서쪽 지평선 위에 떠 있다. 바람이 불기 시작한다. 바람에 날린 모래가 벌써 내 옆구리에 쌓여 있다. 나는 무엇보다도 목이 마르다는 걸 의식한다. 여기에서 귀신들과 같이 추위에 떨며 밤을 지새우고, 낯익은 벽들과 나무꼭대기가 다시 어둠 속에서 형체를 드러내길 기다리겠다는 애초의 생각은 현실성이 없는 듯하다. 내가 성벽 밖에 있으면 굶어죽는 운명뿐이다. 나는 쥐새끼처럼 이 구멍에서 저 구멍으로 허둥지둥 옮겨다니다가 결백한 듯한 겉모습마저 잃어버린다. 내 적들이 할 일을 내가 왜 그들을 위해 해야 한단 말인가? 만약 그들이 내 피를 보고 싶어한다면 적어도 그들이 그에 대한 죄의식은 느끼도록 하자. 어제 느꼈던 울적한 두려움은 이제 힘을 잃어버린 상태다. 희미하게나마 그들에 대한 분노를 회복할 수 있다면, 이렇게 도망친 것도 부질없는 짓은 아닐지 모른다.

*   *

나는 막사 뜰의 문을 덜컹덜컹 잡아당긴다. "내가 누군지 모르겠는가? 휴가를 다녀온 참이니, 들여보내주게!"

누군가가 급히 달려온다. 우리는 희미한 불빛 속에서, 문살을 통해 서로를 자세히 바라본다. 내 간수로 선임된 사람이다. "조용히 하시오!" 그는 낮은 목소리로 얘기하며 빗장을 당긴다. 그의 뒤에서 중얼거리는 소리가 나고, 사람들이 모인다.

그는 내 팔을 잡고 빠른 걸음으로 뜰을 가로지른다. 누군가가 소리친다. "누구야?" 나는 열쇠를 꺼내 흔들며 그 물음에 답변할까 하다가, 문득 그렇게 하는 게 경솔한 짓이라는 생각이 든다. 그래서 간수가 잠긴 문을 열고 나를 안으로 데리고 들어갈 때까지 문 옆에서 기다린다. 그의 화난 목소리가 어둠 속에서 들린다. "밖으로 나갔다는 말을 다른 사람에게 했다가는 당신, 가만두지 않겠소! 알아듣겠소? 대가를 톡톡히 치르게 하겠단 말이오! 입 닥치고 있으시오! 만약 누군가가 오늘밤 일에 대해서 묻거든, 당신이 운동을 할 수 있도록 내가 데리고 나갔다고만 말하시오. 알아들었소?"

나는 내 팔을 잡은 그의 손을 떼어내고 그에게서 떨어진다. 나는 낮은 목소리로 얘기한다. "내가 야만인들이 있는 곳으로 도망쳐 숨는 일이 얼마나 쉬운 일인지 이젠 알겠지? 자네는 내가 왜 돌아왔다고 생각하나? 자네는 평범한 군인이고 명령에 복종할 따름이지만, 그래도 한 번 생각해보게." 그가 내 팔목을 움켜쥔다. 나는 다시 그의 손가락을 떼어낸다. "내가 왜 돌아왔으며, 내가 돌아오지 않았다면 그게 무슨 의미였을지 생각해보라고. 자네는 푸른 제복을 입은 남자들에게서 동정을 기대할 수 없는 처지야. 자네도 틀림없이 그건 알고 있겠지. 내가 다시 빠져나간다면 어떨지 생각해보게." 이제 내가 그의 손을 움켜쥔다. "그러나 초조해하진 말게. 얘기하지 않을 테니까. 자네한테 편한 대로 얘기를 꾸며내. 나도 그렇게 입을 맞출 테니. 겁을 먹는다는 게 어떤 건지는 나도 알거든." 의심에 찬 침묵이 길게 이어진다. "내가 가장 원하는 게 뭔지 아는가?" 내가 말한다. "뭘 좀 마시고 먹었으면 좋겠어. 배가 고파 죽을 지경이네. 하루종일 아무것도 먹지 못했거든."

그렇게 해서 모든 게 전과 같아진다. 터무니없는 감금생활이 계속된다. 나는 매일매일, 빛이 강해졌다가 약해지는 걸 누워서 바라본다. 나는 멀리서 들려오는 벽돌공의 흙손 소리와 벽을 통해 울리는 목수의 망치 소리를 듣는다. 나는 먹고 마시고, 다른 모든 사람들처럼 기다린다.

*　　*

처음에는 멀리에서, 장난감총처럼 희미한 머스킷총 소리가 들린다. 그런 다음 막사와 더 가까운 곳에서, 그리고 성벽에서, 그 소리에 화답하여 축포를 쏘는 소리가 들린다. 그리고 병영의 뜰을 가로지르는 발걸음 소리가 우르르 들린다. "야만인들이다!" 누군가가 소리친다. 그러나 나는 그 말이 틀렸다고 생각한다. 떠들썩한 소리 위로 종소리가 크게 울리기 시작한다.

나는 무릎을 꿇은 채 문틈에 귀를 갖다대며 무슨 일이 일어나고 있는지 알아내려 한다.

광장에서 들리는 소리는 왁자지껄한 소리에서 아무 목소리도 분간할 수 없는 지속적인 함성으로 바뀐다. 수천 명의 시민들이, 도시 전체가, 환희에 넘쳐 환영하는 함성을 지르고 있음이 틀림없다. 머스킷총으로 축포를 쏘는 소리가 계속 들린다. 함성의 음조가 변하여, 소리가 더 높아지고 흥분이 고조된다. 나팔에서 나오는 첫소리가 그 위로 희미하게 들린다.

유혹이 너무나 강렬하다. 하기야 내가 더이상 잃을 게 뭐가 있는가? 나는 열쇠로 문을 연다. 눈이 부시다. 나는 눈을 가늘게 뜨고 손으로 가려야 한다. 뜰을 가로질러 문을 통과해 그곳에 모인 사람들의 뒤쪽으로 간다. 축포 소리와 박수 소리가 계속 터진다. 곁에 있던 검은 옷을 입은 노파가 중심을 잡기 위해 내 팔을 잡고 발돋움한다. "보여요?" 그녀가 묻는다. "네. 말을 탄 사람들이 보이네요." 내가 대답하지만, 그녀는 듣고 있지 않다.

기병들의 기다란 행렬이 보인다. 그들은 깃발을 휘날리며 성문을 통과해 광장의 중앙으로 가서 말에서 내린다. 광장에는 먼지가 자욱하지만, 그래도 그들이 웃고 있는 모습이 보인다. 그들 중 하나는 승리의 표시로 손을 들어올린 채 말을 타고 간다. 또다른 사람은 화환을 흔든다. 그들은 천천히 나아간다. 사람들이 그들을 에워싸고, 그들을 만지려 하고, 꽃을 던지고, 좋아서 머리 위로 손을 들어올려 박수를 치며, 희열에 넘쳐 빙글빙글 돌고 있기 때문이다. 아이들은 그들의 영웅들에게 더 가까이 다가가려고 내 옆을 지나 어른들의 다리 사이를 재빨리 지나간다. 성벽에서는 축포 소리가 연이어 터진다. 환호하는 사람들이 그 밑으로 줄지어 서 있다.

기마대의 일부는 말에서 내리지 않는다. 녹색과 금색의 부대 깃발을 든 근엄한 얼굴의 상병이 맨 앞에 서 있다. 그들은 몰려 있는 사람들을 통과해 광장의 끝 부분으로 가 한 바퀴 돈다. 군중이 서서히 그쪽으로 몰려든다. "야만인들이다!" 이 말이 이 사람 저 사람에게 불길처럼 번지기 시작한다.

길을 비키라고 무거운 장대를 휘두르는 남자가 깃발을 든 사람의 말을 끌고 있다. 그 뒤로 다른 기병이 밧줄을 끌고 간다. 밧줄의 끝에는 목과 목이 서로 줄줄이 묶인 야만인들이 있다. 완전히 발가벗은 야만인들은 모두 이상한 모습으로 얼굴을 손으로 감싸고 있다. 마치 치통으로 괴로워하는 사람들 같다. 나는 잠시 그들이 왜 저런 모습을 하고 있으며, 왜 저렇게 엉거주춤한 자세로 앞사람을 따라가는지 의아해한다. 그러나 쇠가 반짝이는 모습을 보고 즉시 상황을 알아차린다. 철삿줄에 모든 사람의 손바닥과 뺨이 꿰어져 있다. "그렇게 하면 야만인들은 양처럼 순해진답니다. 그들은 아주 조용히 있어야겠다는 생각 말고는 아무 생각도 하지 않죠." 그런 모습을 본 적 있는 어느 병사가 전에 해줬던 말이 생각난다. 역겨워진다. 감방에서 나오지 말았어야 했다는 걸 이제야 깨닫는다.

나는 말을 탄 병사의 호위를 받으며 행렬의 후미에서 다가오고 있는 두 사람이 나를 보지 못하도록 재빨리 몸을 돌린다. 처음으로 전투에 나가 승리한, 모자를 쓰지 않은 젊은 대위와, 몇 달간에 걸친 작전을 수행하느라 더 마르고 새까매진 졸 대령이다.

그들이 지나가자, 모든 사람들이 비참한 포로 열두 명을 보고 야만인들이 진짜로 있다는 걸 아이들에게 보여줄 기회를 갖게 된다. 이제 군중은 큰 문이 있는 쪽으로 몰린다. 나도 마지못해 그들을 따른다. 그런데 그곳은 병사들이 반원의 형태로 길을 막고 있다. 사람들이 앞뒤로 가득차서 이제는 움직일 수도 없다.

나는 옆 사람에게 묻는다. "무슨 일이 벌어지고 있는 거죠?"

그가 말한다. "모르겠지만 이애를 올려보려고 하니 도와주세요." 나는 그가 아이를 어깨 위로 들어올리는 걸 돕는다. "보이니?" 그가 아이에게 묻는다.

"예."

"무슨 일이니?"

"야만인들을 무릎 꿇게 하고 있네요. 뭘 하려는 걸까요?"

"모르겠다. 기다려보자."

나는 천천히, 그러나 온 힘을 다해 강력하게 몸을 돌려 틈을 비집고 빠져나가기 시작한다. "실례합니다…… 실례합니다…… 더위 때문에 메스꺼워서요." 처음으로 나는 사람들이 고개를 돌리고 손가락질을 하는 걸 본다.

나는 감방으로 돌아가야 한다. 그렇게 해도 아무 효과도 없고, 아무도 주목하지 않을 것이다. 그러나 나는 자신을 위해서, 나 혼자를 위해서라도, 서늘한 어둠 속으로 돌아가 문을 잠그고 열쇠를 구부려버리고, 피에 굶주린 애국심으로 와자지껄하게 떠드는 소리에 귀를 막고 입을 닫고 다시는 말문을 열지 말아야 한다. 어쩌면 나는 동료 시민들에게 잘못을 저지르고 있는지도 모른다. 어쩌면 바로 이 순간, 제화공은 사람들이 외치는 소리가 자기 귀에 들리지 않도록 콧노래를 부르며 구두에 마지막 손질을 하고 있는지도 모른다. 어쩌면 주부들은 부엌에서 콩깍지를 까며 불안해하는 아이들의 마음을 달래기 위해 이야기를 해주고 있는지도 모른다. 어쩌면 농부들은 지금도 조용히 도랑을 보수하고 있는지도 모른다. 이런 사람들이 존재한다면, 내가 그들을 모른다는 게 얼마나 애석한 일인가! 지금 이 순간 군중으로부터 큰 걸음으로 멀어지는 나에게 무엇보다 중요해진 건, 막 일어나려고 하는 잔혹행위에 내가 오염되지 않아야 하며, 또한 가해자들의 무기력한 증오에 물들지 않아야 한다는 것이다. 나는 죄수들을 구할 수 없다. 그러니 나 자신이라도 구하는 길을 택하자. 언젠가 누군가가 이 일에 대해 얘기하게 된다면, 그리고 먼 훗날 누군가가 우리가 어떻게 살았는지에 대해 관심을 갖게 된다면, 제국의 변방 오지에도 마음속에서는 야만인이 아니었던 자가 적어도 한 사람은 있었다는 얘기를 할 수 있도록 하자.

나는 막사 정문을 지나 감옥의 뜰로 간다. 나는 뜰의 중앙에 있는 수조에서 빈 양동이를 집어들고 물을 가득 채운다. 그리고 물이 옆으로 질질 새는 양동이를 들고, 사람들의 뒤쪽에 다시 다가선다. "실례합니다." 나는 이렇게 말하며 사람들을 밀친다. 사람들이 욕을 하며 길을 비킨다. 양동이가 기우뚱하며 물이 넘친다. 나는 앞으로 나아간다. 나는 갑자기, 순식간에 군중의 맨 앞줄, 즉 그들 사이에서 장대를 들고 구경거리가 잘 보이도록 장내를 정리하며 서 있는 군인들의 등뒤에까지 가 있다.

포로들 중 넷은 무릎을 꿇고 앉아 있다. 다른 여덟은 아직도 로프에 묶인 채, 손을 뺨에 대고 벽이 드리운 그늘에 쪼그려앉아 앞을 쳐다보고 있다.

무릎을 꿇고 있는 포로들은 길고 무거운 봉 위에 나란히 몸을 구부리고 있다. 끈이 첫번째 남자의 입에 꿰인 철사 고리를 통과했다가 봉에 감기고, 다시 그 끈이 두번째 남자의 고리에 꿰어졌다가 봉에 감기고, 다시 그 끈이 세번째 남자의 고리에 꿰어졌다가 봉에 감기고, 다시 그 끈이 네번째 남자의 고리에 꿰어졌다. 그때 한 병사가 천천히 그 끈을 잡아당겨 바짝 조이자, 포로들은 무릎을 꿇고 그들의 얼굴이 봉에 닿을 때까지 몸을 더 구부린다. 포로 중 하나가 고통에 못 이겨 어깨로 몸부림을 치며 신음소리를 낸다. 다른 포로들은 조용하다. 그들은 고리에 살이 떨어져나가지 않도록, 끈의 움직임에 따라 부드럽게 움직이는 데 온 신경을 집중하고 있다.

손을 약간 움직여서 군인들에게 지시를 내리는 사람은 졸 대령이다. 나는 수천 명 중 한 사람에 불과하고, 그의 눈은 전처럼 가려져 있지만, 나는 캐묻는 듯한 얼굴로 그를 아주 심하게 노려본다. 즉시 나는 그가 나를 보고 있다는 걸 안다.

나는 내 뒤에서 **치안판사**라는 말이 들리는 걸 분명히 듣는다. 내 상상인 걸까, 아니면 사람들이 조금씩 나한테서 물러나는 걸까?

대령이 앞으로 나온다. 그는 번갈아가며 포로들 위에 몸을 굽히고 그들의 벌거벗은 등에 먼지를 한줌 문지른 뒤, 그 위에 숯으로 무슨 말인가를 쓴다. 나는 그 단어들을 위에서부터 아래로 읽는다. 적……적……적……적. 그는 뒤로 물러서서 손을 맞잡는다. 스무 발자국도 되지 않는 거리에서, 그와 나는 서로를 응시한다.

그런 다음, 채찍질이 시작된다. 병사들은 단단한 초록색 등나무 회초리를 사용한다. 회초리를 내리칠 때마다 빨래 주걱이 무겁게 철썩대는 듯한 소리가 나고, 포로들의 등과 엉덩이에 붉은 채찍자국이 생긴다. 신음을 하다가 이제는 맞을 때마다 헐떡거리는 한 사람을 제외하고 모든 포로들은 배를 땅에 대고 납작하게 엎드릴 때까지 천천히, 그리고 조심스럽게 다리를 뻗는다.

검은 숯과 황토색 먼지가 땀과 피에 섞여 흘러내리기 시작한다. 지금 보니, 그들의 등에 쓰인 글씨가 깨끗이 없어질 때까지 때릴 모양이다.

나는 엄마의 옷을 움켜쥐고 맨 앞줄에 서 있는 작은 소녀의 얼굴을 본다. 눈이 동그란 그애는 입에 엄지손가락을 넣고 있다. 아이는 조용히 두려움에 떨면서도 호기심어린 얼굴로 몸집이 큰 남자들이 벌거벗은 채 두들겨맞고 있는 모습을 정신없이 바라본다. 내 주변에 있는 모든 사람들은 같은 표정이다. 웃고 있는 사람들조차 그렇다. 그건 증오나 피에 굶주린 욕망이 아니라 강렬한 호기심이다. 호기심이 너무 강렬해져 그들의 몸이 그것에 의해 소진되고, 눈만 살아 있는 듯하다. 새롭고도 탐욕스러운 욕망의 기관인 눈만이 말이다.

채찍질을 하던 군인들이 지친다. 그중 한 사람이 엉덩이에 손을 대고 헐떡거리며 미소를 짓더니 사람들에게 손짓을 한다. 대령이 무슨 말인가를 한다. 네 사람은 채찍질을 멈추고 앞으로 나와 그들의 회초리를 사람들에게 건넨다.

얼굴을 가리고 킥킥거리는 한 소녀가 친구들에게 떠밀린다.

"겁내지 말고 해봐!" 그들이 그녀를 부추긴다. 어느 병사가 그녀의 손에 회초리를 쥐여주고 그녀를 데리고 간다. 그녀는 여전히 얼굴을 한 손으로 가리고 당황해하며 서 있다. 환성과 농담과 음탕한 조언이 그녀에게 쏟아진다. 그녀는 회초리를 들어올려 잽싸게 포로의 엉덩이를 내려치더니 회초리를 떨구고 환호하는 사람들의 박수 소리 속으로 부리나케 숨는다.

회초리를 잡으려고 너도나도 아우성이다. 군인들이 통제할 수 없을 정도다. 사람들이 앞으로 몰린다. 자신들도 해보기 위해서다. 아니면 더 가까운 곳에서 보기 위해서다. 발 사이에 양동이를 놓고 서 있는 나에게는 아무도 관심이 없다.

그런 다음, 채찍질이 끝나고 군인들이 제자리를 찾는다. 사람들은 뒤로 허둥지둥 물러난다. 전보다 더 좁아지긴 했지만, 공간이 다시 확보된다.

졸 대령은 망치를 머리 위로 들어올려 사람들에게 보여준다. 천막의 말뚝을 박는 데 사용되는 평범한 사 파운드짜리 망치다. 다시 한번, 그의 눈길과 나의 눈길이 만난다. 왁자지껄한 소리가 가라앉는다.

"안 돼!" 나는 녹슨 듯도 하고, 충분히 크지도 않은 첫 말이 내 목에서 튀어나오는 소리를 듣는다. "안 돼!" 다시 그 말이 들린다. 이번에는 그 말이 가슴속에서 울리는 종소리처럼 들린다. 내 길을 막던 병사가 옆으로 비틀거리며 비킨다. 나는 그곳에 서서 두 손을 들어 사람들을 조용히 시킨다. "안 돼! 안 돼! 안 돼!"

나는 졸 대령을 향해 몸을 돌린다. 팔짱을 낀 그는 내게서 다섯 발자국도 떨어지지 않은 거리에 서 있다. 나는 그에게 손가락질을 한다. "당

신!" 내가 소리친다. 그래, 할말을 다 해버리자. 저자에게 분노를 쏟아
내자. "당신은 이 사람들을 타락시키고 있어!"

그는 꿈쩍하지 않고, 대꾸조차 안 한다.

"당신!" 나는 총을 겨누듯 팔로 그를 가리킨다. 내 목소리가 광장에
가득찬다. 완벽한 정적이 깃든다. 어쩌면 내가 너무 흥분해서 아무 소
리도 듣지 못하는 건지 모르겠다.

뭔가가 내 등을 친다. 나는 먼지 속으로 나자빠져 헐떡거린다. 전에
아팠던 등이 다시 아프기 시작하는 걸 느낀다. 몽둥이가 내 몸으로 떨
어진다. 나는 그걸 막으려다가, 손을 정통으로 얻어맞는다.

고통 때문에 힘들긴 하지만, 일어서는 게 중요하다. 나는 일어서서
나를 때리고 있는 사람이 누구인지 쳐다본다. 그는 채찍질을 도와주던,
하사관 계급장을 단 땅딸막한 병사다. 그는 무릎을 구부리고 콧구멍을
벌름거리며 다시 한번 때리려고 몽둥이를 들고 있다. "잠깐!" 나는 축
늘어진 손을 내밀며 헐떡거린다. "넌 이미 내 손을 부러뜨렸잖아!" 그가
몽둥이로 내 팔뚝을 내리친다. 나는 팔을 감추고 머리를 숙인 자세로,
그를 향해 엉거주춤 나아가 그를 붙잡으려고 한다. 내 머리와 어깨에
몽둥이질이 가해진다. 상관없다. 내가 원하는 건 일단 시작했으니만큼,
하던 말을 마저 끝낼 수 있는 잠깐의 시간뿐이다. 나는 그의 제복 상의
를 잡아 내 쪽으로 끌어당긴다. 그는 나와 실랑이를 벌이지만 몽둥이를
쓸 수가 없는 상태다. 나는 그의 어깨 너머로 다시 한번 소리친다.

"그건 안 돼!" 나는 소리친다. 망치는 팔짱을 낀 대령의 팔에 걸쳐 있
다. "짐승에게도 망치를 사용해서는 안 되는 거다! 짐승에게도!" 분노
가 무섭게 솟구친다. 나는 하사관을 향해 몸을 돌려 그를 밀쳐버린다.

나한테는 신과 같은 힘이 있다. 힘은 금세 지나가버릴 것이다. 그 힘이 내게 있는 동안 잘 사용해보자! "봐라!" 내가 소리친다. 나는 포로 네 명을 손으로 가리킨다. 그들은 입술을 막대기에 대고, 원숭이 앞발처럼 손으로 얼굴을 쥐고, 망치에 대해서도 모르고, 무슨 일이 일어나는지에 대해서도 전혀 모른 채 유순한 자세로 땅에 앉아 있다. 그들은 자신들의 등에 쓰여 있던 글씨가 매를 맞는 과정에서 없어졌다는 데 안도감을 느끼며, 이제는 체벌이 끝났기를 바라고 있다. 나는 부러진 손을 하늘 쪽으로 치켜든다. "이것 보라고!" 내가 소리친다. "우리는 위대한 생명의 기적이야! 그러나 이 기적적인 몸조차도 어떤 타격을 받으면 회복이 불가능할 수 있다! 어떻게……" 말이 나오지 않는다. "이 사람들을 봐라!" 나는 말을 다시 시작한다. "사람들이다!" 목을 길게 빼어 포로들과 피가 흘러내리는 채찍자국에 내려앉기 시작하는 파리들까지 바라보는 군중 속의 그들.

나는 몽둥이가 내려오는 소리를 듣고 몸을 돌린다. 몽둥이가 내 얼굴에 떨어진다. "눈이 안 보여!" 나는 순간적으로 내리닥친 어둠 속으로 뒷걸음질치며 생각한다. 나는 피를 삼킨다. 뭔가가 얼굴에 번진다. 처음에는 따뜻하더니 나중에는 활활 타는 듯 쓰라리다. 나는 발을 구르며 손으로 얼굴을 가리고, 소리를 지르지 않고 넘어지지 않으려고 애쓰며 빙글 돈다.

내가 다음에 무슨 말을 하려고 했는지, 기억이 나지 않는다. 창조의 기적, 어쩌고 하면서 뭔가 말하려고 했을 테지만, 그 말은 한줌의 연기처럼 손에 잡히지 않는다. 따지고 보면 딱정벌레와 지렁이, 바퀴벌레와 개미 같은 벌레들도 그들 나름의 다양한 방식으로 창조의 기적일 텐데,

우리는 그들을 발로 짓이기며 산다는 생각이 든다.

나는 눈에서 손가락을 뗀다. 뿌연 세상이 눈물 속에서 헤엄치면서 다시 나타난다. 나는 그게 너무 고마워 고통마저 잊는다. 그들이 나를 양쪽에서 끼고 웅성거리는 군중을 헤치며 감옥으로 데려간다. 나는 미소를 짓기까지 한다.

기쁨이 갑작스럽게 분출된 그 미소는 혼란스러운 앙금을 뒤에 남긴다. 나는 그들이 나를 그렇게 즉결로 처리한 게 실수였음을 알고 있다. 나는 웅변가가 아니기 때문이다. 만약 그들이 계속 말하도록 놔뒀다면 나는 무슨 얘기를 했을까? 전쟁에서 사람을 죽이는 일보다 발이 곤죽이 되도록 두들겨패는 일이 더 나쁘다고 얘기했을까? 소녀에게 채찍질을 시키는 일은 모두를 치욕스럽게 한다고 말했을까? 잔인한 걸 보여주면 순수한 사람들의 마음도 타락한다고 얘기했을까? 그들이 하지 못하게 했던 말은 사실 소동을 일으킬 만한 말이 아닌 아주 사소한 것이었을 수도 있다. 결국 잡혀온 적들을 신사적으로 대하라는 케케묵은 규범 외에 내가 옹호하는 게 뭐란 말인가? 그들 자신이 보기에도 혼란스럽고 치욕스럽게 무릎을 꿇은 사람들을 죽이는 새로운 형태의 타락상을 제외하면, 내가 반대하는 게 뭐란 말인가? 등을 드러내고 있는 이 우스꽝스러운 야만인들을 정당하게 대우하라며 내가 감히 군중과 맞설 수 있을까? 정의라는 말을 한 번 입 밖에 내면 그 끝은 어디일까? 아니야!라고 소리치는 게 더 쉽다. 맞아 죽어 순교자가 되는 게 더 쉽다. 야만인들을 위한 정의라는 명분을 옹호하는 것보다 단두대에 머리를 놓는 게 더 쉽다. 그런 주장은 결국, 우리는 무기를 내려놓고 우리에게 땅을 강탈당한 사람들에게 성문을 개방해야 한다는 말밖에 더 되는가?

법규를 수호하던 덕목 높은 옛 치안판사에게도, 나만의 방식으로 국가의 적이 되어 폭행을 당하고 감옥에 갇혀 있는 나에게도, 고통스러운 의심이 없는 건 아니다.

나는 코가 부러졌다는 걸 알고 있다. 몽둥이에 맞아 살이 찢어진 광대뼈도 어쩌면 부러졌을 것이다. 왼쪽 눈은 부어올라 앞을 볼 수조차 없다.

멍한 느낌이 사라지자, 고통이 일이 분 간격으로 다가오기 시작한다. 너무 심해서 더이상 가만히 누워 있을 수가 없다. 경련이 너무 심해지면, 나는 개처럼 낑낑거리며 얼굴을 부여잡고 방안을 뛰어다닌다. 고통의 절정들 사이의 복된 순간에 나는 깊이 숨을 들이쉰다. 그리고 나 자신을 진정시키고, 너무 수치스러운 신음소리를 내지 않으려고 노력한다. 광장의 군중이 내는 함성소리가 올라갔다 내려갔다 하는 듯 들리지만, 나는 그 함성이 단순히 내 귀에 울리는 환청인지 아닌지 확신할 수 없다.

그들은 평소처럼 내게 저녁식사를 들여보내지만 나는 먹을 수가 없다. 가만히 있을 수가 없다. 나는 악을 쓰지 않으려고 옷을 찢고, 살을 쥐어뜯고, 도저히 참을 수 없는 한계에 다다른 사람들이 하는 무슨 짓이든 하면서 이리저리 왔다갔다하거나 앉아서 몸을 들썩거린다. 나는 눈물을 흘린다. 눈물이 찢어진 살에 닿으니 고통스럽다. 나는 말을 타고 가는 사람과 곱향나무에 관한 옛 노래를 계속 흥얼거린다. 의미가 통하지 않는데도 머릿속에 떠오르는 노랫말에 집착한다. 하나, 둘, 셋, 넷…… 나는 숫자를 센다. 나는 오늘밤을 견딜 수만 있다면 대단한 승리일 거라고 혼잣말을 한다.

이른새벽이 되자 너무 기진맥진해서 현기증이 난다. 서 있는 몸이 비틀거린다. 결국 나는 무너져내리며 아이처럼 하염없이 흐느낀다. 벽에 몸을 기대고 방구석에 앉아 흐느낀다. 눈물이 끊임없이 쏟아진다. 욱신욱신 쑤시는 것이 주기적으로 반복되는 동안 나는 계속 운다. 이러한 자세로 앉아 있는 내게 벼락처럼 잠이 내리친다. 놀랍게도 나는 희미한 잿빛 속에서 의식을 회복한다. 나는 구석에 쓰러져 있다. 시간이 어떻게 지났는지 전혀 모르겠다. 욱신욱신 쑤시는 고통이 아직도 느껴지지만, 움직이지 않고 가만히 있으면 견딜 수 있다는 걸 깨닫는다. 고통의 이물감도 사라지고 없다. 어쩌면 머지않아, 그것은 숨결만큼이나 내 몸의 일부가 될 것이다.

그래서 몸을 벽에 대고 조용히 누워, 아픈 손을 겨드랑이에 넣고 두번째로 잠에 빠진다. 이런저런 형상들이 꿈속에 나타난다. 나는 잎사귀처럼 날아오는 다른 형상들을 옆으로 물리치며 특정한 형상을 찾는다. 그 여자의 형상이다. 그녀는 자신이 눈 혹은 모래로 만든 성 앞에 무릎을 꿇고 있다. 내게는 그녀의 등만이 보인다. 그녀는 짙은 청색 옷을 입고 있다. 가까이 가자, 그녀가 성의 안쪽을 파내고 있는 모습이 보인다.

그녀는 나를 의식하고 돌아선다. 내가 착각했다. 그녀가 만든 건 성이 아니라 진흙 화덕이다. 뒤쪽에 있는 굴뚝에서 연기가 솟아오른다. 그녀는 손을 뻗쳐 뭔가를 내게 내민다. 나는 마지못해 형체가 없는 덩어리를 안개 속에서 자세히 바라본다. 머리를 흔들어보지만 앞이 잘 보이지 않는다.

그녀는 금색으로 수를 놓은 둥근 모자를 쓰고 있다. 머리는 두툼하게 땋아 어깨 위에 늘어뜨렸다. 금색 실을 넣어 머리를 땋았다. "왜 이

렇게 예쁜 옷을 입은 거니?" 나는 이렇게 말하고 싶다. "이렇게 예쁜 모
습은 처음이구나." 그녀가 나를 향해 미소 짓는다. 얼마나 아름다운 치
아인가, 얼마나 맑은 까만 눈인가! 이제야 그녀가 나한테 내민 것이 빵
한 덩어리라는 게 보인다. 빵은 아직도 따뜻하다. 갈라진 껍질 사이로
거친 김이 모락모락 난다. 고마움의 물결이 내 몸속에 솟는다. "너 같은
아이가 사막에서 이렇게 빵을 잘 굽다니, 어디서 배운 거니?" 나는 이
렇게 말하고 싶다. 나는 그녀를 껴안아주기 위해 팔을 벌리다가, 눈물
이 뺨 위에 난 상처에 닿는 바람에 쓰라려 잠에서 깬다. 나는 금세 다시
잠에 빠져들지만, 그 꿈속으로 다시 들어갈 수 없고 군침이 돌게 하던
빵을 맛볼 수도 없다.

*   *

졸 대령은 내 사무실의 책상 뒤에 앉아 있다. 책도 없고 서류도 없
다. 싱싱한 꽃들이 꽂혀 있는 꽃병을 제외하면 방안에는 정말 아무것도
없다.

이름 모를 잘생긴 준위가 삼나무 상자를 들어올려 책상 위에 놓고
뒤로 물러난다.

대령은 서류를 내려다보며 말한다. "당신의 숙소에서 발견된 것 중
에 이 나무상자가 있었소. 당신이 한번 봐줬으면 좋겠소. 그 안에 담겨
있는 것들이 수상하단 말이야. 그 속에는 백색 포플러나무 조각이 삼백
장쯤 들어 있었소. 가로는 팔 인치, 세로는 이 인치인데, 많은 것들이
끈으로 묶여 있더군. 나뭇조각은 건조해서 부서지기 쉬운 상태이고, 어

떤 끈은 새것이고, 어떤 끈은 너무 낡아 못쓰게 생겼더군.

한쪽 끈을 풀어보니까 양쪽으로 갈라지면서 두 개의 판판한 안쪽 면이 드러났소. 그런데 이 면에 낯선 문자가 쓰여 있더란 말이오.

당신도 내 말에 동의하리라고 믿소."

나는 검은 안경을 응시한다. 그는 하던 말을 계속한다.

"당신이 다른 사람들과 주고받은 글이 이 나뭇조각에 적혀 있다는 건 충분히 가능한 추정이지. 아직 시기는 정확히 알 수 없지만. 그 서신의 내용이 무엇이고, 상대방이 누구였는지 당신이 얘기하는 일만 남았소."

그는 상자에서 나뭇조각 하나를 집어들어, 윤이 나는 책상 위에 놓고 내 쪽으로 툭 민다.

나는 죽은 지 오래된 이방인에 의해 쓰였을 문자들을 바라본다. 오른쪽에서 왼쪽으로 읽어야 하는지, 아니면 왼쪽에서 오른쪽으로 읽어야 하는지조차 모르겠다. 내가 긴긴 저녁시간 동안 내 수집품을 자세히 관찰한 바에 의하면, 문서에는 사백 개의 서로 다른 기호가 있었다. 어쩌면 사백오십 개였는지도 모르겠다. 나는 그것들이 무슨 의미인지 전혀 모른다. 각각의 기호는 하나의 사물을 나타낼까? 동그라미는 태양을, 삼각형은 여자를, 물결무늬는 호수를 가리키는 걸까? 아니면 동그라미는 그저 동그라미를, 삼각형은 삼각형을, 물결은 물결을 가리키는 걸까? 각 기호는 지금은 소멸하고 없지만 다채롭고 상상을 초월하는 야만인의 언어를 발음하는 데 필요한 혀의 서로 다른 위치와 입술과 목과 폐의 조합을 지칭하는 걸까? 아니면 사백 개의 기호는 기본이 되는 삼십 개의 기호를 장식적인 필기체로 쓴 데 불과한 걸까? 내가 너무

둔해서 기본적인 형태를 아직 파악하지 못한 걸까?

"이건 아비가 딸에게 보내는 안부편지요." 나는 말한다. 내 목소리가 탁한 비음으로 변해 있어서 나는 놀란다. 나는 손가락으로 오른쪽에서 왼쪽 방향으로 기호들을 짚어간다. "오랫동안 딸을 못 봤다고 하오. 이 아비는 딸이 행복하게 잘살고 있으면 싶고, 양의 분만기 동안 날씨가 좋았기를 바란다고 하오. 딸에게 줄 선물이 있는데, 다음에 다시 만날 때까지 간직하고 있겠다네요. 사랑한다고 말하고 편지를 끝맺고 있소. 그런데 서명이 잘 보이지 않소. 단순히 '사랑하는 아버지로부터'라고 쓴 걸 수도 있고, 그 외의 다른 말일 수도 있소. 이름일 수도 있고."

나는 손을 뻗어 상자에서 두번째 나뭇조각을 집어든다. 졸 대령의 뒤에서 작은 메모장을 무릎 위에 올려놓고 앉아 있는 준위는 연필을 든 채 강렬한 눈길로 나를 응시한다.

"여기에는 이런 말이 쓰여 있소. 나쁜 소식을 보내게 되어 유감이구나. 군인들이 와서 네 오빠를 데려갔단다. 나는 네 오빠가 돌아올 수 있게 해달라고 탄원하기 위해, 날마다 요새에 가서 맨머리를 내놓은 채 먼지 속에 앉아 있단다. 어제, 그자들이 처음으로 사람을 보냈더구나. 그 사람 말에 따르면, 네 오빠는 더이상 여기에 없단다. 네 오빠를 멀리 보냈다는구나. 어디로 보냈느냐고 물었지만, 대답을 해주지 않더구나. 네 엄마한테는 아무 말도 하지 마라. 다만 네 오빠가 무사하기를 우리 같이 기도하자꾸나.

그다음 것에는 무슨 내용이 쓰여 있는지 봅시다." 아직도 연필을 쥐고 있지만, 그는 아무것도 쓰지 않고 꼼짝도 하지 않았다. "우리는 어제, 네 오빠를 데리러 갔다. 그들은 우리를 어떤 방으로 데려갔다. 네 오빠는 시트에 싸여 꿰매진 상태로 탁자 위에 놓여 있더구나." 졸 대령이 서서히 몸을 뒤로 젖힌다. 준위는 메모장을 닫고 반쯤 일어선다. 그러나 졸이 몸짓으로 그를 제지한다. "그들은 내가 네 오빠의 시체를 그냥 그대로 가져가길 원했지만, 나는 우선 봐야겠다고 우겼단다. '당신들이 엉뚱한 시체를 내준다면 어찌되겠습니까? 젊고 용감한 젊은이들의 시체들이 이렇게 즐비한데 말이오.' 나는 이렇게 말했단다. 그리고 시트를 열고 그 시체가 네 오빠라는 걸 확인했다. 그런데 네 오빠의 눈꺼풀에 꿰맨 자국이 있더구나. 왜 이렇게 한 거냐고 내가 물었더니 그는 '우리의 관습이오'라고 하더라. 나는 시트를 찢고 확 젖혀봤단다. 네 오빠의 몸은 온통 멍투성이더구나. 발도 부러지고 부어 있었다. 이애한테 무슨 일이 있었냐고 물었더니 그 남자는 이렇게 대답하더구나. '나도 모르는 일이오. 서류에 적혀 있지 않소. 물어볼 게 있거든 하사관에게 가시오. 하지만 그는 아주 바빠요.' 우리는 네 오빠를 그들의 요새 밖에 묻어야 할 것 같다. 시체가 썩는 냄새가 나기 시작했거든. 네 엄마한테 잘 얘기하고 위로해드려라.

이번에는 다음 것에 무슨 말이 쓰여 있는지 봅시다. 아, 글자 하나만이 달랑 쓰여 있구먼. 야만인들의 말로 **전쟁**이라는 말이오. 그런데 이 단어에는 다른 의미들도 있소. 복수를 의미하기도 하고, 이렇게 위아래를 뒤집어 읽으면 **정의**라는 말이 되기도 하오. 어느 것을 의미했는지 알 길은 없어요. 그게 야만인들이 교활한 이유요.

그건 다른 나뭇조각들에도 똑같이 해당되는 말이오." 나는 성한 손을 상자 속에 집어넣고 휘젓는다. "이 나뭇조각들은 결국 알레고리가 되죠. 순서를 달리하여 다양하게 읽을 수 있소. 게다가 나뭇조각 하나만 해도 수많은 방식으로 읽을 수 있소. 전체적으로는 부족의 일지로 볼 수도 있고, 전쟁계획으로 볼 수도 있소. 그리고 그들의 입장에서 보면, 제국의 말년을 기록한 역사로 볼 수도 있소. 나는 전에 있었던 제국을 말하는 거요. 학자들은 고대 야만인들이 남긴 유물을 해석하는 방법론에서 의견의 일치를 보지 못하고 있소. 이와 같은 알레고리적인 문서는 사막의 이곳저곳에 묻혀 있을 수도 있소. 나는 여기에서 삼 마일도 안 되는, 공공건물의 유적지에서 이걸 발견했소. 묘지도 이런 걸 찾을 수 있는 좋은 장소요. 야만인들의 매장지가 어디인지 알아내는 건 그렇게 쉬운 일이 아니지만 말이오. 아무데나 파면 되는 거요. 대령이 서 있는 바로 그 지점에서 파편과 유물과 죽은 이들을 상기시키는 물건들을 찾아낼 수도 있을지 몰라요. 그리고 공기도 마찬가지요. 공기에는 한숨소리와 비명소리가 가득하오. 그것들은 절대 없어지지 않아요. 공감하는 마음으로 조심스럽게 귀를 기울인다면 그것들이 저승에서 영원히 메아리치는 소리를 들을 수 있을 거요. 그런 건 밤시간이 가장 적당하오. 때때로 잠이 들지 못하는 경우가 있는데, 죽은 자들이 절규하는 소리가 귀에 들리기 때문이오. 그들이 절규하는 소리도 그들이 남긴 글처럼 수많은 해석이 가능하오.

고맙소. 번역은 끝났소.”

나는 이런 말을 하는 동안, 졸에게서 눈을 떼지 않았다. 그는 내가 제국에 대해 언급했을 때 일어나서 나를 때리려고 하는 부하의 소매에 살짝 손을 댄 걸 제외하고는 움직이지 않았다.

만약 그가 가까이 왔다면 나는 온 힘을 다해 그를 후려쳤을 것이다. 그들에게 아무런 흔적도 남기지 않고 내가 땅속으로 사라지는 일은 없을 것이다.

대령이 입을 연다. "당신은 자신의 행동이 얼마나 따분한지 모르는 군. 지금까지 변경에서 많은 일을 해왔지만, 당신처럼 비협조적인 관리는 처음 봤소. 내가 이런 막대기에 관심이 없다는 걸 당신에게 솔직하게 얘기해두는 게 좋겠군." 그는 책상 위에 흩어져 있는 나뭇조각들을 한 손으로 가리킨다. "이것들은 노름할 때 쓰는 막대기와 아주 흡사하지. 나는 막대기로 노름을 하는 변경의 다른 부족들을 알고 있소.

당신에게 진지하게 물어보리다. 당신한테는 이곳에 어떤 미래가 있소? 당신은 당신 자리에 계속 앉아 있을 수 없소. 품위를 상실하고 말았거든. 당신이 나중에 기소를 당하지 않는다 해도……"

내가 소리친다. "당신이 나를 기소하기를 기다리고 있소! 언제 그럴 거요? 나를 언제 법정에 세울 거요? 나는 언제 변호를 할 기회를 갖게 되지?" 나는 격노해 있다. 내가 대중 앞에 섰을 때 말문이 막히던 느낌과는 딴판이다. 만약 내가 지금 이 사람들을 공개적으로, 공정한 재판에서 대하게 된다면, 이들을 수치스럽게 만들 말을 충분히 할 수 있을 것이다. 건강과 체력이 문제다. 나는 뜨거운 말이 내 가슴속에서 솟구치는 걸 느낀다. 그러나 그들은 절대로 자신들을 난처하게 만들 정도로 충분히 건강한 상태에 있는 사람을 재판정에 세우지는 않을 것이다. 그들은 내가 아무 말이나 주절대는 바보 천치가 되고 허깨비만 남을 때까지, 나를 어둠 속에 처박아놓을 것이다. 그런 다음, 그들은 나를 비공개 법정으로 끌고 가서 그들이 성가시다고 생각하는 법적 절차를 오 분 내로 마무리지을 것이다.

대령이 얘기한다. "비상령이 발효되는 동안에는 사법 행정이 민간인 관리의 손을 떠나 제3국에 귀속된다는 건 당신도 알고 있겠지." 그가 한숨을 내쉰다. "치안판사, 우리가 당신을 법정에 세우지 못할 거라고 생각하는 모양이군. 당신이 이곳 시민들에게 인기가 많은 게 두려워서 말이야. 당신은 자신의 의무를 소홀히 하고 친구들을 멀리하고 천한 무리와 어울림으로써 스스로 명예를 실추시켰다는 사실을 의식하지 못하고 있는 것 같소. 내가 지금까지 얘기해본 사람 중 당신의 행동으로 인해 모욕감을 느끼지 않은 사람은 아무도 없었소."

"내 사생활은 그들이 상관할 바가 아니오."

"그럼에도, 우리가 당신을 직위에서 해임시키자 모두 환영하더군. 나는 개인적으로는 당신에게 감정이 없소. 나는 며칠 전에 다시 돌아왔을 때, 내가 묻는 간단한 질문에 당신이 분명하게 대답만 해주면 된다고 결론을 내렸었지. 그랬다면 그다음에 당신은 자유로운 몸으로 첩들에게 다시 돌아갈 수도 있었을 테고."

그가 나를 이유 없이 모욕하는 게 아닐지도 모른다는 생각이 불현듯 든다. 어쩌면 이 두 사람은 내가 화를 내는 걸 여러 가지 이유에서 반길지도 모른다. 분노로 몸이 화끈거리고 굳어지지만, 나는 침묵을 지킨다.

"하지만 당신에겐 새로운 야망이 있는 것 같군. 당신은 자신의 원칙을 위하여 개인적인 자유를 희생할 용의가 있는, '단 한 명의 의로운 사람'으로 이름을 내고 싶어하는 것 같소.

한 가지만 묻겠소. 지난번에 광장에서 우스꽝스러운 짓을 해놓고도 사람들이 당신을 그렇게 봐줄 거라고 생각하는 거요? 당신은 이곳 사람들에게 '단 한 명의 의로운 사람'이 아니라 그저 광대이고 미친놈일 뿐이오. 당신은 지저분하고 악취나는 인간이오. 일 마일쯤 떨어진 곳에서도 냄새가 날 정도지. 당신은 늙은 거지같이 생겼소. 쓰레기를 주워 먹고 사는 거지. 그들은 당신이 어떤 식으로든 다시 돌아오는 걸 원치 않소. 이곳에서는 당신에겐 미래가 없소.

당신은 역사에 순교자로 기록되기를 원하는 것 같군. 하지만 누가 당신을 역사책에 기록해주겠소? 국경에서 일어나는 이런 문제들은 그리 중요한 게 아니오. 조금만 지나면 잊힐 것이고, 변경은 이후 이십 년 동안 다시 평화로워질 거요. 사람들은 먼 과거의 역사에는 관심이 없지."

내가 말한다. "당신이 오기 전에는 국경 문제 같은 건 전혀 없었소."

"그건 말도 안 되는 소리요. 당신은 실상을 제대로 모르고 있을 뿐이오. 당신은 과거 속에 살고 있소. 당신은 우리가 몇 안 되는 평화로운 유목민 집단들을 상대하고 있다고 생각하겠지만, 실제로는 조직이 잘돼 있는 적들을 상대하고 있는 거요. 만약 당신이 원정대와 함께 작전을 나갔다면, 직접 눈으로 확인할 수 있었을 거요."

"당신이 데리고 온 한심한 저 포로들 말이로군. 그들이 내가 두려워해야 하는 적이란 말인가? 그게 당신이 하려는 말인가? 대령, 적은 바로 **당신**이야!" 나는 더이상 자신을 억제할 수 없다. 나는 주먹으로 책상을 쾅쾅 친다. "당신이 적이란 말이야! 당신이 전쟁을 했고, 당신이 그들에게 필요한 모든 순교자들을 만들어줬소. 그것도 지금 시작된 게 아니고 당신이 더럽고 야만스러운 짓을 이곳에서 처음으로 시작했던 일 년 전부터 이미 시작된 거요! 역사가 내 말을 증명해줄 거요!"

"말도 안 되는 소리. 역사는 없을 거요. 이건 너무 사소한 일이거든."

188

그는 태연해 보이지만, 나는 그의 마음이 흔들렸다는 걸 확신한다.

"당신은 저질 고문자야! 당신 같은 인간은 교수형감이야!"

그가 중얼거린다. "단 한 명의 의로운 사람인 판사께서 그렇게 말씀하셨도다!"

우리는 서로의 눈을 응시한다.

그는 앞에 놓인 종이들을 반듯이 펴며 말한다. "자, 최근 당신이 허락 없이 그들을 방문했을 때 당신과 야만인들 사이에 있었던 모든 일들에 대해 진술서를 작성하시오."

"싫소."

"좋소. 우리의 면담은 끝났소." 그는 부하를 향한다. "저 사람은 이제 자네가 알아서 처리해." 그는 일어나서 나가버린다. 나는 준위를 바라본다.

*   *

씻지도 않고 꿰매지도 않은 턱 부위의 상처에 염증이 있다. 살찐 애벌레 같은 딱지가 그 위에 생겨났다. 내 왼쪽 눈은 단순히 째진 틈에 불과하고, 코는 형체 없이 움직이는 혹에 불과하다. 나는 입으로 숨을 쉬어야 한다.

나는 전에 토해놓은 오물의 악취 속에 누워 목이 마르다는 생각에 사로잡혀 있다. 지난 이틀 동안 아무것도 마시지 못했다.

이 고난에 내 기품을 지켜주는 건 아무것도 없다. 내가 고난이라고 부르는 건 고통도 아니다. 내가 겪어야 하는 것은 육체의 가장 기본적인 필요에 종속되는 일이다. 마시고, 대소변을 보고, 가장 덜 아픈 자세를 취하는 일이다. 만델 준위와 그의 부하가 처음으로 나를 이곳으로 데리고 와서 램프 불을 켜놓고 문을 닫았을 때, 지금까지 편안한 삶을 살아온 피둥피둥 살이 찐 늙은이인 내가 제국이 어떠어떠하게 처신해야 한다는 유별난 생각을 했다는 이유로 감옥에 갇혀 도대체 어느 정도까지 고통을 견뎌낼 수 있을지 나는 궁금했다. 그러나 나를 고문한 사람들은 고통의 정도에 관심이 없었다. 그들은 오직 육체 속에서, 육체로서 산다는 게 무슨 의미인지 내게 보여주는 데만 관심이 있었다. 온전하고 정상적인 상태에 있을 때에만 정의에 대한 생각을 하다가, 머리를 쥐어잡히고 파이프가 목구멍 속으로 쑤셔넣어지고, 그 속으로 소금물이 부어져 기침을 하고 구역질을 하고 몸부림을 치고 토하는 상황이 되면, 언제 그랬느냐 싶을 정도로 빠르게 정의에 관한 생각들을 깡그리 잊어버리는 육체로서 말이다. 그들은 내가 야만인들에게 무슨 말을 했으며, 야만인들이 내게 무슨 말을 했는지 강제로 실토하게 하려고 온 게 아니었다. 그래서 나는 그들 면전에 퍼부으리라고 준비했던 고차원적인 말을 할 기회도 갖지 못했다. 그들은 인간성의 의미를 내게 보여주기 위해 감방에 왔고, 한 시간도 안 되는 동안 많은 것들을 내게 보여주었다.

* *

또한 이는 누가 가장 오래 견뎌내느냐 하는 문제도 아니다. 나는 이런 생각을 하곤 했다. "그들은 다른 방에 앉아 내 문제를 얘기하고 있다. '그가 굼실거리려면 시간이 얼마나 더 걸릴까? 한 시간쯤 후에 가서 봅시다.' 그들은 서로에게 이렇게 얘기하고 있을 것이다."

그러나 그런 식이 아니다. 그들은 내게 고통과 박탈감을 주는 정교한 체계를 갖고 있지 않다. 이틀 동안, 나는 음식과 물 없이 지낸다. 세 번째 날에는 음식이 들어온다. "미안해요, 잊고 있었어요." 음식을 가져온 남자가 얘기한다. 그들이 잊어버린 건 악감정 때문이 아니다. 나를 고문하는 자들에게도 자기 나름의 생활이 있다. 나는 그들 세계의 중심이 아니다. 어쩌면 만델의 부하는 물자배급소에서 자루의 수를 세거나 토루를 순찰하고 더위에 관해 불평하면서 나날을 보내는지 모른다. 틀림없이 만델 자신도 내게 할애하는 시간보다는 견장과 버클에 윤을 내며 보내는 시간이 더 많을 것이다. 그는 기분이 내키면 나한테 와서 인간성에 관한 가르침을 남기고 간다. 나는 그들의 종잡을 수 없는 공격을 얼마나 더 견뎌낼 수 있을까? 내가 굴복하고 울며 머리를 조아려도 공격이 계속된다면 어떻게 될까?

*　　*

그들이 나를 뜰로 불러낸다. 나는 아픈 손을 문지르고, 발가벗은 몸을 가리고 그들 앞에 선다. 나는 괴롭힘을 너무 당해 기진맥진해져 결국 순해진 늙은 곰 같다. "뛰어." 만델이 말한다. 나는 데일 듯한 태양 밑에서 뜰을 빙빙 돈다. 내가 속도를 늦추자, 그는 회초리로 내 엉덩이를 갈긴다. 나는 더 빨리 달린다. 낮잠을 자고 일어난 군인들이 그늘에서 이 광경을 바라본다. 부엌에서 일하는 여자들이 부엌문 위로 쳐다보고,

아이들이 문살을 통해 이 광경을 응시한다. 나는 숨을 헐떡거린다. "더이상 못하겠어! 내 심장!" 나는 뛰기를 멈추고 고개를 늘어뜨리고 가슴을 움켜쥔다. 내가 회복하는 동안, 사람들은 모두 참을성 있게 기다린다. 그런 다음, 회초리가 내 몸에 가해진다. 나는 비틀거리며 나아간다. 걷는 것보다 더 빠르지 않은 속도로.

나는 그들을 위해 묘기를 부리기도 한다. 그들은 무릎 높이로 로프를 잡고, 내가 그 위로 뛰어 왔다갔다하게 한다. 그들은 요리사의 손자를 불러 한쪽 끝을 잡고 있게 한다. "꼭 잡고 있어라. 저자가 걸려 넘어지면 안 되니까 말이야." 아이는 양손으로 로프의 한쪽 끝을 꼭 잡고 이 중요한 임무에 집중하며 내가 뛰기를 기다린다. 나는 뒷걸음질을 친다. 막대기의 끝이 내 엉덩이 사이로 들어와 찌른다. 고통스럽다. "뛰어." 만뎰이 낮은 소리로 말한다. 나는 달려서 뛰어보지만 로프에 걸린다. 나는 거기에 그대로 서 있다. 내게서 똥냄새가 난다. 그들은 몸을 씻지도 못하게 한다. 파리들이 내 뺨에 난 상처 주위를 맴돌며 나를 어디든 따라다닌다. 그리고 내가 잠시라도 서 있으면 내려앉는다. 내가 손으로 파리를 쫓는 동작은 암소가 꼬리를 흔드는 것만큼이나 자동적이다. 만뎰이 아이에게 얘기한다. "다음번에는 더 잘해야 한다고 저자에게 얘기해주렴." 아이가 웃으며 눈길을 돌린다. 나는 다음에 부려야 할 재주를 기다리며 먼지 속에 앉아 있다. "줄넘기할 줄 아니?" 그가 아이에게 말한다. "로프를 저 사람에게 주고, 줄넘기하는 법을 보여달라고 해라." 나는 줄넘기를 한다.

처음에는 감옥에서 나와 이 인간들 앞에 알몸으로 서 있거나 그들을 즐겁게 하기 위해 몸을 비트는 일이 고통스러울 정도로 수치스러웠다. 그러나 나는 이제 그 단계를 지나 있다. 지금은 무릎이 꺾여 무너져 내리거나 내 심장을 게가 움켜쥐는 듯한 느낌이 드는 위협적인 상황에 신경이 더 쓰인다. 그렇게 되면 꼼짝도 못하고 서 있을 수밖에 없다. 잠시 쉬고 나면, 약간의 고통만 가해져도 내 몸이 다시 움직이고 점프하고 뛰고 기고 조금 더 달릴 수 있다는 사실이 매번 놀랍기만 하다. 내가 벌렁 드러눕고 "차라리 날 죽여라. 이런 짓을 계속하는 것보다는 죽는 게 낫겠다"라고 말할 때가 올까? 때때로 나는 그때가 가까워지고 있다고 생각한다. 그러나 언제나 나의 착각이다.

이 모든 일에는 마음에 위로가 될 만한 숭고함도 없다. 밤중에 신음 소리를 내며 잠에서 깨는 건 밑바닥까지 떨어질 대로 떨어진 초라한 상태를 꿈속에서도 경험하기 때문이다. 구석에 몰린 개처럼 비참하게 죽는 것 말고는, 내게는 죽음마저 허용되지 않는 듯하다.

*   *

그런 어느 날, 그들이 감방 문을 열어젖힌다. 나는 끌려나간다. 이번에는 두 사람이 아니라 부동자세로 서 있는 군인들이 나를 맞는다. "이걸 입어라." 만델이 이렇게 말하며 옥양목으로 된 여자옷을 건넨다.

"왜지?"

"그래, 맨몸으로 나가고 싶다면 그렇게 해라."

나는 머리 위에서 내려뜨려 옷을 입는다. 옷은 내 허벅지 반쯤까지 내려간다. 나이가 제일 어린 하녀 두 명이 낄낄거리며 부엌으로 숨는 모습이 얼핏 보인다.

내 팔목은 뒤로 묶인다. 만델이 내 귀에 대고 속삭인다. "치안판사, 이제 때가 됐다. 남자답게 잘 처신해." 그의 입에서 술냄새가 난다.

그들은 나를 뜰 밖으로 몰고 간다. 뽕나무 밑에 한 무리의 사람들이 기다리고 있다. 그 아래의 땅은 떨어진 오디 때문에 자줏빛으로 물들어 있다. 아이들은 나뭇가지를 타고 기어다닌다. 내가 가까이 가자, 모든 사람이 조용해진다.

새로운 하얀색 대마 로프의 한쪽 끝이 위로 던져진다. 나무를 타고 있던 아이들 중 하나가 그걸 잡고 가지에 건 다음 다시 내려준다.

나는 이게 속임수에 지나지 않는다는 걸 안다. 나를 괴롭히던 방식에 싫증을 내는 사람들에게 한나절의 여흥을 제공하기 위한 새로운 방식일 뿐이다. 그럼에도 불구하고 창자가 꼬인다. 내가 낮은 소리로 말한다. "대령은 어디 있지?" 아무도 내 말에 관심이 없다.

"하고 싶은 말이라도 있어?" 만델이 말한다. "하고 싶은 말이 있으면 아무 말이나 해. 기회를 주는 거다."

나는 만델의 맑고 푸른 눈을 들여다본다. 안구에 투명한 렌즈를 씌워놓은 듯 맑은 눈이다. 그도 나를 쳐다본다. 나는 그가 무엇을 보고 있는지 알 수 없다. 그에 대해 생각하며 나는 고문…… 고문자라는 말을 속으로 되뇐다. 그러나 그건 낯선 말들이다. 내가 되풀이하면 할수록, 그 말들은 내 혀에 돌처럼 쌓일 때까지 더욱더 낯설어진다. 어쩌면 이 남자와 그의 조수, 그리고 대령은 고문자일 것이다. 어쩌면 수도의 어딘가에 있는 봉급 사무소에 보관된 카드에는 그렇게 적혀 있을지 모른다. 물론 보안요원이라고 적혀 있을 가능성이 더 크다. 그러나 그를 바라보면 맑고 푸른 눈과 다소 딱딱하지만 잘생긴 얼굴, 약간 지나치게 길쭉한 이와 나빠지고 있는 잇몸만이 보일 뿐이다. 그는 내 영혼을 상대하고 있다. 그는 매일매일, 육체를 접어 옆으로 치우고 내 영혼을 드러낸다. 어쩌면 그는 이런 일에 종사하면서 많은 영혼을 보았을 것이다. 그러나 심장을 다루는 외과의사에게 아무 표시가 남지 않듯, 영혼을 다루는 그에게도 아무 표시가 남지 않는 것처럼 보인다.

"나에 대한 당신의 감정을 이해하려고 나는 아주 열심히 노력하고 있소." 내가 말한다. 나는 아무 말이라도 중얼중얼 얘기하지 않을 수 없다. 목소리가 불안정하다. 두렵다. 땀이 뚝뚝 떨어진다. "나는 이 사람들에게 할말이 없소. 그러니 내게 이 사람들한테 얘기할 기회를 주기보다는, 당신이 몇 마디 해주면 고맙겠소. 당신이 이런 일을 헌신적으로 하는 이유를 내가 이해할 수 있도록 말이오. 당신한테 다치기도 많이 다쳤고, 이제는 당신의 손에 죽을 나라는 사람을 당신이 어떻게 느끼는지 이해할 수 있도록 말이오."

나 자신도 내 입에서 흘러나오는 정교한 발언에 놀랄 지경이다. 상대를 도발하다니, 나는 미친 걸까?

"이 손 보이지?" 그는 내 얼굴에서 일 인치쯤 떨어진 곳에 한 손을 내밀고 있다. "내가 더 젊었을 때는"—그는 손가락을 구부린다—"이 손가락으로"—그는 집게손가락을 세운다—"호박 껍질을 뚫을 수도 있었다." 그는 손가락 끝을 내 이마에 대고 누른다. 나는 한 걸음 뒤로 물러난다.

그들은 내가 쓸 두건도 준비해놓고 있다. 두건이라고 해야 소금자루에 불과하다. 그들은 그것을 내 머리 위에 씌우고 목까지 내린 다음 끈으로 묶는다. 나는 소금자루의 성긴 올을 통해, 그들이 사다리를 가져와 나뭇가지에 기대는 모습을 바라본다. 나는 그쪽으로 끌려간다. 내 발이 사다리의 맨 아래 계단을 밟는다. 올가미가 내 귀 아래쪽으로 내려온다. "올라가라." 만델이 말한다.

나는 고개를 돌리고 로프의 끝을 잡고 있는 두 사람의 희미한 모습을 본다. "손이 묶인 채 올라갈 수는 없잖아." 내가 말한다. 가슴이 방망이질친다. "올라가라." 그가 내 몸이 흔들리지 않게 팔로 잡으면서 말한다. 로프가 팽팽해진다. "꼭 잡아." 그가 명령한다.

나는 기어오른다. 그는 내 뒤에서 오르며 안내를 한다. 나는 사다리를 열 계단 올라간다. 나뭇잎이 내 몸에 스친다. 나는 멈춘다. 그는 내 팔을 더 단단히 잡는다. 그리고 이유 모를 분노에 사로잡혀 이를 악물고 말한다. "우리가 장난하는 것 같아? 내가 하는 말이 사실이 아니라고 생각해?"

자루 속에서 땀을 흘리는 바람에 눈이 쓰리다. "아니," 내가 말한다. "당신이 장난하고 있다고는 생각하지 않소." 로프가 팽팽한 상태로 있는 한, 그들은 장난을 치고 있는 거다. 그러나 로프가 느슨해지고 내 몸이 미끄러지면, 나는 죽게 될 것이다.

"나한테 하고 싶은 말이 있나?"

"야만인들과 나 사이에 군사적인 문제에 관해 아무런 얘기도 오간 바 없다고 말하고 싶소. 그 일은 사적인 문제였소. 나는 그 여자를 가족에게 돌려주기 위해 갔을 뿐이오. 다른 목적은 없었소."

"그게 다인가?"

"아무도 죽어서는 안 된다는 얘기를 하고 싶소." 우스꽝스러운 옷을 입고 자루를 뒤집어쓰고 있는 내 입에서 역겹게도 비겁한 말이 나온다.

"나는 살고 싶소. 모든 인간이 살고 싶어하듯 말이오. 살고 살고 또 살고 싶소. 무슨 일이 있어도."

"그걸로는 충분치 않아." 그는 내 팔을 놓는다. 나는 열번째 계단 위에서 흔들린다. 로프가 내 몸의 균형을 잡아준다. "알겠어?" 그가 말한다. 그는 나를 혼자 남겨두고 계단을 내려간다.

땀이 아니라 눈물이 난다.

가까이에서 잎사귀들이 살랑거린다. 아이의 목소리가 들린다. "아저씨, 보이세요?"

"아니."

"어이, 원숭이 새끼들아, 냉큼 내려와!" 누군가가 아래에서 소리친다. 나는 팽팽한 로프를 통해서, 그들의 움직임으로 나뭇가지가 떨리는 것을 느낄 수 있다.

그렇게 나는 오랫동안 계단에서 조심스럽게 균형을 잡고, 발바닥에 목재의 촉감을 느끼며 서 있다. 나는 로프의 장력을 가능한 한 일정하게 유지하면서, 흔들리지 않으려고 노력한다.

구경꾼들은 얼마나 오랫동안 사람이 사다리 위에 서 있는 걸 지켜봐야 만족할 것인가? 폭풍우와 우박이 몰아치고 홍수가 밀어닥쳐 살점이 내 뼈에서 떨어질 때까지는, 나는 살기 위해서 여기에 버티고 서 있을 것이다.

그런데 로프가 팽팽해지더니, 나무껍질에 긁히는 소리마저 들린다. 결국 나는 팽팽한 로프에 질식당하지 않도록 몸을 위로 뻗쳐야 한다.

이건 인내심을 시험하는 게 아니다. 만약 군중이 만족해하지 않으면, 규칙이 바뀐다. 그러나 군중을 비난해봐야 무슨 소용인가? 속죄양이

정해지고, 축제가 선포되고, 법의 효력은 정지된다. 이러한 오락거리를 즐기기 위해서라면 누군들 몰려오지 않겠는가? 품위가 좀 없다는 것 빼고는, 우리의 새 정권이 연출하는 굴욕감과 고통과 죽음의 쇼에서 내가 반대하는 점이 뭐란 말인가? 이십여 년 전 보기 좋지 않다는 이유로 도살장을 시장에서 도시 외곽으로 이전한 것을 제외하면, 내가 행정을 집행하면서 이룩해놓은 일 중 기억에 남을 만한 게 뭐가 있는가? 나는 무슨 말이든 외치고 싶다. 맹목적인 두려움에서 나오는 비명이라도 지르고 싶다. 그러나 팽팽한 로프에 목이 졸려 아무 말도 할 수 없다. 피가 귀에서 망치질을 한다. 발가락이 계단에서 미끄러진다. 내 몸이 사다리에 부딪히며 공중에서 부드럽게 흔들린다. 내 발이 마구 흔들린다. 귀에 들리는 북소리가 더 완만해지고 더 커진다. 결국 그 소리 외에는 아무 소리도 들리지 않는다.

나는 그 노인 앞에 서 있다. 나는 바람을 맞으며 눈을 찡그리고 그가 말하기를 기다린다. 구식 총이 아직도 그가 탄 말의 두 귀 사이에 놓여 있다. 그러나 총구가 나를 겨누고 있지는 않다. 나는 우리 주위에 있는 거대한 하늘과 사막을 의식한다.

나는 그의 입술을 바라본다. 그는 이제, 당장이라도 말을 할 것이다. 음절 하나하나까지 주의깊게 들어야 한다. 나중에 그 말들을 되뇌어보고 곰곰 생각해보며, 새가 날아가버리듯 내 기억 속에서 날아가버린 질문에 대한 대답을 찾을 수 있도록.

말의 갈기털, 노인의 얼굴에 난 주름, 산허리에 있는 바위와 고랑이 하나하나 다 보인다.

야만인들 식으로 검은 머리를 땋아 어깨 위로 늘어뜨린 그 여자는 그의 뒤에서 그녀의 말을 타고 있다. 그녀는 머리를 숙이고 있다. 그녀도 그가 말을 하기를 기다리고 있다.

나는 한숨을 쉬며 생각한다. "얼마나 애석한 일인가. 이젠 너무 늦었구나."

나는 이리저리 흔들린다. 산들바람이 내가 입은 여자옷을 들어올리더니 벌거벗은 몸을 가지고 장난을 친다. 나는 긴장이 풀어져 떠다닌다. 여자옷을 입고서.

땅에 닿는 건 틀림없이 내 발이다. 그러나 뭘 느끼기에는 감각이 없다. 나는 조심스럽게 몸을 쭉 편다. 몸이 나뭇잎처럼 가볍다. 내 머리를 그렇게도 단단히 쥐고 있던 게 무엇이었든, 약해진다. 안에서부터 묵직한 불쾌감이 스며나온다. 나는 숨을 쉰다. 모든 게 괜찮다.

그런 다음, 자루가 벗겨지고 태양이 내 눈을 부시게 한다. 누군가가 나를 일으켜세운다. 모든 것이 내 앞에서 빙빙 돈다. 기억이 흐릿해진다.

비행이라는 말이 의식의 언저리 어딘가에서 나지막한 소리로 들린다. 그래, 맞다. 나는 비행하고 있었던 것이다.

나는 만델의 푸른 눈을 들여다보고 있다. 그의 입술이 움직인다. 그러나 나에겐 아무 말도 들리지 않는다. 나는 고개를 젓는다. 일단 젓기 시작하자, 멈출 수가 없다.

"내가 했던 말은 이거야." 그가 말한다. "이제 우리가 너에게 다른 비행법을 가르쳐주지."

"저 사람한테는 당신 말이 안 들려요." 누군가가 말한다. "아냐, 듣고 있어." 만델이 대답한다. 그는 내 목에서 올가미를 벗겨 내 팔을 묶고 있는 줄에 연결한다. "잡아당겨라."

내가 팔에 힘을 줄 수 있다면, 그리고 한 발을 들어올려 로프에 감을 수 있을 정도로 곡예를 부릴 수 있다면, 나는 거꾸로 매달려도 다치지 않을 수 있을 것이다. 바로 이것이 그들이 나를 끌어올리기 전에 내가 마지막으로 한 생각이다. 그러나 나는 갓난아이처럼 힘이 없고, 팔은 뒤로 묶여 있다. 내 발이 땅에서 떨어지자, 어깨죽지가 찢어지는 것 같은 고통이 느껴진다. 근육이 갈기갈기 찢어지는 듯하다. 내 목에서 자갈이 쏟아지듯, 구슬프고 메마른 첫번째 비명이 터져나온다. 소년 두 명이 나무에서 뛰어내리고, 서로 손을 잡은 채 뒤도 돌아보지 않고 가버린다. 나는 계속 비명을 지른다. 그러나 비명을 멈추기 위해 내가 할수 있는 일은 아무것도 없다. 그 비명은 자신이 어쩌면 영영 회복할 수 없을 정도의 상처를 입고 있다는 걸 아는 몸에서 나오는 소리다. 그 두려움을 밖으로 내뱉는 소리다. 도시의 모든 아이들이 내 비명을 듣는다고 해도, 나는 멈출 수가 없다. 어른들이 하는 장난을 아이들이 흉내내지 않기를 바랄 뿐이다. 그렇지 않으면 내일쯤 어린아이들의 시체가 나무에 매달려 대롱거리는 재앙이 일어날 테니 말이다. 누군가가 나를 떠민다. 그러자 나는 땅에서 일 피트쯤 떨어진 곳에서 울부짖고 비명을 지르며, 날개가 으깨진 커다란 늙은 나방처럼 앞뒤로 호를 그리며 떠다니기 시작한다. "야만인 친구들을 부르는 모양이지." 누군가가 얘기한다. "저게 야만인 말이라는 거야." 웃음소리가 들린다.

5

야만인들은 밤에 나타난다. 어두워지기 전에 염소를 우리에 넣어야 하고, 문에 빗장을 질러야 하고, 초소마다 보초를 세워 큰 소리로 시간을 알리게 해야 한다. 야만인들은 약탈을 하려고, 밤새도록 주변에서 어슬렁거린다고 한다. 아이들은 덧문이 열리고 무섭게 생긴 야만인들이 그들을 흘겨보는 꿈을 꾼다. "야만인들이다!" 아이들이 비명을 지른다. 그들은 아무리 달래도 소용이 없다. 빨랫줄에 널어놓은 옷이 사라지고, 아무리 단단하게 잠가도 식료품 저장실에 있는 식료품이 없어진다. 사람들 말로는, 야만인들은 성벽 밑에 굴을 파놓았다고 한다. 그들은 마음대로 오가며 원하는 건 다 가져간다고 한다. 이제는 더이상 아무도 안전하지 못하다고 한다. 농부들은 아직도 들에서 농사를 짓지만, 들에 혼자 나가는 게 아니라 무리를 지어 나간다. 그들은 맥이 빠진 채

일을 한다. 그들은 야만인들이 곡식이 자라기를 기다렸다가 들판을 물바다로 만들어버릴 거라고 말한다.

사람들은 어째서 군대가 야만인들을 막지 못하는 거냐고 불평한다. 변경에서의 삶이 너무 힘들어졌다. 그들은 옛날에 살던 곳으로 돌아갈까 하고 얘기하지만, 돌아가는 길도 야만인들 때문에 더이상 안전하지 못하다는 사실을 금세 떠올린다. 상점 주인들이 물건을 매점해놓고 있기 때문에, 설탕과 차도 더이상 마음대로 사지 못한다. 음식을 잘 챙겨 먹는 사람들은 이웃이 시샘할까 두려워 문을 닫고 음식을 먹는다.

삼 주 전, 어느 소녀가 강간을 당했다. 용수로에서 놀던 친구들은 그녀가 말없이 피를 흘리며 돌아올 때까지 그녀가 옆에 없다는 사실을 몰랐다. 그녀는 며칠 동안 천장만 쳐다보며 부모의 집에 누워 있었다. 무슨 일이 있었는지 얘기하라고 해도 아무 소용이 없었다. 램프 불을 끄면 그녀는 훌쩍이기 시작했다. 그녀의 친구들은 야만인이 그런 짓을 했다고 주장한다. 그들은 그가 갈대밭 속으로 달아나는 모습을 보았다고 한다. 그들은 그가 못생겼기 때문에 야만인이라고 생각했다. 이제 아이들은 성문 밖에서 놀 수 없게 되었으며, 농부들은 들에 나갈 때면 몽둥이나 창을 갖고 나간다.

야만인들에 대한 악감정이 고조될수록, 나는 사람들이 내 생각을 하지 않기를 바라며 구석에서 몸을 더욱 웅크린다.

야만인들을 계곡에서 내쫓고 그들과 그들의 자식들과 손주들에게 결코 잊지 못할 교훈을 주기 위해 두번째 원정군이 깃발을 휘날리며 트럼펫을 불고 빛나는 갑옷을 입은 채 의기양양한 모습으로 말을 타고 출정한 후로 오랜 시일이 흘렀다. 그때 이후로 아무런 급보도 없고 공식성명도 없었다. 매일매일 광장에서 열병을 하며 승마술을 보여주고 사격술을 과시하던 화려한 시절은 그 이후로 가고 없다. 대신 걱정스러운 소문들만 무성하다. 어떤 사람들의 말에 따르면, 천 마일이나 되는 변경의 전역이 분쟁에 휩싸이게 되었고, 북부 야만인들이 서부 야만인들과 동맹을 맺었으며, 제국 군대가 너무 미미하게 배치되어 있어 방어력을 중앙에 집중시키기 위해 조만간 우리가 사는 곳과 같은 전초기지는 포기할 수밖에 없을 거라고 한다. 다른 사람들의 말에 따르면, 우리가 전쟁에 관해 아무런 소식도 듣지 못하는 건 아군이 적의 영역 깊숙이 침투해서 그들에게 심각한 타격을 입히느라 너무 바쁘기 때문이라고 한다. 곧, 우리가 전혀 예상하지 못할 때 아군이 지친 몸이긴 하지만 승전보를 갖고 돌아올 테고, 그렇게 되면 조만간 평화가 찾아올 거라고 그들은 말한다.

수비대는 몇 안 되는 인원만 뒤에 남아 있다. 그들은 전보다 더 주정을 부리고, 전보다 더 오만한 자세로 사람들을 대한다. 군인들이 가게로 들어가 값도 치르지 않고 물건을 갖고 가버리는 사건들도 생긴다. 범죄자들과 군인들이 똑같은 부류라면, 상점 주인들이 비상벨을 울려봤자 무슨 소용이 있겠는가? 졸이 군대를 끌고 떠나 있는 동안 비상권을 위임받은 만델에게 상점 주인들은 하소연을 한다. 만델은 그들의 말을 들어주겠다고 약속하지만 행동으로 옮기지는 않는다. 뭐하러 그러겠는가? 그는 부하들에게 인기만 있으면 되는 것이다. 그들은 성벽을 감시하고, 호숫가를 소탕하는 일을 매주 벌이지만 군기는 엉망이다 (야만인들을 찾는답시고 소탕작전을 벌이지만, 한 사람도 잡힌 적이 없다).

나는 여자 속옷을 입고 살려달라고 아우성을 치던 날, 마지막 남은 권위의 흔적마저 잃어버리고 늙다리 광대가 되어버린 상태다. 게다가 손을 사용할 수 없게 됐기 때문에 일주일 동안이나 바닥에 놓인 음식을 개처럼 지저분하게 핥아먹어야 했다. 그래서 더이상 감금당하지도 않는다. 나는 막사의 뜰 구석에서 잠을 잔다. 나는 더러운 여자옷을 입고 살금살금 기어다닌다. 누군가가 나한테 주먹을 치켜들라치면, 나는 몸을 움츠린다. 나는 뒷문에 있는 굶주린 짐승처럼 살고 있다. 어쩌면 그들은 야만인을 좋아하는 모든 사람의 내부에 도사리고 있는 동물적인 면의 본보기를 보여주려고 날 살려두는 듯하다. 나는 내가 안전하지 못하다는 걸 안다. 때때로 적개심을 띤 눈길이 나에게 쏟아지는 걸 느낄 수 있다. 그럴 때면, 나는 위를 올려다보지 않는다. 위층 창문에서 내 두개골에 총알을 쏴, 내가 한자리 차지하고 있는 뜰을 깨끗이 정리하고 싶은 충동을 느끼는 사람들도 있다는 걸 안다.

피난민들이 마을로 몰려온다. 강변과 북쪽 호숫가에 드문드문 늘어선 작은 촌락에서 온 어부들이다. 그들은 아무도 이해하지 못하는 언어를 사용한다. 그들은 살림살이를 등에 지고 있다. 말라빠진 개들과 구루병에 걸린 아이들이 그 뒤를 따른다. 사람들은 그들이 처음에 왔을 때는 주위에 모여들었다. "당신들을 쫓아낸 건 야만인들이었나요?" 그들은 험상궂은 얼굴 모양과 활을 당기는 흉내를 내며 이렇게 물었다. 그러나 제국의 군대나 그들이 덤불숲에 지른 불에 대해서 묻는 사람은 아무도 없었다.

처음에는 이 미개인들을 향한 동정심이 있었다. 사람들은 음식과 헌옷을 가져다주었다. 그런데 그들이 호두나무 근처에 있는 광장의 측면

벽 옆에 짚으로 지붕을 인 집을 짓기 시작했다. 그들의 아이들은 부엌으로 슬그머니 들어가 음식을 훔칠 정도로 대담해졌다. 어느 날 밤에는 그들이 기르는 개들이 양우리로 뛰어들어 암양 열두 마리의 목을 물어뜯어 죽이는 사건이 발생했다. 그들에 대한 감정이 나빠지기 시작했다. 군인들이 행동을 개시했다. 군인들은 그들의 개를 보는 즉시 사살했고, 어느 날 아침에는 남자들이 호수에서 일을 하고 있는 틈을 타 그들의 집을 모두 파괴했다. 어부들은 며칠 동안 갈대숲에 숨어살았다. 그런 다음, 하나씩 둘씩 집들이 다시 나타나기 시작했다. 그들은 이번에는 시 외곽에 있는 북쪽 성벽 밑에 집을 지었다. 오두막은 그대로 놓아두기로 했지만, 성문 보초들은 그들을 들여보내지 말라는 명령을 받고 출입을 통제했다. 지금은 규칙이 완화된 상태다. 아침이 되면 그들이 줄에 꿰인 생선을 이 집 저 집 돌아다니며 파는 모습을 볼 수 있다. 그들은 돈에 대한 경험이 없어서 터무니없는 속임수를 당한다. 그들은 럼주를 조금 주면 아무것이나 내준다.

그들은 여위고 새가슴을 가진 사람들이다. 여자들은 언제나 임신을 하고 있는 듯 보인다. 아이들은 제대로 발육이 되지 않은 상태다. 몇몇 소녀들에게선 조그만 것에도 눈물을 흘리는 청순가련한 아름다움의 기미가 보인다. 그러나 나머지 사람들에게선 무지와 교활함과 게으름만이 보일 뿐이다. 그러나 그들이 나를 본다면, 나에게서 뭘 볼까? 문 뒤에서 그들을 응시하는 짐승의 모습일 것이다. 그들이 불안정하게나마 정착하게 된 이 아름다운 오아시스의 더러운 이면일 것이다.

어느 날 내가 뜰에서 잠을 자고 있는데 그림자가 드리워지며 누군가의 발이 내 몸을 찬다. 나는 만델의 푸른 눈을 올려다본다.

"우리가 너를 잘 먹이고 있나보지? 다시 뚱뚱해지고 있네?"

나는 그의 발치에 일어나 앉으며 고개를 끄덕인다.

"우리가 너를 영원히 먹여줄 수는 없으니까 하는 말이야."

긴 침묵이 흐른다. 우리는 서로를 탐색한다.

"언제쯤 밥값을 할 거냐?"

"나는 재판을 기다리는 죄수의 신분이오. 재판을 기다리는 죄수들에게 일을 해서 밥값을 벌라고 요구할 수는 없지. 그게 법이오. 그런 사람들의 몫은 공금에서 충당하게 돼 있소."

"하지만 너는 죄수 신분이 아니잖아. 네가 나가는 건 자유야." 그는 묵직하게 던져진 미끼를 내가 덥석 물기를 기다린다. 나는 아무 말도 하지 않는다. 그가 말을 이어간다. "너에 관한 기록이 우리에게 전혀 없는데, 네가 어떻게 우리의 죄수란 말이지? 너는 우리가 기록을 보관하지 않는다고 생각하나? 우리에겐 너에 관한 기록이 없어. 그러니 너는 자유야."

나는 일어서서 그를 따라 뜰을 가로질러 정문으로 간다. 보초가 그에게 열쇠를 건네고 그가 자물쇠를 딴다. "보이지? 문은 열려 있다고."

나는 정문을 통과하기 전에 머뭇거린다. 뭔가 알고 싶은 게 있다. 나는 만델의 얼굴을, 영혼의 창인 맑은 눈을, 마음을 밖으로 드러내는 입을 들여다본다. "일 분만 할애해줄 수 있겠소?" 내가 묻는다. 우리는 출입구에 서 있다. 보초는 우리가 하는 말을 듣지 못한 척하며 뒤쪽에 서 있다. 내가 말한다. "나는 더이상 젊은이가 아니오. 이곳에서의 내 미래가 어떤 것이었든 이제는 끝나버렸지." 나는 황폐함과 전염병을 몰고 올 뜨거운 늦여름 바람을 맞으며 날아가는 광장의 먼지를 몸짓으로 가리킨다. "또한 나는 이미 한 번 죽은 사람이오. 그때, 그 나무 위에서. 당신은 난 살려두기로 결정했소. 그래서 말인데, 이곳을 나서기 전에 알고 싶은 게 있소. 야만인이 문 앞까지 와 있는 지금이라도 너무 늦지 않았다면 말이오." 나는 희미한 조소가 내 입가에 어리는 걸 느낀다. 나도 그건 어쩔 수 없다. 나는 텅 빈 하늘을 쳐다본다. "이 질문이 염치없다고 생각되면, 용서하시오. 당신은 사람들을 그렇게 다룬 다음 어떻게 음식을 먹을 수가 있지? 그게 가능하오? 나는 이 질문을 하고 싶소. 이건 사형집행인들이나 그와 비슷한 부류의 사람들에게 내가 늘 물어보고 싶었던 거요. 잠깐! 조금만 더 들어줘요. 정말로 진지하게 질문하는 거요. 당신에게 이런 질문을 하기까지는 많은 노력이 필요했소. 나는 당신이 무서워 죽겠거든. 새삼스럽게 얘기할 필요도 없겠지. 이미 알고 있을 테니까 말이야. 여하튼, 일이 끝나고 나서 음식을 먹는 게 쉬운 일이오? 내 생각에는, 그런 사람들은 손부터 씻고 싶어할 것 같거든. 하지만 손을 씻는 것도 보통의 방법으로는 안 될 것 같소. 성직자가 끼어들어야 할 정도의 일이거든. 일종의 정화 의식이 필요하다는 말이오. 그렇게 생각하지 않소? 영혼을 정화시키는 의식 말이오. 여하튼 나는 그렇게 생각하고 있었지. 그렇지 않고서야 어떻게 일상적인 삶으로 돌아갈 수 있겠소? 가령 식탁에 앉아 가족이나 동료들과 함께 빵을 잘라 먹는 일 같은 일상적인 삶 말이오."

그가 돌아선다. 나는 느리지만 발톱 같은 손으로, 가까스로 그의 팔을 붙잡는다. "아니, 들어보시오! 나를 오해하지는 말아요. 나는 당신을 비난하는 게 아니오. 그 차원은 넘어선 지 오래됐소. 나도 법에 일생을 헌신한 사람이라는 걸 기억해주시오. 나는 법이 집행되는 절차를 알고 있소. 때로는 법을 집행하는 게 애매한 경우도 있다는 걸 알고 있지. 나는 단지 이해하고 싶은 것뿐이오. 난 당신이 살고 있는 세상을 이해하고 싶소. 날마다 어떻게 숨을 쉬고 먹고 사는지 상상해보려고 노력하고 있지만 상상이 안 되오. 그 점이 나를 혼란스럽게 만든다오! 나는 이렇게 혼잣말을 하곤 하지. 만일 내가 저 사람이라면, 내 손이 너무 더럽게 느껴져, 질식할 것 같은데……"

그가 몸을 비틀어 떼어내더니 내 가슴을 세게 때린다. 너무 세게 때리는 바람에, 나는 숨을 헐떡거리며 비틀비틀 뒷걸음질을 친다. "너, 이 개새끼!" 그가 소리친다. "너, 이 미친 씨발놈의 새끼! 썩 꺼져버려! 어디 가서 뒈져버려라!"

"나를 언제 재판에 회부할 거요?" 나는 돌아서는 그의 등을 향해 소리친다. 그는 무시한다.

*　　*

숨을 곳이 아무데도 없다. 하기야 내가 왜 그래야 하는가? 나는 해 뜰 무렵부터 해질 무렵까지 광장에서 시간을 보낸다. 노점 주위를 어슬렁거리거나 나무 그늘에 앉아 있다. 옛 치안판사가 그런 수난을 당하고도 용케 살아남았다는 말들이 점차 돌면서 내가 가까이 가도 사람들은 갑자기 침묵에 빠지거나 등을 돌리지 않는다. 나는 내게 친구들이 없지 않다는 걸 발견한다. 특히 여자들 사이에서 그렇다. 그들은 내 쪽 이야기를 듣고 싶은 마음을 잘 숨기지 못한다. 나는 거리를 배회하다가, 빨래를 널고 있는 통통한 체격의 병참장교 부인 옆을 지나간다. 우리는 인사를 주고받는다. "잘 지내세요?" 그녀가 말한다. "그렇게 고생을 많이 하셨다면서요." 신중하지만 알고 싶다는 내색을 감추지 못하고, 그녀의 눈이 반짝인다. "들어와서 차 한잔하실래요?" 그렇게 해서 우리는 부엌 식탁에 마주앉는다. 그녀는 나가 놀라며 아이들을 내보낸다. 나는 차를 마시고 그녀가 손수 구운 맛있는 오트밀 비스킷 한 접시를 야금야금 먹는다. 이 우회적인 질답 게임에서 그녀가 먼저 넌지시 말문을 연다. "너무 오랫동안 안 보이셔서 우리는 당신이 돌아오시는지 아닌지 궁금했어요…… 그리고 온갖 고초를 다 겪으셨다는 얘기도 들었어요! 세상이 너무 변했어요! 당신이 자리에 계셨을·때는 이런 소동이 전혀 없었잖아요. 수도에서 온 이방인들이 모든 걸 뒤집어놓았어요!" 나는 한숨을 쉬며 그녀의 말을 받는다. "맞소. 그들은 지방 일이 어떻게 돌아가는지 이해하지 못해요. 여자 문제로 이런 난리를 치다니……" 나는 비스킷을 또하나 게걸스럽게 씹는다. 사랑에 빠진 바보는 비웃음을 사지만, 결국 용서를 받는 법이다. "내게는 그 문제가, 그애를 가족의 품에 데려다주는 상식적인 차원의 문제였소. 그런데 내가 어떻게 그들에게 그 점을 이해시킬 수가 있었겠소?" 나는 두서없이 얘기한다. 그녀는 머리를 끄덕이고 매처럼 나를 바라보며, 내가 말하는 반쪽짜리 진실에 귀를 기울인다. 우리는 그녀가 듣고 있는 내 목소리가, 나무에 매달려 죽은 사람들을 깨울 정도로 큰 목소리로 살려달라고 아우성을 치던 사람의 목소리가 아닌 척한다. "……여하튼 이제 모든 게 끝났으면 좋겠소. 나는 아직도 아파요." 나는 어깨에 손을 댄다. "나이가 들수록 회복이 더딘 모양이오……"

그렇게 나는 밥값을 한다. 나는 저녁에 배가 고프면, 막사 정문에서 개들을 부르는 호각소리가 나기를 기다렸다가 살그머니 안으로 들어가 하녀들을 구슬러 군인들이 남긴 음식을 얻어먹는다. 때로는 식은 콩한 접시이기도 하고, 수프를 끓인 솥바닥을 긁은 누룽지이기도 하고, 빵 반 덩어리이기도 하다.

혹은 아침에는 어슬렁거리며 여관으로 가서 부엌문 한쪽에 몸을 기대고 마저럼, 이스트, 바삭바삭한 채썬 양파, 훈제한 양고기 기름 등에서 나는 맛있는 냄새를 들이켠다. 요리사인 마이가 베이킹 팬에 기름을 칠한다. 나는 그녀의 민첩한 손가락이 기름단지 속으로 쑥 들어갔다가, 원을 세 바퀴 재빨리 그리며 팬에 기름을 칠하는 모습을 바라본다. 나는 그녀가 만든 케이크, 햄과 시금치와 치즈가 든 명성이 자자한 파이를 생각하고 입에 군침이 도는 걸 느낀다.

그녀가 커다란 밀가루 반죽 덩어리를 향해 몸을 돌리면서 말한다. "너무 많은 사람들이 이곳을 떠났어요. 어디서부터 말씀드려야 할지 모르겠어요. 불과 며칠 전만 해도 꽤 많은 사람들이 떠났어요. 여기에서 일하던 여자들 중 하나도 그들과 같이 떠났어요. 당신도 머리카락이 길고 곧은 그 여자애를 기억하실 거예요." 나한테 그 말을 하는 그녀의 목소리는 단조롭다. 나는 그녀의 배려를 고맙게 생각한다. 그녀가 말을 이어간다. "물론 이해할 수 있는 일이긴 하죠. 떠나고 싶으면 지금 떠나야죠. 멀고도 험한 길이고, 밤 기온도 점점 떨어지고 있으니까요." 그녀는 날씨 얘기도 하고 지나간 여름과 다가오는 겨울의 조짐에 대해서도 얘기한다. 마치 내가 우리가 서 있는 곳에서 삼백 걸음도 채 떨어지지 않은 곳에 있는 감방에 갇혀 추위와 더위, 건조함과 습기로부터 격리되어 있기라도 했던 듯이 말이다. 나는 깨닫는다, 그녀에게는 내가 사라졌다가 다시 나타났으며 그사이는 세상의 일부가 아니었다는 것을.

나는 그녀가 말하는 동안, 귀를 기울이고 머리를 끄덕이며 몽상에 잠긴다. 이제 내가 얘기한다. "그런데 말이야," 나는 말한다. "감옥에 있을 때는, 그러니까 새로 만들어진 감옥이 아니라 막사 내의 감옥 말일세, 그 작은 방 안에서는, 배가 너무 고파 여자 생각이 전혀 나지 않더군. 음식 생각만 나더구먼. 식사시간만 기다리며 살았던 거지. 음식은 충분한 적이 없었다네. 나는 개처럼 음식을 허겁지겁 삼키며 더 먹고 싶어했지. 때에 따라 엄청난 고통이 느껴졌어. 손이 아프기도 하고, 팔이 아프기도 하고, 여기가 아프기도 했어." 나는 두툼해진 코와 눈 밑에 난 보기 흉한 상처에 손을 대며 이렇게 말한다. 나는 사람들이 은밀하게 그 상처에 매혹을 느낀다는 사실을 알아가기 시작한다. "여자 꿈을 꾼 적은 있는데, 밤중에 나를 찾아와 내 고통을 없애줄 여자에 관한 꿈이었다네. 어린애나 꾸는 꿈이지. 나는 원하는 게 뼛속 깊숙한 곳에 저장되어 있다가 어느 날 느닷없이 밖으로 뛰쳐나온다는 걸 몰랐던 거야. 가령, 자네가 조금 전에 얘기했던 그 여자만 해도 그래. 자네도 알다시피, 그애를 내가 아주 좋아했잖은가. 자네가 날 생각해서 조심스럽게 얘기하기는 했지만 말이야. 고백하건대, 그애가 떠났다는 얘기를 했을 때 뭔가가 가슴을 쿵 치는 것 같았네. 충격이라고나 할까."

그녀의 손이 민첩하게 움직인다. 그녀는 그릇의 가장자리로 밀가루 반죽을 눌러 둥글게 떼어내고, 남은 조각들을 모아 다시 누른다. 그녀는 내 눈길을 피한다.

"지난밤에 그녀의 방에 가봤네. 그런데 문이 잠겨 있더군. 나는 어깨를 으쓱하고 별일 아니라고 생각했지. 그녀에게는 친구들이 많을 테고, 내가 그녀의 유일한 상대라고는 생각해본 적이 없으니까…… 내가 원했던 건 뭘까? 잠자리가 필요했던 건 분명하지. 그러나 그 이상이었어. 그렇지 않은 척할 이유가 뭐가 있겠나? 늙은 남자들이 젊은 여자들의 품에서 젊음을 되찾고자 한다는 건 우리 모두가 알고 있는 사실이잖나." 그녀는 밀가루 반죽을 두드리고 반죽하고 편다. 그녀는 아이들이 있고, 엄격한 어머니와 같이 살고 있는 젊은 여자다. 나는 고통이나 고독에 대해 두서없는 얘기를 하면서 그녀에게 뭘 호소하려고 하는 걸까? 나는 어리벙벙해져, 내 속에서 흘러나오는 말에 귀를 기울인다. '모든 걸 얘기해버리자!' 나를 고문하는 자들과 처음 대면했을 때 나는 이렇게 생각했다. '멍청하게 입을 다물고 있어야 할 이유가 어디 있나? 숨길 것도 없다. 그들이 피와 살을 가진 인간을 대하고 있다는 걸 알도록 만들자! 무서우면 무섭다고, 아프면 아프다고 소리를 지르자! 저자들은 완강한 침묵을 먹고 사는 인간들이다. 침묵을 지키면, 저자들은 개개인에 대해 자신들이 인내심을 갖고 열어야 하는 자물통이라는 생각을 다시금 하게 될 것이다. 자신을 드러내자! 가슴을 열자!' 그래서 나는 소리쳤고 고함을 질렀으며, 머릿속에 떠오르는 것을 다 얘기했다. 음흉한 논리다! 그런데 지금, 풀어진 내 혀가 마음대로 지껄여대는 건 비렁뱅이의 궁상맞은 하소연일 뿐이다. "내가 지난밤에 어디서 잤는지 아는가?" 이런 말을 하는 내 목소리가 들린다. "곡물창고 뒤쪽에 기대어 지은 집 있잖은가……"

그러나 무엇보다도 내게 간절한 건 음식이다. 한 주 한 주가 지나갈수록 더 강렬해진다. 나는 다시 살찌고 싶다. 밤낮으로 배가 고프다. 나는 배가 꼬르륵거리는 소리에 잠에서 깨고, 돌아다니고 싶어 조바심친다. 막사 정문에서 어슬렁거리며 부드럽고 묽은 오트밀 냄새에 코를 킁 킁거리다가 탄 누룽지를 긁어주기를 기다리고, 아이들이 뽕나무에 올라가도록 꼬드겨 오디를 따서 내게 던져주게 하고, 정원의 담 너머로 손을 뻗어 복숭아를 한두 개 훔친다. 나는 지금은 정신차렸지만 한때는 여자한테 홀려 희생을 당했던, 운이 없었던 인간이다. 나는 이 집 저 집의 문가를 전전하며 주는 건 무엇이든 웃으며 받아먹는다. 잼 바른 빵한 조각, 차 한 잔도 먹고, 대낮에는 어쩌면 스튜 한 그릇이나 양파와 콩 한 접시도, 풍요로운 여름의 산물인 살구, 복숭아, 석류는 늘 먹는다. 나는 거지처럼 먹는다. 나는 왕성한 식욕으로 음식을 삼키고, 접시를 아주 깨끗이 비움으로써 보는 사람을 즐겁게 만든다. 내가 날마다 조금씩 사람들의 호의를 다시 얻어가는 건 놀라운 일이 아니다.

나는 얼마나 아첨을 잘하고, 애원에 능한지! 그 결과, 특별히 나를 위해 준비된 맛있는 간식을 대접받은 적이 한두 번이 아니다. 후추와 골파를 뿌려 튀긴 양고기 조각, 햄 한 조각과 토마토와 염소젖 치즈 조각을 넣은 빵처럼 맛있는 걸로 말이다. 그에 대한 보답으로 물이나 장작을 날라줄 수 있다면, 나는 기꺼이 한다. 내 몸이 예전처럼 강하지는 않지만, 그래도 성의의 표시로 한다. 그리고 음식을 얻어먹는 일이 곤란해지면—나는 은인들에게 짐이 되지 않도록 조심해야 한다—나는 언제나 어부들의 임시 거처로 가서 고기 씻는 일을 거들 수 있다. 나는 그들의 말을 몇 마디 배웠다. 그들은 나를 아무런 의심 없이 받아들인다. 그들은 거지가 되는 일이 어떤지 이해하고 있다. 그들은 나와 음식을 나눠먹는다.

나는 다시 뚱뚱해지고 싶다. 전보다 더 뚱뚱해지고 싶다. 내 배에 손바닥을 대면 꾸르륵 소리가 흡족하게 났으면 좋겠다. 그리고 살이 쪄서 턱이 두 개가 되었으면 싶고, 걸음을 옮길 때마다 출렁이는 가슴을 갖고 싶다. 나는 단순한 것에 만족하는 단순한 삶을 살고 싶다. 다시는 배고픔을 맛보지 않았으면(헛된 희망이겠지만!) 좋겠다.

* *

원정군이 출발한 지 거의 삼 개월이 지났지만, 아직도 아무 소식이 없다. 그 대신 끔찍한 소문이 곳곳에 난무한다. 원정대가 사막으로 유인당해 전멸했다는 소문도 들린다. 또한 우리는 모르고 있지만 원정대가 본국을 방어하기 위해 소환되었으며, 이제는 야만인들이 마음만 먹으면 변경 도시들을 언제든지 과일 줍듯 주울 수 있게 되었다는 얘기도 들린다. 분별 있는 사람들은 매주 동쪽으로 길을 떠난다. 그들은 완곡하게 "상황이 다시 안정될 때까지"라고 얘기하면서, 열두어 가족이 같이 "친척들을 방문하러" 간다. 그들은 손수레를 밀고 짐을 실은 말을 끌며 길을 떠난다. 그들은 등에 보따리를 지고, 아이들마저도 동물처럼 짐을 지고 간다. 양들이 바퀴가 네 개 달린 낮은 수레를 끌고 가는 모습도 보인다. 짐 싣는 말들은 더이상 살 수도 없는 형편이다. 떠나는 사람들은 현명한 사람들이다. 남편들과 부인들은 밤에 침대에 누워 서로에게 수군거리며 계획을 세우고 손해를 줄이려고 노력한다. 그들은 편안한 집을 뒤로하고 떠나면서 "우리가 돌아올 때까지"라며 집에 자물쇠를 채우고 열쇠를 기념품으로 가져간다. 그러나 그다음날이면 군인들이 자물쇠를 부수고 안으로 들어가서 물건들을 약탈하고 가구들을 박

살내고 마루를 짓밟아 더럽힌다. 떠날 준비를 하는 사람들에 대한 원망이 쌓이기 시작한다. 그들은 공개적으로 모욕당한다. 사람들이 그들을 공격하거나 그들에게 강도짓을 해도 아무런 처벌도 받지 않는다. 그래서 이제는 보초들을 매수해 문을 열어달라고 하여 한밤중에 사라지는 가족들도 있다. 그들은 동쪽으로 가는 길을 택해 첫번째나 두번째 휴게소에서 기다렸다가, 안전하게 여행할 수 있을 만큼 사람들이 모이면 함께 떠난다.

군인들이 도시 전체에서 폭정을 가한다. 그들은 광장에서 횃불 시위를 주도하며 "겁쟁이들과 배반자들"을 비난하고 제국에 대한 집단적인 충성을 확인한다. 우리는 남아 있을 것이다. 이것이 충성하는 자들의 구호가 되었다. 그 구호가 벽 이곳저곳에 어설픈 글씨체로 쓰여 있다. 그날 밤 나는 엄청난 인파의 끄트머리 어두운 구석에서 수천 명의 목에서 무겁고 위협적인 구호가 나오는 소리를 들으며 서 있었다(집회에 참여하지 않고 집에 있을 정도로 용기 있는 사람은 아무도 없었다). 등이 오싹해졌다. 군인들은 집회가 끝난 후 사람들을 이끌고 가두행진을 했다. 그들은 문을 발로 차고 창문을 부쉈으며, 집에 불을 질렀다. 밤이 늦은 시각까지 광장에서는 술판이 벌어졌다. 나는 만델을 찾아보았지만 찾을 수 없었다. 군인들이 지금도 경찰관의 지시에 따르려 하지만, 만델은 수비대에 대한 통제권을 잃어버린 듯하다.

제국의 각 지역에서 징집되어 우리가 사는 방식에 대해 전혀 모르는 이방인 군인들이 처음 이곳에 주둔했을 때, 사람들은 그들을 쌀쌀맞게 대했다. "우리는 저들이 필요 없어." 사람들은 얘기했다. "빨리 나가서 야만인들과 싸움이나 하지, 뭘 하는 건지 모르겠네." 상점에서는 그들에게 외상을 주지 않았고, 어머니들은 딸들을 그들로부터 떼어놓으려고 집안에 가둬놓았다. 그러나 야만인들이 우리의 집 문간에 나타나자 그런 태도는 바뀌었다. 그들만이 우리를 파괴로부터 막아줄 수 있는 보루처럼 보이자, 사람들은 낯선 군인들의 비위를 맞추려고 애썼다. 어느 주민위원회는 매주 돈을 걷어서 그들에게 잔치를 베풀어 양을 꼬챙이에 꿰어 통째로 굽고, 몇 갤런이나 되는 럼주를 내놓아 대접했다. 젊은 여자들은 그들 것이다. 그들이 여기에 남아 우리의 생명을 지켜주는 한, 그들은 하고 싶은 일은 무엇이든 할 수 있다. 그런데 비위를 맞추면 맞출수록 그들은 더욱더 오만해진다. 우리가 그들에게 의존할 수 없다는 걸 우리는 안다. 곡물창고도 거의 비어가고, 주력부대도 연기처럼 사라지고 없는데, 잔치가 끝나버리면 그들을 여기에 잡아둘 게 뭐가 있겠는가? 겨울에 길을 떠나기 곤란하여, 그들이 우리를 버리는 시기가 좀더 지체되기를 바랄 뿐이다.

겨울이 오는 징조가 여기저기서 보인다. 이른새벽에는 쌀쌀한 미풍이 북쪽에서 불어온다. 덧문이 삐걱거리고, 잠을 자는 사람들은 몸을 더 움츠리고, 보초들은 외투를 단단히 여미고 등을 돌린다. 나는 어떤 때는 자루 위에서 잠을 자다가 덜덜 떨며 일어나 다시 잠에 들지 못하고 깨어 있다. 태양은 날마다 멀어져가는 듯 보인다. 해가 지기 전에도 대지가 차가워진다. 나는 수백 마일이나 되는 길을 줄지어 떠난 사람들을 생각한다. 그들은 아이들을 데리고, 손수레를 밀고, 말들을 재촉하고, 식량을 아껴가며, 한 번도 보지 못했던 모국을 향하고 있을 것이다. 그들은 날마다 조금씩 물건들을 길가에 버리기 시작할 것이다. 연장, 주방용품, 초상화, 시계, 장난감 등 그들이 무너진 자기 집에서 구할 수 있다고 생각했던 모든 걸 길가에 버리기 시작할 것이다. 그러고는 어떻게든 살아서 빠져나갈 수 있으면 좋겠다고 생각하게 될 것이다. 일이 주가 지나면, 가장 강인한 사람 말고는 아무도 길을 떠날 수 없을 정도로 날씨가 험악해질 것이다. 황량하고 스산한 북풍이 하루종일 불어대며 나뭇가지에서 생명을 고갈시킬 것이고, 넓은 대지를 먼지 바다로 만들고 갑작스러운 우박과 눈을 몰고 올 것이다. 찢어진 옷을 입고, 남이 버린 샌들을 신고, 손에 지팡이를 쥐고, 등에 보따리를 지고 다니는 내가 그 오랜 여정을 어떻게 견뎌낼 수 있을지 상상도 되지 않는다. 그러고 싶은 마음이 없다. 내가 이 오아시스를 떠나서 무슨 삶을 바랄 수 있겠는가? 수도에서 가난뱅이 서기로 살까? 매일 저녁 해가 진 후 뒷골목에 있는 셋방으로 돌아오는, 이가 서서히 빠져가고 몸에서 나는 냄새 때문에 주인 여자가 코를 킁킁거리는 서기 말이다. 만약 내가 저 탈출 대열에 합류한다면, 주제넘게 앞에 나서지 않는 늙은이 중 하나로서일 것이다. 어느 날 대열에서 빠져나가 바위 그늘에 앉아 있다가, 마지막 추위가 다리 위로 스멀스멀 기어오르길 기다리는 늙은이 말이다.

*　　*

나는 넓은 길을 따라 호숫가로 내려간다. 저 앞에 있는 수평선은 벌써 회색을 띠고, 호수의 회색빛 물과 어우러져 있다. 내 뒤에서는 태양이 황금색, 진홍색 줄무늬를 만들며 지고 있다. 도랑에서는 귀뚜라미의 첫 울음소리가 들린다. 이게 내가 알고 있고 사랑하고 떠나고 싶지 않은 세계다. 나는 젊었을 때부터 이 길을 밤중에 걸어다녔지만 아무런 해도 입지 않았다. 그런데 내가 어떻게 밤에 야만인들의 그림자가 득실거린다고 믿을 수 있겠는가? 만약 여기에 이방인들이 실제로 있다면, 나는 직감으로 그들의 존재를 느낄 것이다. 야만인들은 그들의 가축을 끌고 깊은 산속으로 들어가, 군인들이 지쳐 물러나기를 기다리고 있다. 그렇게 되면 야만인들은 다시 나올 것이다. 그들은 양에게 풀을 뜯기고 우리를 내버려둘 것이다. 우리는 논밭에 씨를 뿌릴 것이고, 그들을 내버려둘 것이다. 그렇게 몇 년이 지나면, 변경에는 다시 평화가 찾아올 것이다.

나는 망쳐진 논밭을 지나친다. 지금은 정리가 되고, 다시 쟁기질이 되어 있다. 나는 관개수로와 방파제를 건넌다. 발바닥에 닿는 흙의 촉감이 부드럽다. 곧 나는 물에 잠긴 풀 위를 걸으며 갈대숲을 헤치고 발목까지 물이 차는 곳으로 성큼성큼 들어간다. 황혼의 마지막 빛이 보라색을 띠고 있다. 개구리들이 내 앞에서 물속으로 뛰어든다. 근처에서 새가 몸을 웅크리고 날아오를 준비를 하며 깃털을 희미하게 바스락거리는 소리가 들린다.

나는 두 손으로 갈대를 가르며 더 깊이 물속으로 들어간다. 발가락 사이로 차가운 진흙의 감촉이 느껴진다. 내가 걸음을 내디딜 때마다 태양의 온기를 공기보다도 더 오래 간직하고 있는 물이 저항을 하다가, 이내 양보하고 만다. 이른아침이면 어부들은 바닥이 납작한 배를 장대로 밀며 이 고요한 수면을 가로질러 그물을 친다. 얼마나 평화로운 삶인가! 어쩌면 나도 거지 행세를 그만두고 성벽 바깥쪽에 사는 이들과 합류해, 그들처럼 진흙과 갈대로 오두막을 짓고, 그들의 예쁘장한 딸들 중 하나와 결혼하고, 고기가 많이 잡힐 때는 풍성하게 먹고, 잡히지 않을 때는 허리띠를 졸라매는 게 좋을지 모른다.

나는 장딴지까지 차는 따뜻한 물에 잠겨 그런 아련한 생각에 빠진다. 그러한 백일몽이 의미하는 바가 무엇인지 모르지 않는다. 생각이 없는 미개인이 되고, 추운 길을 택해 수도로 돌아가고, 사막의 폐허를 찾아나서고, 유폐된 감방으로 돌아가고, 야만인들을 찾아 하고 싶은 대로 하라며 내 몸을 바치는 백일몽 말이다. 그런 것들은 예외 없이 종말에 관한 꿈이다. 어떻게 살 것이냐가 아니라 어떻게 죽을 것이냐에 대한 꿈이다. 지금 어둠 속으로 가라앉는(성문을 닫는 걸 알리는 두 개의 트럼펫 소리가 희미하게 들린다) 저 성벽 안 도시의 사람들도 모두 같은 생각에 골몰해 있다. 아이들을 제외한 모두가 말이다! 아이들은 자신들이 놀 수 있도록 그늘을 드리워주는 크고 오래된 나무들이 영원히 거기에 서 있으리라는 걸 결코 의심하지 않는다. 그들은 언젠가 자기들도 아버지처럼 강해지고 어머니처럼 아이들을 잘 낳을 것이며, 그들이 태어난 곳에서 아이들을 키우며 잘 살다가 늙어가리라는 사실을 결코 의심하지 않는다. 무엇이 우리로 하여금 물속의 고기들이나 허공의 새들이나 아이들과 같은 시간 개념 속에 사는 일을 불가능하게 만드는 걸까? 그건 제국의 잘못이다! 제국은 역사의 시간을 만들어냈다. 제국은 부드럽게 반복되는 순환적인 계절의 시간이 아니라 흥망성쇠와 시작과 끝, 그리고 파국이라는 들쭉날쭉한 시간 개념에 의존하고 있다. 제국은 역사 속에 존재하고, 역사에 반해 음모를 꾸미도록 운명지어져 있다. 제국의 속마음에는 오직 한 가지 생각만 있을 뿐이다. 어떻게 하면 끝장나지 않고, 어떻게 하면 죽지 않고, 어떻게 하면 제국의 시대를 연장할 수 있는가 하는 생각. 제국은 낮에는 적들을 쫓아다닌다. 제국은 교활하고 무자비하다. 제국은 사냥개들을 이곳저곳에 파견한다. 밤이 되면, 제국은 재앙에 대한 상상을 먹고 산다. 도시가 약탈당하고, 사람들이 강간당하고, 죽은 사람의 뼈가 산처럼 쌓이고, 드넓은 땅이 황폐해질지도 모른다는 상상 말이다. 말도 안 되는 미친 상상이지만 전염성이 강하다. 부드러운 호숫바닥 진흙을 밟으며 물살을 가르고 있는 나도, 충성스러운 졸 대령보다 그러한 생각에 덜 감염된 건 아니다. 끝없는 사막에서 적을 쫓아다니고, 칼집에서 칼을 꺼내 야만인들을 연거푸 베어 쓰러뜨리다가, 동료들이 박수를 치고 공중에 축포를 쏘아대는 가운데 '여름별궁'으로 통하는 청동 문을 기어올라, 영원한 지배를 상징하는 뒷발로 선 호랑이가 받치고 있는 지구의를 쓰러뜨릴 운명을 타고난 야만인(당사자가 아니라면 그의 아들 혹은 아직 태어나지 않은 그의 손자)을 마침내 찾아내 죽이는 상상을 하는 졸 대령보다 내 감염의 정도가 덜한 건 아니다.

달이 없다. 나는 어둠 속에서 더듬더듬 길을 찾아 마른땅으로 나온다. 그리고 외투로 몸을 감싼 채 풀밭에서 잠든다. 나는 혼란스러운 꿈을 꾸다가 잠에서 깬다. 몸이 굳어 있고 한기가 든다. 하늘에 떠 있는 붉은 별은 거의 움직이지 않는다.

어부들의 오두막 옆을 지나칠 때, 개 한 마리가 짖기 시작한다. 금세 다른 개가 덩달아 짖는다. 개 짖는 소리와 놀라서 외치는 고함소리와 비명소리가 무척 요란해진다. 나는 당황하여 목청껏 소리친다. "아무것도 아니오!" 그러나 내 목소리는 들리지 않는다. 나는 길 한가운데에 무기력하게 서 있다. 누군가가 나를 지나쳐 호수 쪽으로 달려간다. 그리고 또다른 사람이 나와 부딪친다. 나는 즉시 여자임을 안다. 그 여자는 나와 부딪치자 공포에 질려 숨을 헐떡거리다가 이내 달아난다. 내 주위에서 개들이 으르렁거린다. 개가 내 다리를 물고 살가죽을 찢고 물러나는 동안 나는 빙글빙글 돌며 소리를 지른다. 개들이 미친듯이 짖는 소리가 나를 에워싼다. 성벽 너머에서는 도시의 개들이 덩달아 짖는다. 나는 몸을 웅크리고 빙글빙글 돌며 다음 공격에 대비한다. 트럼펫의 금속성이 대기를 찢는다. 개들이 더 크게 짖는다. 나는 임시숙소를 향해 발을 질질 끌며 걷는다. 갑자기 오두막 한 채가 하늘을 배경으로 희미하게 드러난다. 나는 문간에 걸쳐져 있는 거적을 밀치고, 불과 몇 분 전까지만 해도 사람들이 자고 있던, 땀내나는 따뜻한 잠자리 속으로 들어간다.

소란스럽던 밖이 잠잠해진다. 그러나 아무도 돌아오지 않는다. 활기가 없는 공기에서는 곰팡내가 난다. 나는 잠을 자고 싶다. 그런데 길에서 부딪쳤던 그 부드러운 몸의 여운이 나를 혼란스럽게 만든다. 내 몸은 몇 초 동안 내 몸과 닿아 있던 그 몸의 흔적을 상처처럼 간직하고 있다. 나는 내가 무슨 일을 저지를까 두렵기만 하다. 내일 낮이 되어도 여전히 그 기억에 안달하며 이곳을 찾아와 나와 몸을 부딪친 사람이 누구인지 알아낼 때까지 이런저런 질문을 하고 다니다가, 마침내 그녀를 찾으면 어린애든 성숙한 여자든 상관하지 않고 그녀에 대해 말도 안 되는 에로틱한 상상을 하게 될까봐 두렵다. 내 연배 남자들의 어리석음은 한이 없다. 우리의 유일한 변명거리는 우리가 거쳐간 여자들에게 아무런 흔적도 남기지 않는다는 것이다. 우리의 복잡한 욕망, 의례적인 성행위, 꼴사나운 절정 등은 곧 잊히고 만다. 그들은 우리와 어쭙잖은 춤을 췄다는 사실을 금세 잊어버린다. 그리고 젊고 활기 있고 딱

부러지는 남자들의 품으로 화살처럼 날아가 그들의 아이를 낳을 것이다. 우리의 사랑은 흔적을 남기지 않는다. 앞을 못 보던 그 여자는 누구를 기억할까? 비단 가운과 침침한 불빛, 향수와 오일, 행복하지 못했던 쾌락과 연결되는 나일까? 아니면 눈을 가리고, 명령을 내리며, 그녀가 내는 고통의 신음소리를 음미했던 냉혹한 남자일까? 그녀가 이 세상에서 마지막으로 분명하게 본 얼굴이 달궈진 인두 뒤에 서 있던 그 남자의 얼굴이 아니라면 누구의 얼굴이었을까? 나는 지금도 수치심에 몸이 오그라들지만, 내가 머리를 그녀의 다리에 대고 부러진 발목에 입을 맞추고 애무할 때, 그녀에게 내 흔적을 깊숙이 새기지 못하는 것을 진짜 속마음으로는 아쉬워하지는 않았는지 자문해봐야 한다. 부족 사람들이 그녀에게 아무리 친절하게 대해준다고 해도, 그녀는 정상적인 방식으로 구애를 받지 못하고 결혼도 하지 못할 것이다. 이방인의 소유물이었다는 낙인이 평생 찍힐 것이다. 아무도 그녀에게 접근하지 않을 것이다. 내가 그랬듯이 애처로운 감각적 동정심에서 그녀에게 접근하는 경우가 아니라면 말이다. 그녀는 자신을 그렇게 대하는 나의 속내를 알아차리고 받아들이기를 거부했다. 그녀가 그렇게도 자주 잠 속으로 빠져들었던 건 놀라운 일이 아니다! 그녀가 내 침대에서보다 채소의 껍질을 벗기면서 더 행복해했던 것도 놀라운 일이 아니다! 내가 막사 정문 앞에서 걸음을 멈추고 그녀 앞에 섰을 때, 그녀는 이미 자신을 조여오는 허위의 독기를 느낀 게 틀림없다. 욕망으로 가장한 질투심과 동정심과 잔인성의 허위 말이다. 충동이 아니라 충동을 애써 거부하는 성행위에서도 허위를 느꼈을 것이다! 그녀의 냉정한 미소가 떠오른다. 그녀는 처음부터 내가 허위적인 유혹자라는 걸 알았다. 그녀는 내 말에 귀를 기울였다. 그런 다음, 그녀는 자기 마음속의 소리에 귀를 기울였다. 그리고 그녀는 마음의 소리에 맞춰 행동했다. 그녀가 내게 말을 해줬더라면 얼마나 좋았을까! "그건 그렇게 하는 게 아니에요." 그녀는 그 자리에서 나를 제지하며, 이렇게 얘기해줬어야 했다. "어떻게 하는지 알고 싶으면, 눈이 까만 당신 친구에게 물어보세요." 그런 다음 그녀는 나에게 희망이 없지 않다는 걸 알려주기 위해, 이렇게 말했어야 했다. "하지만 당신이 절 사랑하고 싶으면, 그에게 등을 돌리고 어딘가 다른 곳에서 교훈을 얻어야 할 거예요." 만약 그녀가 그때 내게 얘기해줬다면, 만약 내가 그녀를 이해했다면, 만약 내가 그녀를 믿었다면, 만약 내가 그녀를 믿을 수 있는 위치에 있었다면, 나는 혼란스럽고도 쓸데없는 속죄의 몸짓을 하면서 일 년을 보내지 않아도 됐을지 모른다.

왜냐하면 나는, 내가 생각하고 싶어하는 것처럼, 냉혹하고 엄격한 대령과 정반대인 관대하고 쾌락을 좋아하는 사람이 아니었기 때문이다. 나는 편안한 시절에 제국이 스스로에게 얘기하는 거짓말이고, 대령은 거친 바람이 불며 세상이 험악해질 때 제국이 얘기하는 진실이다. 제국의 통치술의 양면이며, 그 이상도 그 이하도 아니다. 그러나 나는 우물쭈물하면서 이름 없는 이 지역을 관망만 하고 있었다. 먼지 많은 여름, 짐마차에 실을 정도로 많은 살구, 긴 낮잠 시간, 게으르기 짝이 없는 수비대, 해마다 호수의 잔잔한 표면에 내려앉았다가 다시 날아가는 물새들을 바라보면서, 나는 생각했다. '참자. 곧 저 사람은 떠날 것이다. 조만간 다시 조용해질 것이다. 낮잠 시간도 더 길어질 것이고, 우리의 칼날에도 녹이 더 슬 것이다. 그리고 야간 순찰자는 탑에서 살그머니 내려와 아내와 같이 밤을 보낼 것이고, 회반죽은 떨어져내리고 도마뱀은 벽돌 사이에 둥지를 틀게 될 것이며, 부엉이들은 종루에서 날아오를 것이다. 제국의 지도에 변경이라고 표시된 선은 희미하고 모호해져 결국 우리는 다행히 잊힐 것이다.' 나는 이렇게 스스로를 유혹하면서 방향을 잘못 잡고 말았던 것이다. 이전에 여러 번 길을 걷다가 진짜처럼 보여서 들어갔는데 미로의 한복판으로 들어섰던 일처럼.

꿈속에서 나는 눈 덮인 광장에 있는 그녀를 향해 나아간다. 나는 처음에는 걷는다. 그런 다음, 바람이 거세지기 시작하자 소용돌이치는 눈에 떠밀려 양손을 양쪽으로 뻗은 자세로 떠밀려간다. 배의 돛을 낚아채듯이, 바람이 외투를 낚아챈다. 속도가 빨라지면서 내 발이 땅 위를 미끄러진다. 나는 광장의 중앙에 혼자 있는 사람을 향해 급강하한다. '그녀가 제때에 돌아서서 나를 보지는 못하겠구나!' 나는 생각한다. 나는 경고를 하기 위해 입을 벌린다. 희미한 울음소리가 내 귀에 들리다가, 바람에 휩쓸려 종잇조각처럼 하늘로 날아오른다. 내 몸이 그녀의 몸에 거의 닿는다. 나는 몸이 부딪치는 순간에 대비하느라 긴장한다. 그때 그녀가 돌아서서 나를 본다. 나는 그녀와 몸이 부딪치기 전에 순간적으로 그녀의 얼굴을 본다. 빛이 나고, 건강하고, 놀라지도 않은 채 미소를 짓고 있는 아이의 얼굴이다. 그녀의 머리가 내 배를 친다. 그리고 나는 바람에 휩쓸려 가버린다. 그 충돌은 나방이 날갯짓을 하는 것만큼이나 미미하다. 나는 안도감에 가슴이 벅차다. '결국 내가 걱정할 필요가 없었구나!' 나는 생각한다. 나는 뒤를 돌아보려고 한다. 하지만 모든 것은 하얀 눈에 묻혀 시야에서 사라지고 없다.

내 입술이 입맞춤으로 축축하다. 나는 침을 뱉고 머리를 흔들며 눈을 뜬다. 내 얼굴을 핥던 개가 꼬리를 치며 물러난다. 빛이 오두막의 문간으로 새어들어온다. 나는 밖으로 기어나온다. 새벽이다. 하늘과 물이 똑같이 장밋빛으로 물들어 있다. 내가 아침마다 뱃머리가 뭉툭한 고깃배들을 보러 가곤 했던 호수는 텅 비어 있다. 내가 서 있는 곳도 텅 비어 있긴 마찬가지다.

나는 외투를 단단히 여미고, 아직도 닫혀 있는 성문을 지나 사람이 없는 듯 보이는 북서쪽 감시탑까지 걸어간다. 그런 다음 다시 길을 내려와, 들판을 가로질러 흙벽을 넘어 호수 쪽으로 간다.

토끼가 내 발 옆에서 깜짝 놀라 지그재그로 줄행랑을 친다. 나는 토끼가 한 바퀴를 빙글 돈 후 멀리 있는 익은 밀밭 속으로 사라질 때까지 눈으로 좇는다.

조그만 아이가 나로부터 오십 야드쯤 떨어진 길 한복판에서 오줌을 누고 있다. 그는 나를 곁눈질하며 휘어진 오줌 줄기를 바라본다. 그리고 허리를 뒤로 젖혀, 마지막 오줌 줄기가 더 멀리 나아가도록 힘을 준다. 그애가 누던 황금빛 오줌 줄기가 아직 공중에 걸려 있는데, 갑자기 그가 사라져버린다. 갈대숲에서 검은 팔이 나와 그를 낚아챈 것이다.

나는 그 아이가 서 있던 자리에 선다. 반쯤 떠오른 태양의 눈부신 빛을 받아 나부끼는 갈대의 머리 부분이 흔들리는 것을 제외하고는 아무것도 보이는 게 없다.

"나와도 괜찮아요." 나는 목소리를 거의 높이지 않고 말한다. "두려워할 것 없어요." 나는 참새들이 이 갈대밭을 피하고 있다는 사실을 알아차린다. 틀림없이 삼십여 명의 사람들이 내 말을 듣고 있을 것이다.

나는 시내로 돌아간다.

성문들이 열려 있다. 중무장을 한 군인들이 어부들의 오두막을 수색

하고 있다. 내 잠을 깨웠던 개가 꼬리와 귀를 세우고 혀를 늘어뜨린 채, 이 집 저 집으로 그들을 빠르게 따라다닌다.

군인 하나가 내장을 발라내고 소금에 절인 생선을 말리려고 널어놓은 선반을 잡아당긴다. 선반이 뿌드득 소리를 내며 부서진다.

"그러지 마시오!" 나는 걸음을 재촉하며 소리친다. 그들 중 몇 명은 내가 막사 뜰에서 고통스러운 시절을 보낼 때 보았던 자들이다. "그러지 말란 말이오! 그들 잘못이 아니야!"

군인은 의도적으로 무관심을 가장하고, 가장 큰 오두막으로 성큼성큼 걸어가더니, 지붕을 받치고 있는 기둥 두 개에 몸을 버티고 지붕을 들어올리려 한다. 그는 안간힘을 다해보지만 뜻대로 되지 않는다. 나는 이런 오두막들이 지어지는 모습을 지켜본 적이 있다. 이러한 집들은 얼핏 보면 취약해 보이지만, 그 어떤 새도 날 수 없을 정도로 강한 바람의 장력도 견뎌낼 수 있도록 지어졌다. 지붕의 뼈대는 쐐기 모양의 홈을 거치는 가죽끈으로 기둥에 묶여 있다. 가죽끈을 절단하지 않고 지붕을 들어올릴 수는 없다.

나는 남자에게 애원한다. "지난밤에 무슨 일이 있었는지 얘기해주리다. 내가 어둠 속을 지나가는데 개가 짖기 시작했소. 이곳에 있던 사람들이 기겁을 하고 혼비백산했소. 당신도 그들이 어떤지 알잖소. 그들은 야만인들이 왔다고 생각했을지 모르오. 그들은 호수로 달아났소. 그들은 갈대숲에 숨어 있소—내가 조금 전에 그들을 봤소. 말도 안 되는 그런 사건 때문에 그 사람들에게 벌을 줄 수는 없잖소."

그는 내 말을 무시한다. 그의 동료가 그가 지붕 위로 올라가는 걸 도와준다. 그는 두 지주 위에서 몸의 균형을 잡고, 장화 뒤축으로 지붕에

구멍을 내기 시작한다. 풀과 진흙으로 발린 것들이 안쪽에서 쿵쿵 떨어지는 소리가 들린다.

"그만둬!" 나는 외친다. 내 관자놀이에 피가 몰린다. "그 사람들이 너한테 무슨 해를 끼쳤다고 그래?" 나는 그의 발목을 잡으려고 하지만, 거리가 너무 멀다. 마음 같아서는 그놈의 목을 따버리고 싶다.

누군가가 내 앞을 가로막는다. 그가 올라가는 걸 도와줬던 그 친구다. "씨발, 꺼져버리는 게 어때." 그가 중얼거리듯 말한다. "그냥 꺼져버리라고, 씨발. 어디 가서 뒈져버려."

나는 이엉과 진흙 밑에서, 지붕을 받치는 지주가 뚝 하고 부러지는 소리를 듣는다. 지붕 위에 있던 사람은 손을 엉거주춤하게 내민 채 떨어진다. 그 순간, 그는 놀라서 눈을 동그랗게 뜬다. 다음 순간 그는 사라지고, 먼지만이 자욱하게 허공으로 올라온다.

문간에 걸린 거적이 들리고, 그가 두 손을 맞잡고 비틀거리며 나온다. 머리에서 발끝까지 황토색 먼지를 뒤집어쓰고 있다. "빌어먹을!" 그가 말한다. "빌어먹을! 내 참 더러워서! 빌어먹을!" 그의 친구들이 요란하게 웃음을 터뜨린다. "웃을 일이 아냐!" 그가 소리친다. "씨발놈의 엄지손가락을 다쳤단 말이야!" 그는 무릎 사이에 손을 낀다. "씨발, 되게 아프네!" 그는 몸을 빙 돌려 오두막 벽을 발로 찬다. 안에서 회반죽이 떨어지는 소리가 다시 들린다. "씨발놈의 미개인들! 진작에 그 새끼들을 일렬로 세워놓고 총으로 갈겨버렸어야 해. 그 새끼들의 친구들과 같이 말이야!"

그의 눈길은 내 쪽을 향하고 있지만 그는 나를 쳐다보지 않고 무시하면서 거들먹거리며 걸어간다. 그는 맨 끝에 있는 오두막을 지나면서,

문간에 걸린 거적을 뜯어 팽개친다. 거적에 장식되어 있던 염주 구슬들, 붉고 검은 열매들, 마른 참외 씨앗 등이 사방으로 와르르 흩어진다. 나는 길에 서서, 부글부글 끓는 분노가 가라앉기를 기다리고 있다. 내가 수비대를 관할하던 시절 내 앞에 끌려왔던 젊은 농부에 대해 생각한다. 그는 닭 몇 마리를 훔친 죄로 삼 년간의 군복무형을 선고받았다. 이곳에서 멀리 떨어진 지역의 치안판사가 그렇게 선고를 내린 것이었다. 그런데 이곳에 온 지 한 달 후, 그는 탈영을 시도했다. 그리고 붙잡혀서 내 앞으로 끌려왔다. 그는 어머니와 누이들이 보고 싶어서 탈영했다고 했다. 나는 그에게 훈계를 했다. "하고 싶다고 해서 모든 일을 할 수는 없는 법이다. 우리는 모두 법을 따라야 한다. 법은 우리 중 누구보다 우선하는 것이다. 너를 이곳으로 보낸 치안판사도 그렇고, 나도 그렇고, 너도 법에 복종해야 한다." 그는 흐릿한 눈으로 나를 쳐다보며 벌이 내려지기를 기다렸다. 그의 뒤쪽에는 건장한 경비병 두 명이 있었고, 그의 두 손은 뒤로 묶여 있었다. "네가 아들로서 어머니에게 느끼는 감정 때문에 처벌받는다는 게 부당하다고 생각하는 건 나도 이해한다. 너는 네가 무엇이 옳고 무엇이 그른지 알고 있다고 생각하지. 나도 이해한다. 우리 모두는 우리가 알고 있다고 생각한다." 나는 그때만 해도 남자, 여자, 아이를 포함한 우리 모두는, 아니 어쩌면 물레바퀴를 돌리는 가엾은 늙은 말조차도 매 순간 무엇이 옳은지 알고 있다고 추호도 의심하지 않았다. 나는 모든 피조물이 정의에 대한 원초적 기억을 갖고 세상에 태어난다고 생각했다. 나는 그 불쌍한 죄수에게 말했다. "그러나 우리는 법의 세계에 살고 있다. 그건 차선의 세계다. 그에 대해 우리가 할 수 있는 건 아무것도 없다. 우리는 타락한 존재다. 우리 모두가 할 수 있는 일은 법을 지키는 것뿐이다. 정의에 대한 기억이 퇴색하지 않도록 말이다." 나는 이렇게 훈계한 후, 그에게 벌을 내렸다. 그는 아무 말 없이 처벌을 받아들였고, 경비병이 그를 데리고 나갔다. 나는 그때, 마음이 편치 않고 수치스러웠던 것 같다. 나는 법정을 나서서 집으로 돌아가 잠자리에 들 시간이 될 때까지 식욕도 없이 저녁 내내 어둠 속에서 흔들의자에 앉아 있었다. 나는 혼잣말을 했다. "어떤 사람들이 부당하게 고통을 받으면, 그 고통을 목격한 사람들은 수치심 때문에 괴로워하게 된다." 그러나 이렇게 나 자신을 위로해봐도 마음이 편치 않았다. 치안판사 직을 내놓고, 공직 생활을 은퇴하고, 작은 과수원이나 하나 사서 가꾸며 살아볼까 하고 생각해본 적도 몇 번 있었다. 하지만 그런다고 해도 누군가 다른 사람이 그 직위에 임명되어 수치스러운 공무를 감당하게 될 테고, 결국 아무것도 변할 게 없으리라는 생각도 들었다. 그래서 나는 사건에 휘말리게 될 때까지 내 직무를 수행하고 있었던 것이다.

*　　*

일 마일도 떨어지지 않은 곳에, 말을 탄 두 사람의 모습이 보인다. 눈에 보이는 순간, 그들은 벌써 텅 빈 들판을 가로지르기 시작한다. 나는 군중 속에 섞인다. 사람들은 성벽 너머에서 고함소리를 듣고 환호하러 쏟아져나온다. 우리는 모두 그들이 들고 오는 녹색과 금색으로 된 부대 깃발을 알아본 것이다. 흥분하여 뛰어다니는 아이들 속에서, 나는 막 갈아놓은 흙 위로 성큼성큼 걷는다.

왼편에서 동료와 어깨를 나란히 하고 말을 타던 기병이 방향을 틀어, 호숫가에 난 길 쪽으로 급히 달려간다.

다른 기병은 안장 위에 반듯한 자세로 앉아, 우리를 향해 서서히 다가온다. 그는 우리를 껴안거나 하늘로 날아오르기라도 할 듯이 팔을 양옆으로 내밀고 있다.

나는 샌들을 질질 끌며 최대한도로 빨리 달리기 시작한다. 가슴이 두근거린다.

그로부터 백 야드쯤 떨어진 곳에서 달가닥거리는 말발굽소리가 나고, 다른 기병이 방금 사라진 갈대숲을 향해 세 명의 무장 군인이 질주한다.

나는 그 남자 주위에 몰려 있는 사람들 틈에 낀다(모습이 조금 변하긴 했어도 나는 그 남자를 알아본다). 그는 시내 쪽을 향해 멍한 눈길을 던진다. 그의 머리 위로 부대 깃발이 힘차게 휘날린다. 그는 안장에 똑바른 자세로 앉아 있을 수 있도록, 단단한 나무에 묶여 있다. 그의 등뼈는 막대기로 반듯하게 받쳐져 있고, 그의 팔은 가로대에 묶여 있다. 파리들이 그의 얼굴 주위에서 윙윙거린다. 그의 턱은 꼭 닫혀 있고, 살은 부풀어 있다. 메스꺼운 냄새가 나는 걸로 보아, 죽은 지 여러 날 된 것 같다.

어느 아이가 내 손을 잡아당긴다. 아이가 낮은 목소리로 묻는다. "아저씨, 저 사람이 야만인인가요?" 나는 낮은 목소리로 대답한다. "아니다." 아이는 옆에 있는 아이에게 돌아서서 낮은 목소리로 말한다. "그것봐, 내가 아니라고 했잖아."

시체를 실은 말의 질질 끌리는 고삐를 집어들고, 야만인들에게서 온

기별을 이끌고 문들을 통과해, 침묵하는 구경꾼들을 지나쳐 막사의 뜰로 들어가서, 기별을 갖고 온 사람을 매장하도록 풀어주는 일은 결국 내가 해야 할 일인 듯하다. 아무도 하려고 하지 않는 것 같으니까.

기병을 따라갔던 군인들이 곧 돌아온다. 그들은 구보로 광장을 가로질러 만델이 관할하는 법원 안으로 사라진다. 다시 나타나면 그들은 아무에게도 말을 하지 않을 것이다.

재앙에 대한 모든 징조가 실제로 확인된 셈이다. 처음으로 진짜 공포가 사람들을 엄습한다. 사람들은 상점에 밀어닥쳐 식료품을 놓고 흥정을 벌이며 법석을 떤다. 어떤 집들은 집안에 바리케이드를 치고, 닭들과 돼지들까지 안에 가두고 지킨다. 학교는 문을 닫는다. 야만인들이 몇 마일밖에 떨어지지 않은, 불에 타 까맣게 된 강둑에 진을 치고 있으며, 곧 공격해올 거라는 소문이 이 골목에서 저 골목으로 퍼진다. 삼 개월 전에 그렇게도 의기양양하게 떠났던 군대가 다시는 돌아오지 못하게 되다니, 도저히 생각할 수 없는 일이 벌어진 것이다.

문이란 문은 모두 닫히고 빗장이 걸린다. 나는 경비를 서는 하사에게 어부들을 안으로 들여보내라고 간청한다. "그들은 무서워 벌벌 떨고 있소." 그는 대꾸도 하지 않고 내게서 등을 돌린다. 우리 머리 위에 있는 성벽에서, 우리의 생명과 안전을 위해 근무를 서는 사십 명의 군인은 호수와 사막 너머를 응시한다.

해질녘이 되어, 나는 아직 잠자리로 쓰고 있는 곡물창고의 헛간으로 가려고 한다. 그런데 길이 막혀 있다. 바퀴가 두 개 달린 식량수송용 마차들이 골목길을 지나간다. 앞 마차에는 곡물창고에서 나온 종자 자루들이 실려 있고, 나머지 마차들에는 아무것도 실려 있지 않다. 담요로

덮이고 안장이 얹힌 말들이 그 뒤를 따라간다. 수비대의 마구간에 있던 말들이다. 내 짐작으로는, 모든 말은 지난 몇 주 동안 훔치거나 징발했을 것이다. 시끄러운 소리 때문에 잠에서 깬 사람들은 집밖으로 나와, 오랫동안 준비한 게 분명한 철군 모습을 말없이 바라보며 서 있다.

나는 만델과 면담하고 싶다고 얘기해보지만, 법원을 지키는 보초는 그의 동료들 모두가 그러하듯 꿈쩍도 하지 않는다.

사실 만델은 법원에 있지 않다. 나는 광장으로 돌아가, 그가 사람들에게 읽어주는 발표문의 마지막 부분을 듣는다. "제국사령부를 대신하여"라는 말이 들린다. 그는 이 철수가 "일시적인 조치"이며 "관리 부대"가 뒤에 남을 것이라고 말한다. 또한 그는 "전방에서 수행되던 작전들은 겨울이 끝날 때까지 중지될 것"이라고 말한다. 그는 자신도, 군대가 "새로운 공세를 취하게 될" 봄에 다시 돌아오기를 희망하고 있다고 말한다. 그는 자신에게 보여준 모든 사람들의 "잊을 수 없는 환대"에 대해 고마운 마음을 전하고 싶다고 말한다.

그가 횃불을 든 군인들의 호위를 받으며 빈 수레 위에 서서 이런 말을 하는 동안, 그의 부하들은 그들이 징발한 것들을 갖고 돌아온다. 두 사람이 빈집에서 약탈해온 멋있게 생긴 주철 난로를 싣느라고 애를 쓰고 있다. 다른 사람은 수탉 한 마리와 암탉 한 마리를 들고 의기양양한 미소를 지으며 돌아온다. 검은색과 황금색이 뒤섞인 멋진 수탉이다. 그는 발이 묶인 닭의 날갯죽지를 쥐고 있다. 닭의 맹렬한 눈이 이글거린다. 누군가가 오븐의 문을 열어주자, 그는 닭들을 속으로 밀어넣는다. 상점에서 약탈해온 자루들과 나무통들이 수레 위에 높이 쌓인다. 심지어 작은 탁자와 의자 두 개도 거기에 쌓인다. 그들은 무거운 적색 카펫을 펴서 마차에 실린 짐을 덮고 그 위를 묶는다. 이 조직적인 배반 행위를 바라보며 서 있는 사람들은 아무런 항의도 하지 않는다. 그러나 나는 그들이 느끼는 무기력한 분노를 감지할 수 있다.

마지막 수레에 물건이 실린다. 문의 빗장이 풀어지고, 군인들이 말에 오른다. 나는 부대의 선두에서 누군가가 만델과 얘기하는 소리를 듣는다. "한 시간쯤이면 됩니다. 한 시간이면 준비가 됩니다." 그가 이렇게 얘기하자 만델이 "그야 물론이지"라고 대답한다. 그의 마지막 말은 바람 때문에 들리지 않는다. 병사 하나가 나를 밀치고, 두텁게 몸을 싼 세 여자를 호위하여 마지막 수레가 있는 곳으로 간다. 그들은 수레에 올라 자리를 잡고, 얼굴 위로 베일을 치켜올린다. 그들 중 한 여자는 작은 여자아이를 데리고 있다. 그녀는 그 아이를 짐의 윗부분에 앉힌다. 채찍 소리가 나자, 대열이 움직이기 시작한다. 말들이 힘을 쓰자 수레바퀴가 삐걱거리기 시작한다. 대열의 후미에서는 막대기를 든 두 남자가 열두어 마리나 되는 양떼를 몰고 간다. 양들이 지나가자, 웅성거리는 소리가 군중 속에서 나기 시작한다. 어떤 젊은이가 팔을 흔들고 고함을 지르며 뛰쳐나간다. 그러자 양들이 어둠 속으로 흩어지고 군중도 고함을 지르며 가세한다. 그런데 그와 동시에 총소리가 들린다. 나도 고함을 지르며 달려가는 수십 명의 사람들 틈에 끼어 최대한도로 빨리 달려간다. 나의 뇌리에는 이 부질없는 공격행위 중 한 가지 모습만이 선명하게 각인된다. 어떤 남자가 맨 뒤의 수레에 탄 여자들 중 하나를 잡고 그녀의 옷을 찢는 모습을 엄지손가락을 입에 넣고 있는 아이가 눈을 동그랗게 뜨고 바라보는 모습이다. 그러고 나서 광장은 다시 텅 비고 어두워진다. 마지막 수레가 덜컹덜컹 문을 통과하고 수비대는 사라져버렸다.

　나머지 밤시간 동안 성문은 열린 채로 있다. 몇몇 사람들이 서둘러 군인들의 뒤를 따른다. 그들은 대부분 무거운 짐을 지고 걸어서 간다. 새벽이 되기 전 어부들이 살그머니 안으로 들어온다. 그들을 들어오지 못하게 막는 이는 없다. 그들은 병든 아이들을 데리고, 초라한 살림살이와 집을 다시 짓는 데 필요한 장대와 갈대 묶음을 들고 들어온다.

*　　*

　내가 전에 살던 거처가 열려 있다. 안에서는 곰팡내가 난다. 오랫동안 청소를 하지 않은 상태. 돌, 새알, 사막의 폐허에서 나온 유물 등을 전시해놓던 진열장들은 사라지고 없다. 앞방에 있던 가구는 벽쪽으로 밀려나 있고, 카펫은 사라지고 없다. 작은 거실은 손대지 않은 듯 보이지만, 커튼에서 온통 퀴퀴한 냄새가 난다.

　침실의 침대보는 내가 예전에 그랬던 것처럼 옆으로 젖혀져 있다. 마치 내가 여기서 계속 잠을 자기라도 한 것처럼 말이다. 세탁이 되지 않은 리넨에서는 이상한 냄새가 난다.

　침대 밑에 놓인 요강은 반쯤 차 있다. 장롱 안에는 깃에 둥글게 갈색 땟자국이 있고 겨드랑이 부분에 노란 얼룩이 진 채 구겨진 셔츠가 있다. 내 옷은 모두 사라지고 없다.

　나는 시트를 벗겨내고, 어떤 불편한 느낌이 내 몸에 스며들기를 기다리며 매트리스 위에 눕는다. 뭐랄까, 이 방에 남아 있는 다른 남자의 냄새와 무질서 속에 아직도 떠돌고 있을 그자의 영혼이 느껴질 것만 같다. 그러나 느껴지지 않는다. 방은 예전처럼 친숙하다. 얼굴 위에 팔을 두르자, 잠이 오려고 한다. 지금의 이 세계는 환상도 아니고, 밤에 꾸는 흉측한 꿈도 아닐지 모른다. 우리는 어쩔 수 없이 그것에서 깨어 나고, 그걸 잊을 수도 없으며, 없애버릴 수도 없는 것 같다. 그러나 나 는 끝이 가까워졌다는 사실을 믿는 게 아직도 힘들다. 만약 야만인들 이 지금 갑자기 안으로 밀어닥친다면, 나는 갓난아이처럼 어리석고 아 무것도 모른 채 침대에서 죽게 될 것이다. 만약 내가 아래층에 있는 식 료품 저장실에서, 손에는 스푼을 들고 선반에 있는 마지막 남은 병에서 훔쳐낸 무화과 통조림을 입에 가득 넣은 상태에서 그들에게 붙잡힌다 면 더욱 안성맞춤일 것이다. 그렇게 되면 내 목은 잘려서, 광장의 잘린 머리 더미 위에 던져질 것이다. 오아시스의 정적인 시간 속으로 역사가 난입했다는 사실에 놀라고 상처받고 죄의식을 느끼는 표정을 아직도 머금은 채 광장에 쌓여 있는 사람들의 머리 위에 말이다. 사람들은 저 마다 자기에게 딱 맞는 결말을 맞게 될 것이다. 어떤 사람들은 그들의 집 지하실 밑에 있는 참호에서 귀중품을 가슴에 안고 눈을 질끈 감은 채로 붙잡힐 것이다. 어떤 사람들은 겨울의 첫눈에 기가 질려 길에서 죽을 것이다. 몇몇 사람들은 쇠스랑을 들고 싸우다가 죽을지도 모른다. 그런 다음, 야만인들은 이 도시의 공문서로 엉덩이를 닦을 것이다. 우 리는 마지막까지 아무것도 배우지 못할 것이다. 우리 모두의 깊숙한 곳 에는 화강암처럼 딱딱하고 도저히 가르칠 수 없는 뭔가가 있는 듯 보 인다. 길거리에 난무하는 히스테리에도 불구하고, 우리가 확실하다고 믿었던 세계가 소멸될 상황에 처해 있다는 걸 아무도 진정으로 믿지 않는다. 천막에서 살고, 몸을 씻지도 않으며, 읽고 쓸 줄도 모르고, 활과 화살과 녹슬고 낡은 총을 가진 남자들에 의해 제국의 군대가 전멸당했다는 걸 아무도 받아들일 수 없는 것이다. 그렇다면 나는 누구이기에 우리를 살아 있게 하는 환상에 야유를 보내는가? 구세주에 대한 꿈을 꾸며 마지막 남은 며칠을 보내는 것보다 더 좋은 방법이 달리 있겠는가? 우리의 이름을 걸고 다른 사람들이 저지른 잘못에 대해 우리를 용서해주고, 칼을 휘둘러 적들을 뿔뿔이 흩어지게 하며, 지상낙원을 건설할 기회를 우리에게 다시 한번 줄 구세주 말이다. 나는 매트리스 위에 누워, 내가 수영하는 모습을 떠올리는 데 온 정신을 집중시킨다. 그리고 물보다 더 둔한 시간의 흐름 속에서, 잔물결도 일지 않고, 구석구석 스며들고, 무색 무취이며, 종이처럼 메마른 시간의 흐름 속에서 고르게, 지치지도 않고 손발을 놀리는 내 모습을 상상해본다.

6

때때로 아침이 되면 새로운 말발굽자국이 들판에 나 있다. 경작지의 경계에 해당되는 구불구불한 숲속에서, 순찰병이 전에는 보이지 않던 모습이 보였다가 다음날 사라졌다고 얘기한다. 어부들은 해가 뜨기 전에는 나가지 않으려 한다. 어획량이 너무 줄어드는 통에 그들은 연명하기조차 힘든 상태다.

우리는 이틀 동안 무기를 허리에 차고 멀리 떨어진 논밭에 나가 협동해서 수확을 마쳤다. 그곳이 홍수 이후에 남아 있는 전부였다. 수확이라고 해봐야 가구당 하루에 네 컵 이하지만 그래도 없는 것보다야 낫다.

앞을 못 보는 말이 물레바퀴를 계속 돌려, 호수 기슭에 있는 물탱크를 채운다. 성내에 있는 밭에 물을 대기 위해서다. 그러나 우리는 송수관이 언제라도 절단될 수 있다는 걸 안다. 그래서 우리는 벌써부터 성벽 안쪽에 새로운 우물을 파기 시작했다.

나는 동료 시민들에게 부엌에 딸린 채마밭에 채소를 심으라고 권장했다. 겨울에 서리를 맞아도 견딜 수 있는 근채류로 말이다. "무엇보다도, 우리는 겨울철을 견뎌낼 방도를 찾아야 합니다." 나는 그들에게 말한다. "봄이 되면 구호물자가 도착할 겁니다. 그건 분명해요. 눈이 녹기 시작한 후에는 육십 일이면 수확하는 수수를 심을 수 있을 거고요."

학교가 휴교했고, 아이들은 남쪽 호수의 얕은 곳에 많이 사는 작고 붉은 갑각류를 잡기 위해 저인망 그물을 치는 일을 돕는다. 우리는 갑각류를 잡으면 훈제로 만들어 납작한 일 파운드짜리 조각으로 포장한다. 갑각류에서는 고약하고 느끼한 맛이 나, 보통은 어부들만 먹는다. 그러나 겨울이 다 가기 전에 우리는 쥐나 벌레라도 잡아먹어야 할 형편이다.

우리는 북쪽 성벽을 따라 투구를 한 줄로 세워놓았다. 투구 옆에는 창이 반듯이 세워져 있다. 삼십 분 간격으로 아이가 지나다니며 투구하나하나를 조금씩 움직인다. 이렇게 함으로써 야만인들의 예리한 눈을 속이려는 것이다.

만델이 우리에게 남겨놓고 간 수비대는 세 명이다. 그들은 번갈아가며 자물쇠로 잠긴 법원 문 앞에서 보초를 선다. 사람들은 그들을 무시하고, 그들은 자기들끼리 산다.

나는 이 지역을 수호할 모든 수단을 강구하는 데 앞장을 선다. 아무도 내 권위에 도전하지 않는다. 나는 수염을 가지런히 다듬고, 깨끗한 옷을 입고, 행정 업무를 수행한다. 일 년 전 보안청이 오면서 중단되었던 행정 업무를 사실상 다시 시작한 것이다.

우리는 나무를 베어 장작을 비축해놓아야 한다. 그러나 까맣게 탄 나무들이 즐비한 강가로 가서 장작을 가져오겠다고 나서는 이가 하나도 없다. 어부들이 맹세하길, 그곳에서 야만인들이 진을 친 새로운 흔적을 봤다고 한다.

*   *

내 거처의 문을 쾅쾅 두드리는 소리를 듣고 나는 잠에서 깬다. 등을 든 수척한 남자가 문 앞에 서 있다. 그의 얼굴에는 바람 때문에 생긴 피부염이 있고, 입고 있는 군용 방한 외투는 그에게 너무 크다. 그는 숨을 헐떡거리며 당황한 모습으로 나를 바라본다.

"자네는 누군가?" 나는 묻는다.

"준위는 어디 계시죠?" 그가 숨을 헐떡이며 내 어깨 너머로 안쪽을 들여다보려고 한다.

새벽 두시다. 문들이 열리고 졸 대령의 마차가 안으로 들어와, 광장 한가운데에 끌채가 땅에 놓인 채 서 있다. 여러 명이 매서운 바람을 피해 마차 옆에 서 있다. 성벽에서 경비를 서던 사람들이 아래를 내려다본다.

"우리한테는 식량과 튼튼한 말과 사료가 필요합니다." 나를 찾아온 사람이 얘기한다. 그는 내 앞에서 빠른 걸음으로 걸어가더니 마차의 문을 열고 얘기한다. "준위는 여기에 없습니다, 대령님, 떠났습니다." 나는 창가에 있는 졸의 모습을 달빛으로 흘긋 본다. 그도 나를 본다. 마차 문이 쾅 닫힌다. 안에서 빗장이 찰칵 걸리는 소리가 들린다. 유리창을 통해서 보니, 얼굴을 단호하게 돌리고 침침한 구석에 앉아 있는 그의 모습이 보인다. 나는 유리창을 톡톡 두드려보지만, 그는 관심을 보이지 않는다. 그때 그의 부하들이 나를 밀어낸다.

어둠 속에서 날아온 돌멩이가 마차의 지붕 위에 떨어진다.

또다른 졸의 호위병이 달려온다. 그가 숨을 헐떡거린다. "아무것도 없습니다. 마구간도 텅 비어 있습니다. 마지막 한 마리까지 다 가져갔습니다." 땀을 흘리고 있는 말들의 마구를 벗겨내던 사람이 욕을 하기 시작한다. 두번째로 날아온 돌이 마차를 빗겨나 나를 맞힐 뻔한다. 돌은 성벽 쪽에서 날아오고 있다.

"내 말 좀 들어보게." 내가 말한다. "자네들은 춥고 지쳐 있네. 말들을 마구간에 넣고, 안으로 들어가 식사하면서 우리에게 자네들의 이야기를 들려주게나. 자네들이 떠난 후 우리는 아무 소식도 듣지 못했네. 저 미치광이가 밤새도록 마차 안에 틀어박혀 있겠다면 그렇게 하라고 놔두게."

그들은 내 말을 듣는 둥 마는 둥 한다. 그들은 이 경찰관을 야만인들의 손아귀로부터 안전한 지대로 피신시키는 데 자신들이 해야 할 의무 이상의 일을 한 사람들이다. 그들은 굶주리고 기진맥진해 있다. 그들은 서로 귓속말을 하며, 지친 말 두 마리에 마구를 다시 채우고 있다.

나는 유리창 안을 응시한다. 어둠 속에서 흐릿한 뭔가가 보인다. 졸 대령이다. 내 외투가 바람에 펄럭인다. 나는 추워서 부르르 떤다. 추위 때문이기도 하지만, 억누른 분노 때문이기도 하다. 유리창을 때려부수고 그 속으로 손을 집어넣어 저 인간을 들쭉날쭉한 유리 구멍을 통해

질질 끌어내어, 깨진 유리에 살이 찢어지게 만들고, 땅바닥에 내동댕이 치고, 곤죽이 될 때까지 두들겨패고 싶은 충동이 인다.

마치 나의 살인적인 감정이 자신의 몸에 닿기라도 한 듯, 그가 내키지 않는 듯한 표정으로 나를 향해 얼굴을 돌린다. 그런 다음 그는 천천히 유리창 쪽으로 다가와서 나를 바라본다. 그의 얼굴은 민낯이고, 깨끗하다. 어쩌면 푸른 달빛 때문에, 어쩌면 육체적 피로 때문에 그렇게 보이는 건지도 모른다. 나는 그의 창백하고 툭 튀어나온 관자놀이를 응시한다. 내가 그를 혐오하게 된 잔혹 행위에 대한 기억만이 아니라, 어머니의 부드러운 가슴과 그가 처음으로 연을 날렸을 때 손에 느끼던 감촉에 대한 기억들이 그 안에 저장되어 있으리라.

그는 나를 쳐다보며, 눈으로 내 얼굴을 더듬는다. 검은색 안경은 어디론가 사라지고 없다. 저 사람도 손을 뻗어 손톱으로 내 몸을 할퀴고, 나무 가시로 내 눈을 멀게 하고 싶은 충동을 억제하고 있을까?

나는 그에게 하고 싶은 말이 있다. 오랫동안 생각해온 것이다. 나는 그 말을 하며, 그가 내 입술에서 그걸 읽는 모습을 지켜본다. "우리 안에 죄악이 있다면, 우리는 그걸 우리 자신에게 가해야 한다." 나는 얘기한다. 나는 그 메시지의 의미를 제대로 전달하려고 애쓰며, 고개를 거듭 끄덕인다. "다른 사람들에게 그럴 게 아니란 말이다." 나는 내 가슴과 그의 가슴을 가리키며 그 말을 반복한다. 그는 내 입술을 바라본다. 그의 얇은 입술이 그 말을 따라하며 움직인다. 아니, 어쩌면 나를 조롱하는 말을 하고 있는지도 모른다. 모르겠다. 또다른 돌이 천둥처럼 큰 소리를 내며 마차에 떨어진다. 이번에는 더 무거운 돌이다. 어쩌면 벽돌인지도 모르겠다. 그가 깜짝 놀란다. 줄에 매인 말들이 휙 움직인다.

누군가가 달려오며 소리친다. "가요!" 그는 나를 밀치고 마차의 문을 두드린다. 그는 빵 덩어리를 한아름 안고 있다. 그가 소리친다. "떠나야 합니다!" 졸 대령이 빗장을 풀자, 그는 빵 덩어리를 안으로 던진다. 문이 쾅 닫힌다. 그가 소리친다. "서둘러요!" 마차가 움직이기 시작한다. 마차의 스프링이 삐드득하는 소리를 낸다.

나는 그 사람의 팔을 잡으며 소리친다. "잠깐! 무슨 일이 있었는지 알기 전에는 보내주지 않겠다!"

그가 내 손을 뿌리치며 소리친다. "보면 몰라요?" 내 손은 아직도 너무 힘이 없다. 그를 붙잡기 위해서는 그의 몸을 껴안아야 한다. 나는 숨을 헐떡인다. "얘기하면 보내주겠다!"

마차가 문에 가까워지고 있다. 말에 탄 두 명은 벌써 문을 통과했다. 다른 사람들이 뒤를 쫓아간다. 그들은 어둠 속에서 마차에 돌을 던지고 고함과 욕을 쏟아낸다.

"뭘 알고 싶단 말이죠?" 그는 헛된 몸부림을 치며 말한다.

"다른 사람들은 모두 어디 있지?"

"없어졌어요. 이곳저곳으로 흩어졌어요. 저도 그들이 어디에 있는지 몰라요. 따로따로 길을 찾아야 했어요. 같이 있는 게 불가능했다고요." 그의 동료들이 어둠 속으로 사라지자, 그는 몸을 더 세게 비튼다. "가게 해주세요!" 그가 흐느낀다. 그는 어린아이보다도 힘이 약하다.

"곧 보내주겠네. 야만인들이 어떻게 자네들에게 이런 짓을 할 수 있었던 거지?"

"우리는 산속에서 얼어죽을 뻔했어요! 사막에서는 굶어죽을 뻔했고요! 왜 아무도 우리에게 그렇게 될 거라고 말해주지 않았던 거죠? 우리는 전투에서 진 게 아니에요. 그들은 우리를 사막으로 끌고 간 다음, 자취도 없이 사라져버렸어요!"

"자네들을 누가 끌고 갔다는 거지?"

"그들이요―야만인들이죠! 그들은 우리를 계속 유인했어요. 우리는 그들을 따라잡을 수 없었어요. 그들은 낙오병들을 죽이고, 밤중에 와서 우리의 말들을 풀어줬어요. 그들은 우리와 정면으로 맞서려고 하지 않았어요!"

"그래서 포기하고 돌아왔다는 말인가?"

"그래요!"

"나더러 그 말을 믿으란 말인가?"

그는 자포자기한 눈으로 나를 바라본다. "제가 왜 거짓말을 하겠어요?" 그가 소리친다. "저는 뒤에 남고 싶지 않아요. 그게 전부예요!" 그는 거칠게 몸을 비틀어 내게서 떨어진다. 그는 머리를 손으로 감싼 채, 문을 지나 어둠 속으로 달려간다.

*　　*

세번째 우물을 파는 작업이 잠시 중단되었다. 인부 중 몇 명은 벌써 집에 가버렸고, 다른 사람들은 지시를 기다리며 근처에 서 있다.

"뭐가 문제인가?" 내가 묻는다.

그들은 밖으로 드러난 흙더미 위에 놓인 뼈를 손으로 가리킨다. 어린아이의 뼈다.

"여기에 무덤이 있었나보군. 무덤이 있기에는 이상한 곳인데." 우리는 막사 뒤, 막사와 남쪽 성벽 사이에 위치한 공터에 있다. 뼈는 오래된 것이고 황토의 색깔을 흡수해 붉게 변해 있다. "어떻게 하고 싶은가? 성벽과 더 가까운 곳을 파봐도 될 걸세."

그들은 내가 구덩이 속으로 내려가는 걸 도와준다. 가슴까지 차는 깊이다. 나는 거기에 서서, 성벽에 묻혀 있는 턱뼈 주위의 흙을 손으로 긁어낸다. "두개골은 여기에 있군." 내가 말한다. 그러나 아니다, 두개골은 이미 파냈다. 그들이 그것을 나에게 보여준다.

"발밑을 보세요." 현장 감독이 말한다.

너무 어두워서 볼 수가 없다. 그러나 곡괭이로 살짝 찍어보자, 뭔가 딱딱한 게 있다. 손가락으로 더듬어보니 뼈가 만져진다.

"정상적으로 매장된 게 아닌 것 같습니다." 감독이 말한다. 그는 구덩이 입구에 쪼그리고 앉아 있다. "시체들이 아무렇게나 겹겹이 포개져 있습니다."

"그렇군." 나는 말한다. "이곳을 팔 수는 없지 않겠소?"

"그렇죠." 그가 말한다.

"구덩이를 다시 메우고, 성벽과 가까운 쪽을 파야 할 것 같소."

그는 아무 말도 하지 않는다. 그는 손을 내밀어 내가 올라오는 걸 도와준다. 구경을 하던 사람들도 아무런 말을 하지 않는다. 나는 그들이 삽을 들기 전에, 뼈를 다시 집어넣고 첫 삽을 뜬다.

*　　*

나는 꿈속에서 다시 구덩이 안에 서 있다. 땅은 축축하고 어둡다. 물이 차오르고 발이 젖는다. 발을 들어올리려니 약간 힘들다.

나는 뼈를 찾아 물밑을 더듬는다. 시커멓게 썩은 황마 자루의 끝자
락이 내 손에 잡힌다. 그것은 손가락 사이에서 바스러진다. 나는 손을
진흙 속에 다시 집어넣는다. 구부러진 녹슨 포크가 나온다. 죽은 새도
나온다. 앵무새다. 나는 새의 꼬리를 잡아든다. 지저분한 깃털과 젖은
날개가 아래로 늘어졌고, 눈구멍은 텅 비어 있다. 내가 그것을 놓아버
리자 소리 없이 물속으로 가라앉는다. '오염된 물이다.' 나는 생각한다.
'이곳의 물을 마시지 않도록 조심해야겠다. 흙 묻은 오른손이 입에 닿
지 않도록 해야겠다.'

*　　*

나는 사막에서 돌아온 이래 여자와 잠자리를 같이한 적이 없다. 그
런데 지금, 가장 부적절한 때에 성욕이 다시 생기기 시작한다. 나는 불
편한 잠을 자고 아침에 일어난다. 내 사타구니는 나뭇가지가 자란 듯
발기되어 골이 나 있다. 그건 욕망과는 아무런 상관도 없다. 헝클어진
침대에 누워 발기가 사그라지기를 헛되이 기다린다. 나는 수많은 밤
을 이곳에서 나와 함께 보냈던 여자의 모습을 떠올리려 노력한다. 그녀
가 맨다리에 속옷 차림으로 한쪽 발을 대야에 담그고, 손으로 내 어깨
를 잡고 내가 씻어주기를 기다리던 모습이 떠오른다. 나는 그녀의 탄탄
한 종아리에 비누를 칠한다. 그녀는 머리 위로 속옷을 벗는다. 나는 그
녀의 허벅지에 비누를 칠한다. 그런 다음 비누를 치우고, 그녀의 엉덩
이를 껴안는다. 그리고 그녀의 배에 얼굴을 비빈다. 비누 냄새가 나고,

물의 온기와 그녀의 손이 어깨를 누르던 느낌도 느껴진다. 그런 것들을 기억하면서, 나는 자위를 하려고 손을 뻗는다. 즉각적인 반응이 없다. 팔목을 만지는 것과 다름없다. 나 자신의 일부이긴 하지만, 딱딱하고 무디며, 스스로의 힘을 갖지 못한 수족이라고나 할까. 나는 해내고 싶다. 그러나 소용없다. 느낌이 없기 때문이다. "피곤하다." 나는 혼잣말을 한다.

나는 한 시간 동안 팔걸이의자에 앉아 사타구니에 있는 피의 막대가 작아지기를 기다린다. 때가 되자 그것은 작아진다. 그런 다음 나는 옷을 입고 밖으로 나간다.

밤이 되자 다시 그 상태로 돌아간다. 그것은 아무것도 겨누지 못하는, 내 몸에서 나온 화살이다. 나는 여러 모습을 떠올리며 그걸 만족시키려 하지만 아무 효과도 없다.

"빵 곰팡이와 황기를 사용해보세요." 약초상이 얘기한다. "효과가 있을 겁니다. 만일 듣지 않으면 다시 오세요. 여기, 황기가 좀 있습니다. 이걸 갈아서 곰팡이를 넣은 반죽에 넣고 따뜻한 물을 조금 부으며 저으세요. 식사 후에 두 숟가락을 복용하시면 돼요. 유쾌한 일은 못 되죠. 아주 씁니다. 그러나 몸에는 아무런 해도 없을 거라고 장담할 수 있어요."

나는 은전으로 값을 치른다. 아이들 말고는 아무도 구리 동전을 받으려 하지 않기 때문이다.

"그런데 궁금한 게 있어요." 그가 말한다. "당신같이 건강한 남자가 어째서 욕망을 억제하려고 하는 거죠?"

"어르신, 그건 욕망과는 아무런 관계도 없어요. 성가셔서 그래요. 뻣뻣해져서요. 류머티즘처럼."

그가 미소를 짓는다. 나도 미소를 짓는다.

"이곳은 그들이 약탈하지 않은 유일한 상점인 듯하군요." 내가 말한다. 이건 상점이 아니다. 그저 후미지고 앞에 차일이 쳐져 있는 곳일 뿐이다. 선반에는 먼지 묻은 단지들이 있고, 벽에 걸린 고리에는 뿌리와 마른 잎사귀들이 걸려 있다. 지난 오십 년 동안 그가 약을 조제하는 데 써온 약재들이다.

"예, 그들은 나를 괴롭히지 않았죠. 나를 생각한답시고 이곳을 떠나라고 충고하더군요. 그들은 '야만인들이 당신의 불알을 구워서 먹을 거요'라고 하더군요. 이건 그들의 말을 그대로 옮긴 겁니다. 그래서 나는 이렇게 얘기했죠. '나는 여기에서 태어났으니, 여기에서 죽겠소. 나는 떠나지 않겠소.' 이제 그들은 떠나버렸고, 그들이 없으니 참 좋군요."

"맞아요."

"황기를 복용해보세요. 만일 듣지 않으면 다시 오세요."

나는 쓴 약을 마시고 상추를 될 수 있는 한 많이 먹는다. 상추가 정력을 약화시킨다는 말이 있기 때문이다. 그러나 내가 그 징조들을 오해하고 있다는 걸 알기에, 건성으로 그렇게 한다.

나는 마이를 찾아가기도 한다. 여관은 손님이 너무 없어 문을 닫은 상태다. 이제 그녀는 막사에서 그녀의 어머니가 하는 일을 돕는다. 그녀는 난로 근처에 있는 아기침대에 아이를 재우고 부엌일을 하고 있다. "여기에 있는 크고 낡은 난로가 참 좋아요." 그녀가 말한다. "오랫동안 따뜻한 기운이 남아 있거든요. 은근히 얼마나 따뜻한지 몰라요." 그녀는 차를 끓인다. 우리는 탁자 앞에 앉아, 쇠살대 사이에서 석탄이 활활 타는 모습을 바라본다. "당신에게 줄 뭔가 좋은 게 있었으면 좋겠어요. 군인들이 창고를 다 털어가서 남아 있는 게 거의 없어요."

"나하고 위층으로 올라가줬으면 좋겠는데." 나는 말한다. "아기를 여기에 둬도 될까?"

우리는 오랜 친구 사이다. 몇 년 전, 그러니까 그녀가 두번째로 결혼하기 전에는, 그녀는 오후에 내 방을 찾아오곤 했다.

"여기에 안 두는 게 좋겠어요, 깰지도 모르니까요." 그래서 나는 그녀가 아이를 감싸는 동안 기다린다. 그리고 그녀를 따라 위층으로 올라간다. 여자는 몸이 붙고 허벅지도 형편없이 퍼져 있지만 아직 젊다. 나는 그녀와 잠자리를 같이했을 때 기분이 어떠했는지 떠올리려고 노력해보지만, 마음같이 되지 않는다. 그때는 여자라면 모두 좋았다.

그녀는 구석에 있는 방석에 아이를 눕히고, 아이가 다시 잠들 때까지 아이에게 뭐라고 속삭거린다.

"하루나 이틀 밤이면 돼." 내가 말한다. "모든 게 끝나가고 있어. 가능하면 살아야 하잖아." 그녀는 속바지를 벗고, 옷을 말처럼 짓밟으며 속옷 차림으로 나에게 다가온다. 나는 램프 불을 끈다. 나의 언어가 나를 의기소침하게 만들었다.

내가 들어가자, 그녀가 한숨을 쉰다. 나는 내 뺨을 그녀의 뺨에 비빈다. 내 손이 그녀의 가슴을 만진다. 그녀의 손이 내 손등을 잠시 만지더니 내 손을 옆으로 밀어낸다. "가슴이 좀 아파요." 그녀가 속삭인다. "아이 때문에 그래요."

지구의 다른 쪽에서 땅이 흔들리듯 멀고도 희미하게 클라이맥스가 느껴질 때, 나는 여전히 뭔가 하고 싶은 말을 찾으려 한다.

"이 아이가 넷째지?" 우리는 이불을 덮고 나란히 누워 있다.

"예, 넷째예요. 하나는 죽었어요."

"애아빠는 어때? 도움이 좀 되나?"

"돈을 좀 놓고 갔어요. 여기 주둔하던 군대에 있었거든요."

"틀림없이 다시 돌아올 거야."

그녀의 차분한 몸무게가 내 옆구리에 느껴진다. "난 자네의 큰아들을 아주 좋아하게 됐어. 내가 갇혀 있을 때 식사를 날라주곤 했거든." 잠시 우리는 아무 말 없이 누워 있다. 그때 내 머리가 빙빙 돌기 시작한다. 나는 내 목에서 나는 드르렁거리는 소리에 잠이 깬다. 늙은이의 코골이 소리.

그녀가 일어나 앉는다. "가야겠어요." 그녀는 말한다. "아무것도 없는 방에서는 잠을 잘 수가 없어요. 밤새도록 삐걱거리는 소리가 들려요." 나는 그녀의 희미한 형체가 움직이는 걸 지켜본다. 그녀는 옷을 입고 아이를 품에 안는다. "불을 켜도 될까요?" 그녀가 말한다. "계단에서 넘어질까봐 겁나서 그래요. 주무세요. 아침에 식사를 가져다드릴게요. 수수죽도 상관없으시다면요."

*　　*

"전 그애를 아주 좋아했어요." 그녀가 말한다. "우리 모두가 그랬죠. 그애는 발이 아팠을 텐데 불평하지도 않고, 하라는 일은 언제나 잘했어요. 상냥했고요. 그애가 옆에 있으면 언제나 웃을 거리가 생겼죠."

다시금 나는 나무같이 무감각하다. 그녀는 내 몸을 가지고 애를 쓴다. 그녀의 큰 손이 내 등을 쓰다듬고, 내 엉덩이를 움켜쥔다. 클라이맥스가 다가온다. 저멀리 바다 위에 한 번 반짝였다가 금세 사라지는 불꽃 같다.

아이가 칭얼거리기 시작한다. 그녀는 내게서 몸을 떼어내 일어난다. 몸집이 큰 그녀가 벌거벗은 채 어깨 위에 아이를 들어올리고 토닥이며 자장가를 불러준다. 그녀는 달빛이 비치는 방안을 이리저리 왔다갔다 한다. "곧 잠들 거예요." 그녀가 속삭인다. 그녀가 서늘한 몸을 다시 내 옆에 눕히고 내 팔에 입술을 댈 때, 나는 반쯤 잠들어 있다.

*　　*

"전 야만인들에 대해서는 생각하고 싶지 않아요." 그녀가 말한다. "미래에 대해 걱정하기에는 인생이 너무 짧아요."

나는 할말이 없다.

"제가 당신을 행복하게 해주지는 못하죠. 전 당신이 나하고 그걸 하기를 즐기지 않는다는 걸 알아요. 당신의 마음은 언제나 다른 곳에 있으니까요."

나는 그녀의 다음 말을 기다린다.

"그애도 내게 똑같은 얘기를 했어요. 그애는 당신 마음이 다른 곳에 가 있다고 했어요. 그애는 당신을 이해할 수 없다고 했죠. 그애는 당신이 자기에게 뭘 원하는지 알 수 없다고 했어요."

"나는 자네와 그애가 그렇게 가까운 줄 몰랐네."

"저는 가끔 여기, 아래층에 왔어요. 우리는 마음속에 있는 것들에 대해 서로 얘기했어요. 그애는 때때로 계속 울기만 했어요. 당신이 그애를 너무나 불행하게 만들었어요. 알고 있었나요?"

그녀가 문을 연다. 그 틈으로 지독하게 황량한 바람이 나를 향해 불어온다.

"자네는 몰라." 나는 쉰소리로 말한다. 그녀는 어깨를 으쓱한다. 나는 말을 이어간다. "자네가 모르는 얘기가 많지. 그애 자신도 몰랐던 거라 자네에게 말해줄 수는 없었을 거야. 지금은 그 얘기를 하고 싶지 않네."

"제가 상관할 일이 아니죠."

우리는 오늘밤, 저멀리 별빛 아래에서 잠자고 있을 그 여자에 대해 생각하면서 침묵한다.

"야만인들이 말을 타고 올 때," 나는 말한다. "그애도 같이 올지 모르지." 나는 그녀가 말을 타고 기병들의 선두에서 안장에 꼿꼿이 앉아 눈을 빛내며, 자신이 한때 살았던 이 낯선 곳의 지형을 동지들에게 설명해주며 성문으로 들어오는 모습을 상상해본다. "그때는 모든 게 새로운 지점에서 시작되겠지."

우리는 생각에 잠겨 어둠 속에 누워 있다.

"무서워요." 그녀는 말한다. "전 우리가 어떻게 될지 생각하면 무서워요. 일이 잘 풀리기만을 애써 바라며 하루하루 살아가고 있어요. 하지만 어떤 때는 갑자기, 무슨 일이 벌어질지 상상해보곤 해요. 그러면 무서워 온몸이 마비될 지경이에요. 더이상 뭘 어떻게 해야 할지 모르겠어요. 아이들만 생각할 뿐이에요. 아이들은 어떻게 될까요?" 그녀가 일어나 앉는다. "아이들은 어떻게 될까요?" 그녀는 격하게 묻는다.

"그들은 아이들을 해치지는 않을 거야." 나는 그녀에게 말한다. "그들은 아무도 해치지 않을 거야." 나는 그녀의 머리를 쓰다듬으며 그녀를 진정시킨다. 아이에게 젖을 먹일 시간이 될 때까지, 나는 그녀를 꼭 껴안고 있다.

*　*

그녀는 아래층 부엌에서 자는 게 더 좋다고 말한다. 잠에서 깨어 쇠살대 안의 석탄 불빛을 보면 더 안정감이 느껴진다는 것이다. 또한 그녀는 침대에 아이와 함께 있고 싶어한다. 또한 자신이 어디서 밤시간을 보내는지를 어머니가 몰랐으면 한다.

나도 실수였다고 느끼고 그녀를 다시 찾아가지 않는다. 나는 혼자 잠을 자며, 그녀의 손가락 끝에서 나던 백리향과 양파 냄새를 그리워한다. 하루나 이틀 저녁, 고요하고 변덕스러운 슬픔을 느끼지만 곧 잊기 시작한다.

*　*

나는 폭풍이 다가오는 모습을 바라보며 공터에 서 있다. 하늘은 침침해지다가, 이제는 뼈처럼 하얗고 북쪽은 분홍색으로 넘실거린다. 황토색 기와가 반짝이고, 대기엔 빛이 어리고, 도시는 이 마지막 순간에 그림자 없이 신비스러운 아름다움을 띠며 빛난다.

나는 성벽을 오른다. 사람들은 병사 모양의 인형들 사이에서 지평선을 바라보며 서 있다. 거대한 먼지와 모래 구름이 일어나고 있는 모습이 벌써 보이기 시작한다. 아무도 입을 열지 않는다.

태양이 구릿빛으로 변한다. 배들은 모두 호수에서 사라지고, 새들은 노래하기를 멈췄다. 그사이에, 절대적인 침묵이 있다. 그때 바람이 불기 시작한다.

우리는 집으로 피신하여 창문을 걸어 잠그고 문에는 바람막이를 받쳐놓는다. 미세한 회색 먼지가 지붕과 천장으로 새어들어, 노출된 모든 표면에 내려앉는다. 먼지가 식수 위에 막을 이루고, 치아에 붙어 서걱서걱 소리를 낸다. 우리는 집안에 앉아, 의지할 데라곤 전혀 없이 벌판에서 바람을 등진 채 견뎌야 하는 우리와 같은 인간들에 대해 생각한다.

*   *

저녁에 나는 난롯가에서 한두 시간쯤 보낼 수 있다. 그리고 내게 할당된 장작이 떨어지면 침대 속으로 기어들어가 예전에 즐기던 취미생활에 몰두한다. 나는 부서져서 법원 뜰에 내던져진 돌 진열장들을 수리하는 데 온갖 노력을 기울인다. 그리고 포플러 나뭇조각에 쓰여 있는 옛글을 해독하려고 애쓴다.

사막의 폐허에 한때 살았던 사람들을 생각하면, 우리도 정착지에 대한 기록을 작성해서 성벽 밑에 매장하여 후대에 물려주는 게 지당한 일처럼 보인다. 그런 기록을 작성하는 데 마지막 치안판사보다 더 적합한 사람은 없을 것이다. 나는 크고 낡은 곰 가죽으로 몸을 싸고, 촛불 하나만 달랑 켜고(양초도 제한적으로 배급되기 때문에), 누렇게 된 공문서 더미를 쌓아놓은 채 책상에 앉아 기록을 작성하려고 해본다. 그러나 내가 쓰려고 하는 건 제국의 변경에 관한 연대기도 아니고, 야만인들을 기다리던 변경 사람들이 마지막 해를 어떻게 지냈는지에 관한 기록도 아니다.

"이 오아시스를 찾아오는 그 누구도," 나는 쓴다. "이곳 생활의 매력에 빠지지 않을 수 없었다. 우리는 계절과 수확과 물새들의 이동에 맞춰 살았다. 우리와 별들 사이에는 아무것도 없었다. 만약 여기에서 계속 살 수 있기 위해 무슨 일을 해야 하는지 알았다면, 우리는 어떠한 양보라도 했을 것이다. 이곳은 지상낙원이었다."

나는 써내려간 글을 오랫동안 응시한다. 내가 그렇게 오랜 시간을 할애했던 포플러 나뭇조각들이 내가 쓴 글처럼 솔직하지 못하고, 미심쩍고, 부끄러운 내용이라면 실망스러울 것이다.

"겨울이 끝날 때가 되면," 나는 생각한다. "배고픔이 정말로 우리를 고통스럽게 하고 우리가 추위와 배고픔에 죽어갈 때가 되면, 혹은 야만인들이 정말로 성문에 와 있을 때가 되면, 어쩌면 나는 문학적 야망을 가진 공무원이 쓰는 말투를 버리고 진실을 얘기하기 시작할지 모른다."

나는 생각한다. "나는 역사의 바깥에서 살고 싶었다. 제국이 백성들에게 강요하는, 아니 사라져버린 백성들에게조차 강요하는 역사의 바깥에 살고 싶었다. 나는 야만인들에게 제국의 역사를 강요하는 걸 원치 않았다. 이것이 치욕의 원인이라고 내가 어떻게 믿을 수 있을까?"

나는 생각한다. "나는 다사다난했던 한 해를 살았지만, 품속의 갓난아이만큼이나 그것을 이해하지 못한다. 나는 이곳 사람들 중에서 회고록을 쓰는 데 가장 부적합한 사람이다. 분노와 슬픔으로 울부짖는 대장

장이가 그 일에 더 적합할 것이다."

나는 생각한다. "야만인들이 빵맛을 보게 되면, 오디 잼이나 구스베리 잼을 바른 갓 구운 빵을 맛보게 되면, 우리가 사는 방식에 끌릴 것이다. 그렇게 되면 그들은 평화로운 곡물을 재배하는 방식을 아는 남자들의 숙련된 기술과, 온화한 과일들을 활용하는 방법을 아는 여자들의 기술 없이는 살아가는 게 불가능하다는 걸 알게 될 것이다."

나는 생각한다. "어느 날 사람들은 폐허 속을 뒤적거리면서, 내가 남겨둔 것들보다 사막에서 나온 유물에 더 관심을 갖게 될 것이다. 합당한 이유에서 그럴 것이다." (그래서 나는 포플러 나뭇조각을 하나씩 아마씨 오일로 닦고 유지로 싸며 저녁시간을 보낸다. 나는 바람이 자면 밖으로 나가, 그것들을 찾아냈던 곳에 다시 묻어야겠다고 생각한다.)

나는 생각한다. "무엇인가가 내 얼굴을 응시하고 있다. 그런데 아직도 나는 그것을 보지 못한다."

*　　*

바람이 멈췄다. 눈송이가 날리기 시작한다. 올해 첫눈이다. 지붕이 하얗다. 나는 아침 내내 창가에 서서 눈이 내리는 모습을 바라본다. 내가 막사 뜰을 건너려고 할 때에는 눈이 벌써 몇 인치나 쌓여 있다. 발꿈치에서 뽀드득뽀드득 야릇한 소리가 경쾌하게 난다.

광장의 한가운데에서 아이들이 눈사람을 만들고 있다. 나는 아이들이 놀라지 않도록 조심하며, 그러나 형언할 수 없이 기쁜 마음으로 그들을 향해 나아간다.

아이들은 놀라지 않는다. 너무 바빠서 나를 쳐다볼 겨를도 없다. 아이들은 커다랗고 둥근 몸통을 다 만든 상태다. 이제 머리가 될 눈뭉치를 굴리고 있다.

대장 격인 아이가 말한다. "누가 가서 입이랑 코랑 눈에 붙일 걸 좀 가져와."

그러고 보니 눈사람에게 팔도 필요할 것 같다. 그러나 나는 참견하지 않는다.

아이들은 몸통 위에 머리를 얹고, 조약돌로 눈과 귀와 코와 입을 만든다. 한 아이가 자기 모자를 눈사람에게 씌워준다.

그다지 볼품없는 눈사람은 아니다.

이것은 내가 꿈에서 보았던 광경이 아니다. 요즘 들어 다른 많은 일에서도 그러하듯이, 나는 바보가 된 기분으로 그곳을 떠난다. 오래전에 길을 잃었지만 어디로 통하는지 모르는 길을 따라 계속 걸어가는 사람처럼.

종달새처럼 솟구쳐 독수리처럼 내려다보는 상상력

　J. M. 쿳시는 1940년 남아프리카 케이프타운에서 아프리카너 부모 사이에서 태어났다. 그는 아프리카너이지만 특이하게도, 다른 아프리카너들과 달리 아프리칸스어가 아니라 영어로 교육을 받았고 영어로 글을 써온 작가다. 그는 영연방에서 가장 권위 있는 문학상인 부커상을 최초로 2회에 걸쳐 수상했고 2003년에는 노벨문학상을 수상했다. 다양한 문학상을 휩쓴 것은 물론이다.

　언어학, 수학, 컴퓨터를 전공했으며 사뮈엘 베케트 전문가이기도 한 쿳시는 "지적인 힘과 균형적 스타일, 역사적 비전과 윤리적 통찰력을 독특한 방식으로 통합"(데이비드 애트웰)한 독창적인 작가라는 평가를 받는데, 그의 이러한 특성은 1980년에 발표된 『야만인을 기다리며』에 잘 나타나 있다. 그런데 이 소설의 특이한 점은 시간적·공간적 배경이

불분명하다는 것이다. 쿳시는 남아프리카라는 공간을 의도적으로 배제하고 제국의 변경을 주된 배경으로 설정하고 있다. 이것은 식민주의자와 피식민주의자 사이에 생길 수 있는 폭력과 억압의 사슬이 특정한 시대와 장소에 국한된 게 아니라 보편적인 것이라는 그의 인식 때문이다. 남아프리카의 식민주의와 아파르트헤이트 정책은 그 나름으로는 특정한 공간 내에서 행해진 것이지만, 그러한 폭력은 남아프리카만이 아니라 세계 곳곳에서 일어나고 있는 보편적인 것이란 의미다. 이 소설에 나오는 제국주의자들이 '야만인들'에게 가하는 고통과 폭력은, 그리고 그들이 정보를 조작하여 조성하는 불안과 애국심은, 인류의 역사만큼이나 해묵고 보편적인 것이다. 가령 멀리 갈 것도 없이 20세기의 벽두에 있었던 이라크전쟁만 해도 그렇다. 미국과 영국은 2003년, 화학무기와 같은 대량살상무기를 찾겠다고 호언하며 '야만적인' 이라크를 상대로 전쟁을 벌였다. 그러나 이라크에는 대량살상무기도 없었고 핵무기를 개발하기 위한 우라늄이나 최소한의 기초시설도 없었다. 결국 야만적인 것에 대한 '기다림'은 아무런 소득도 없이 무위로 끝나고 말았다. 이라크전쟁을 염두에 두고 읽으면 1980년도에 나온 이 소설이 이십여 년 후에 일어날 이라크전쟁을 예언한 것이 아니었을까 하는 생각마저 들 정도다.

쿳시는 콘스탄티노스 페트루 카바피스의 시 「야만인을 기다리며」의 제목만 빌린 게 아니라 내용도 빌려왔다. 이 시의 마지막 연은 이 소설이 뭘 빌렸는지를 집약하여 말해준다.

어째서 모든 거리와 광장이 그렇게도 빨리 텅 비는가?

그리고 모든 사람들이 그렇게도 깊은 생각에 잠겨 다시 집으로 향
하는가?

저녁이 되었어도 야만인들이 오지 않았기 때문이다.

일부 사람들이 변경에서 돌아왔다.

그들은 더이상 야만인들이 없다고 말했다.

야만인들이 없다면 이제 우리는 어떻게 될 것인가?

그 사람들은 일종의 해결책이었다.

이 시에서 사람들은 야만인들이 나타나지 않자 실망하여 뿔뿔이 흩
어지는데, 그것은 억압의 대상인 야만인들이 존재하지 않으면 제국은
더이상 아무런 의미도 없다는 걸 갑자기 깨닫기 때문이다. 제국은 타자
가 있어야 정의될 수 있는 존재인 것이다. 따라서 제국은 타자의 존재
여부에 상관없이, 그것의 존속을 위해 타자를 만들어내야 한다. 이것은
쿳시의 소설에서도 그대로 적용된다. 조작된 정보를 사람들에게 유포
하든, 죄 없는 어부들과 유목민들을 잡아다 고문하면서 그들이 야만인
이라는 걸 사람들의 머리에 주입하든, 쿳시의 소설에 나오는 제국주의
자들은 수단과 방법을 가리지 않고 자신을 영속시키려 한다. 치안판사
의 말을 들어보자.

제국의 속마음에는 오직 한 가지 생각만 있을 뿐이다. 어떻게 하
면 끝장나지 않고, 어떻게 하면 죽지 않고, 어떻게 하면 제국의 시대
를 연장할 수 있는가 하는 생각. 제국은 낮에는 적들을 쫓아다닌다.
제국은 교활하고 무자비하다. 제국은 사냥개들을 이곳저곳에 파견

한다. 밤이 되면, 제국은 재앙에 대한 상상을 먹고 산다. 도시가 약탈당하고, 사람들이 강간당하고, 죽은 사람의 뼈가 산처럼 쌓이고, 드넓은 땅이 황폐해질지도 모른다는 상상 말이다. 말도 안 되는 미친 상상이지만 전염성이 강하다.

카바피스의 시에서처럼, 쿳시의 소설에서도 야만인들은 제국주의자들의 '상상' 속에만 존재한다. 어부들과 유목민들이 나타나긴 하지만, 그들은 졸 대령과 같은 제국주의자들이 생각하는 것처럼 밤에 출현하여 부녀자들을 강간하고 아이들을 죽이며 집에 불을 지르는 야만인들이 결코 아니다. 그런데 그러한 "상상"은 "미친" 짓일지 몰라도 "전염성이 강하다". 따라서 카바피스의 시에서처럼, 그러한 야만인들은 쿳시의 소설에서도 존재하지는 않지만 제국을 유지하기 위해서는 존재해야만 하는 "일종의 해결책"이다.

『야만인을 기다리며』의 내러티브가 변경을 통치하는 치안판사의 자기고백 형식으로 되어 있다는 사실은 대단히 중요하다. 변방의 행정 및 사법권을 관할하는 최고책임자인 치안판사는 야만인들을 "일종의 해결책"으로 제시하는 제국의 모순만이 아니라, 그 모순에도 불구하고 제국의 일원으로 제국에 봉사할 수밖에 없는 자신의 한계를 드러내고 있기 때문이다. 쿳시의 소설에 일관되게 적용되는 하나의 문법이 있다면, 그것은 가해자와 피해자, 식민주의자와 피식민주의자, 백과 흑 등의 이분법에 의존하지 않고, 체제에 순응하기를 거부하는 진보적인 인물을 내세워 체제 이데올로기의 허구성을 안으로부터 폭로함과 동시에 그것에 대한 자신의 공모성을 부각한다는 점이다. 즉 치안판사는 폭력적인 식민주의자들의 실체와 허상을 드러내는 기능도 하지만, 폭력적인 정권이나 이데올로기에 저항하면서도 자신이 거기에 연루되어 있다는 것을 때로는 자신의 의도와는 상관없이, 아니 때로는 자신의 의도에 반하여 드러내 보인다.

『야만인을 기다리며』의 치안판사는 자기고백적인 내러티브를 통해, 그것이 자신에게 유리한 것이 아님에도 불구하고 자신이 '야만인들'을 억압하고 식민화하는 제국주의 이데올로기에 연루되어 있다는 것을 부지불식간에 내비친다. 야만인들의 편을 들어줌으로써 제국주의자인 졸 대령에 의해 감옥에 갇히게 되는 치안판사는 정의를 표방하는 자로서, 야만인들에게 행해지는 제국주의적 폭력과는 일정한 거리가 있는 의로운 자유주의자다. 즉, 그는 제국주의자들의 '기다림'을 허구적인 것으로 인식할 줄 아는 지식인이자 자유주의자다. 그런데 그의 말을 잘 들어보면, 그 자신도 제국의 이데올로기에 암암리에 물들어 있다는 사실이 드러난다. 졸 대령이 폭력적인 수단으로 제국을 유지하려는 보수적·우파적 제국주의자라면, 그는 온정적인 수단으로 제국을 영속화하려는 자유주의적 제국주의자다. 제국에 봉사한다는 점에서는 크게 다를 바 없는 것이다.

쿳시가 『야만인을 기다리며』에서 각별한 관심을 기울이는 것은 바로 이 부분이다. 어쩌면 이는 자기고백적인 치안판사의 문제가 남아프리카 백인 작가로서 쿳시가 숙명적으로 안고 있는 절실한 문제이기에 더욱 각별한 것일지 모른다. 치안판사의 내러티브에 드러나는 공모성은 식민주의자의 후손인 쿳시의 것이라고 해도 과언은 아닐 것이다. 이것은 어떤 의미에서 보면, 치안판사나 쿳시에게 전혀 이익이 될 듯싶지 않은 문제다. 제국주의나 식민주의로부터 거리를 벌려야 자신에게 이득이 될 사람들이 오히려 그 거리를 좁혀서 자신도 책임이 없지 않음을 스스로 고백하고 있으니 득이 될 리가 없다.

그렇다면 왜, 치안판사나 쿳시는 그들에게 득이 될 것이 없는 질문을 하고 거기에 대한 답을 찾으려 하는 것일까? 이 질문을 쿳시 자신의 말로 옮겨보면 이렇다. "사람은 왜 그렇게 하는 것이 자신의 물질적 이익에 부합되지 않음에도 불구하고 정의의 편에 서려고 하는가?" "나는 왜 진실이 내 이익에 부합되지 않는데 나 자신에 대한 진실에 관심을 가져야 하는가?" 전자는 줄 대령의 편에 서서 자신이 늘 해온 직무를 수행하면 여생을 편히 살 수 있음에도 그걸 마다하고 온갖 고초를 겪은 후 자기고백적인, 아니 자기고백적이어서 자신에게 더욱 득이 될 것이 없는 얘기를 하는 치안판사를 향해 쿳시가 던지는 질문이다. 그리고 후자는 톨스토이, 루소, 도스토옙스키에 관한 에세이에서, 자신에게 득이 될 것이 전혀 없음에도 불구하고 고백에 관한 문제를 반추하고 또 반추하는 자신을 향해 쿳시가 던지는 질문이다. 그에 따르면, 전자에 대한 답은 "우리가 정의에 대한 개념을 갖고 태어나기 때문"이고, 후자에 대한 답은 "우리가 진실에 대한 개념을 갖고 태어나기 때문"이다. 두 질문에 대한 쿳시의 '플라토닉한' 답변은 왜 쿳시 소설의 주인공들이 끊임없이 자신의 내면을 파고들면서 때로는 자멸에 가까운 고백을 하는지, 그리고 왜 쿳시가 그러한 내러티브에 매달리면서 자신의 고뇌를 투영하는지 설명해준다. 정의나 진실에 대한 개념을 갖고 태어났기 때문에 자신의 이익에 부합되지 않는 행위를 할 수 있다는 쿳시의 말은 궁극적으로 글쓰기가 윤리적인 것일 수밖에 없음을 잘 말해준다.

결국 그에게 문학은 윤리다. 그의 문학 한복판에 윤리가 자리잡고 있는 것이다. 쿳시의 문학 논의에서 윤리성의 문제가 끝없이 제기되는 이유는 바로 여기에 있다.

쿳시는 문학사에 오래 남을 훌륭한 작가다. 이를 증명하기라도 하듯, 그에 대한 글들이 점점 더 많이 쓰이고, 그와 관련된 책들이 속속 출간되고 있다. 쿳시의 동료 작가이자 그보다 십여 년 전에 노벨문학상을 수상한 네이딘 고디머가 그를 가리켜 "종달새처럼 솟구쳐 독수리처럼 내려다보는 상상력"의 작가라고 한 것은 결코 과장이 아니다. 그러한 작가가 쓴 소설을 소개하는 글을 쓰다보니, 그의 소설의 특성과 아름다움을 제대로 설명할 재간이 내게 없다는 생각이 든다. 말을 하면 할수록 그의 소설이 지닌 사유의 깊이와 다면적이고 복합적인 특성을 설명하기는커녕 그 의미망을 오히려 축소시키고 반감시키는 것만 같은 불안한 느낌이 든다. 앞에서 내가 설명한 것들이 어딘지 부족한 것 같아, 그리고 그것들이 쿳시의 소설에 대한 편견의 그림자를 행여 드리우지 않을까 걱정되어, 그냥 거둬들이고 싶은 생각이 드는 것도 이러한 이유 때문이다.

그래서 한마디만 덧붙이고 해설을 끝내려 한다. 그것은 이 소설을 읽을 때, 가능하면 천천히 음미하면서 읽으라는 것이다. 소설을 "사유의 한 방식"이라고 생각하는 작가의 작품을 리얼리즘 소설을 읽듯이 줄거리만 파악하며 읽을 수는 없는 노릇이다. 그의 소설은 거의 모두, 리얼리즘 소설과는 거리가 먼 반리얼리즘적인 소설이다. 그렇다고 이 소설이 어렵다는 말은 아니다. 반리얼리즘적인 소설이라는 것이 어려움이라는 말과 동의어는 아닐 것이다. 오히려 그의 소설은 나중에 쓰인 것일수록 단문이 더 많이 사용되고 있으니, 문장 자체로는 전혀 어려울 게 없다. 다만 그 단문이 사유와 해석의 깊이와 맞물려 있으니 천천히 읽으라는 것이다. 그리고 시제가 현재로 처리되어 있다는 것도 천천히 읽어야 하는 이유 중 하나다. 소설은 대부분의 경우 과거시제를 차용하기 마련이고, 지나간 일을 서술하는 스토리는 그만큼 속도가 빠른 법이다. 이미 지난 과거니까, 무슨 일이 있었는지 그 스토리를 파악하는 게 급선무니까, 속도감이 생길 수밖에 없다. 그런데 지금, 바로 이 순간, 어떤 인물이 세상을 바라보고 생각하고 그리고 그 생각을 짚어보고 또 짚어보며, 그 모든 과정을 언어로 서술하고 있다고 가정해보라. 사유의 과정을 따라가는 데 속도가 붙을 수 없다. 쿳시에게 소설은 "사유의 한 방식"인 것이다.

나는 20세기의 마지막 두 해(1998~1999)를 남아프리카의 케이프타운대학에서 보냈다. 첫 해는 학술진흥재단의 해외파견 교수로, 다음 해는 케이프타운대학의 펠로로 그곳에 있었다. 쿳시는 지금은 오스트레일리아에 살고 있지만, 2001년까지만 해도 케이프타운대학 영문과 교수로 있었다. 나는 그 인연으로 그를 인터뷰하게 되었고(인터뷰를 허락하지 않는 그가 내게 인터뷰를 허락한 것은 당시 케이프타운대학 내에서도 '사건'이었다), 그의 소설을 번역하고 그에 관한 논문들을 쓰게 되었다. 이러한 인연은 그가 극도로 말을 아끼고, 접근하기 어려우며, 속내를 드러내지 않고 신비의 베일에 싸여 있는 작가라는 점을 감안하면 각별한 것이 아닐 수 없다. 나는 그 인연을 담보로, 『야만인을 기다리며』를 번역하면서 그에게 많은 질문을 했다. 그는 나의 질문에 성실히 답변해줌으로써 나의 번역 작업을 용이하게 해줬다. 이번에 개정판 작업을 하면서도 마지막 순간까지 그의 도움을 받았다. 미안한 마음과 감사한 마음이 교차한다. 어떻게든 질문을 최소화하려고 했지만 어쩔 수 없는 경우가 많았다. 지난 이십 년 동안 내내 그랬다. 그를 알고 있다는 것은 번역자인 나로서는 행운이었다. 그는 사람들에게 알려진 것과 달리 대단히 따뜻하고 감성적인 작가다. 적어도 내가 경험한 그는 그렇다. 나는 그런 그에게서 많은 걸 배웠다. 문학을 보는 눈이 그를 알기 전과 후로 나뉜다고 말할 수 있을 만큼.

『야만인을 기다리며』의 첫 우리말 번역은 2003년, 쿳시가 노벨문학상을 수상하기 몇 달 전에 출간되었다. 십육 년이 지난 지금, 개정판을 내놓는 감회는 남다르다. 그간 번역서에서 발견되는 오류들 때문에 퍽이나 마음을 졸였다. 개정판 작업을 하면서 원고와 원전을 비교하며 많은 오역들을 잡아낼 수 있게 되어 조금은 마음이 놓인다. 번역을 할 때마다 늘 그렇지만, 이번에도 편집자의 도움이 컸다. 그럼에도 미진한 부분은 있을 것이다.

그래서 번역은 내게 즐거움이라기보다는 부끄러움이다. 번역서의 수가 늘어가는 것은 즐거움이 아니라 부끄러움이 늘어가는 일이다. 내가 쿳시의 소설을 거의 다 번역했다는 것은 그래서 결코 자랑할 만한 일이 아니다. 번역을 하면서 내가 위안 내지 변명으로 삼는 것이 하나 있는데, 그것은 나의 번역이 불완전하고 미진한 것이긴 해도, 위대한 문학작품들은 불완전하고 미진한 번역을 넘어, 아니 그러한 번역을 통해서라도 자신을 독자에게 전달하는 힘을 갖고 있다는 것이다. 이것은 내가 2011년 여름 영국의 리즈대학에서 열리는 쿳시 관련 학회의 초청을 받아 갔을 때, 세미나에 참석한 학자들에게 했던 말이기도 하다. 그들은 나의 세미나를 듣고 내게 겸손하다고 했지만, 그것은 겸손이 아니라 솔직한 심정이었다. 나는 쿳시의 소설이 나의 불완전한 번역문을 뛰어넘는 힘을 갖고 있다고 믿는다. 그는 그만큼 위대한 작가다.

왕은철

1940년	남아프리카공화국 케이프타운에서 변호사인 아버지와 교사인 어머니 사이에서 태어나다. 아버지는 네덜란드 이민자의 후손이었고, 어머니는 폴란드계 독일 이민자의 후손이었다.
1942년	아버지가 남아프리카공화국 군인으로 제2차세계대전에 참전해 중동과 이탈리아에서 복무하다.
1943년	남동생 데이비드 쿳시가 태어나다.
1945년	아버지가 전쟁에서 돌아오다. 가족이 케이프타운 폴스무어에 정착하고, 쿳시는 폴스무어초등학교에 입학하다.
1946년	아버지가 케이프 지방행정청에서 직장을 구하다. 가족이 로즈뱅크로 이사가게 되어 쿳시는 로즈뱅크초등학교로 전학을 가다.
1948년	아버지가 케이프 지방행정청에서 실직하고 우스터에 있는 스탠더드 캐너스사로 자리를 옮기다. 가족이 리유니언 파크로 이사하고 쿳시는 1949년 4월에 우스터초등학교로 전학을 가다.
1952년	아버지가 케이프타운 굿우드에 변호사 사무실을 개업하다. 가족이 플럼스테드로 이사하고 쿳시는 세인트조지프 가톨릭 학교로 전학을 가다.
1956년	세인트조지프 가톨릭 학교 졸업.
1957~1961년	케이프타운대학교에 입학해 영문학과 수학을 전공하다. 하워스 교수의 배려로 문예창작 과목을 수강하고 교내 잡지에 시를 발표하다. 1961년 11월, 사우샘프턴을 향해 배로 떠나

다. 영국에서 케이프타운대학교 문학사학위를 받다.

1962년	런던 IBM에서 컴퓨터 프로그래머로 일을 시작하다. 장학금을 받고 케이프타운대학교 문학석사과정에 등록해 대영박물관 열람실에서 포드 매독스 포드 연구에 매진하다. 하이퍼텍스트 시를 실험하다.
1963년	케이프타운으로 돌아와 학창시절 알고 지내던 필리파 주버와 재회해 6월에 결혼식을 올리다. 포드 매독스 포드에 관한 논문을 완성하여 제출하다. 처음에는 영국의 교사직을, 다음에는 프로그래머로 일자리를 지원하다. 미국의 박사과정에 대해 알아보다.
1964년	필리파와 영국으로 떠나다. ICT사(International Computers and Tabulators, Ltd)에서 일을 시작하다.
1965년	케이프타운대학교와 미국에 있는 대학교의 박사과정에 동시에 지원하다. 케이프타운대학교에서 모더니즘에 관한 박사과정을 제안받지만 거절하다. 풀브라이트 장학금을 받고, 미국 내 여러 대학에서 제안을 받으나 최종적으로 오스틴 텍사스 대학교를 선택하다. 필리파와 함께 미국으로 건너가 오스틴 텍사스 대학교에서 언어학과 문학 박사과정에 들어가다.
1966년	아들 니콜라스가 태어나다.
1968~1969년	사뮈엘 베케트에 관한 논문을 완성하던 중에 뉴욕주립대학교 조교수로 임용되었으나 비자 문제 때문에 계약기간이 제한되다. 캐나다와 홍콩에 임용 지원을 하고, 브리티시컬럼비아대학교에서 제안을 받지만 거절하다. 비자 연장을 받기 위해 노력하나 베트남전쟁 반대 시위에 참여한 전력 때문에 계속 무산되다. 딸 기셀라가 태어나다.
1970년	『어둠의 땅Dusklands』 집필을 시작하다. 뉴욕주립대학교

교수 45명이 대학의 경영방식과 캠퍼스 내 경찰 배치에 반대하는 시위로 헤이스 홀을 점령한 '헤이스 홀 사건'에 가담해 불법침입과 법정모독으로 유죄판결을 받다. 그해 12월 필리파와 자녀들은 남아프리카로 돌아가다.

1971년   끝내 비자를 연장하지 못해 남아프리카로 돌아가다. 가족과 함께 쿳시 가문의 농장과 가까운 곳에 정착하다. '헤이스 홀 사건' 유죄판결이 번복되지만 미국 재입국비자를 받을 가능성이 거의 없어지다.

1972년   케이프타운대학교 영문과 교수가 되다.

1973년   『어둠의 땅』 집필을 마치지만 몇몇 출판사로부터 출간을 거절당하다.

1974년   요하네스버그에 있는 출판사 레이번 프레스에서 『어둠의 땅』을 출간하다. '책 태우기'라는 제목의 소설을 집필하기 시작하나, 일 년 후 중단하다.

1975년   네덜란드 소설 『사후의 고백 Een Nagelaten Bekentenis』을 영어로 번역 출간하다.

1976년   『나라의 심장부에서 In the Heart of the Country』 집필을 시작하다.

1977~1979년   『나라의 심장부에서』를 출간하고 남아프리카 최고의 문학상인 CNA상을 수상하다. 『야만인을 기다리며 Waiting for the Barbarians』 집필을 시작해 오스틴 텍사스 대학교, 버클리대학교, 캘리포니아대학교에서 안식년을 보내는 동안 완성하다. 『마이클 K Life & Times of Michael K』 집필을 시작하다.

1980년   필리파와 이혼. 『야만인을 기다리며』를 출간하다. 후에 평생 반려자가 된 영문과 교수 도러시 드라이버와 만나기 시작하다. 『야만인을 기다리며』로 두번째 CNA상 수상.

1982년	『포Foe』 집필을 시작하다.
1983년	『마이클 K』를 출간하고 부커상을 수상하다. 아프리칸스어 소설 『바오밥나무로의 탐험Die Kremetartekspedisie』을 영어로 번역 출간하다.
1984년	케이프타운대학교 영문과 정교수로 임명되다. '자서전 속의 진실'이라는 제목으로 정교수 취임 기념 강연을 하다. 『마이클 K』로 세번째 CNA상 수상.
1985년	『포』 집필을 마치다. 어머니가 세상을 떠나다. 『마이클 K』로 에트랑제 페미나 상 수상.
1986년	『포』 출간. 남아프리카 소설가 안드레 브링크와 함께 남아프리카공화국 시 모음집 『부서진 땅A Land Apart』을 출간하다. 존스홉킨스대학에서 방문교수로 지내다. 『철의 시대Age of Iron』 집필을 시작하다.
1987년	예루살렘상 수상. 회고록 『소년 시절Boyhood』 집필을 시작했다가 중단하다.
1988년	아버지가 세상을 떠나다. 당시 케이프타운대학교 영문과 교수로 재직하던 데이비드 애트웰과 함께 『이중 시점: 에세이와 인터뷰Doubling the Point: Essays and Interviews』 집필을 시작하다.
1989년	아들 니콜라스가 세상을 떠나다. 『철의 시대』 집필을 마치다. 1980년부터 쓰기 시작한 남아프리카 백인의 글쓰기에 관한 에세이를 모은 『백인의 글쓰기White Writing: On the Culture of Letters in South Africa』를 출간하다. 존스홉킨스대학교에서 또 한번 방문교수로 지내다.
1990년	『철의 시대』를 출간하고 선데이 익스프레스 올해의 책으로 선정되다. 필리파가 세상을 떠나다.
1991년	『페테르부르크의 대가The Master of Petersburg』 집필을 시

작하다. 하버드대학교에서 방문교수로 지내다. 도러시 드라이버와 오스트레일리아에 장기간 체류하다.

1992년   『이중 시점: 에세이와 인터뷰』를 출간하다.

1994년   『페테르부르크의 대가』를 출간하다.

1995년   『추락Disgrace』 집필을 시작하다. 『페테르부르크의 대가』로 아이리스 타임스 국제소설상 수상. 오스틴 텍사스 대학교, 시카고대학교 등 여러 대학교에서 정기적으로 방문교수로 지내기 시작하다. 이즈음 오스트레일리아 이민을 알아보기 시작하다.

1996년   『모욕 주기: 검열에 관한 에세이Giving Offense: Essays on Censorship』를 출간하다. 〈뉴욕 리뷰 오브 북스〉 등 여러 잡지에 정기적으로 서평을 기고하기 시작하다.

1997년   『엘리자베스 코스텔로Elizabeth Costello』에 대한 구상을 시작하다. 『소년 시절』을 출간하다.

1999년   『추락』을 출간하고 두번째 부커상을 수상하다. 프린스턴대학교에서 했던 태너 강연을 토대로 『동물들의 삶The Live's of Animals』을 출간하다.

2000년   『추락』으로 커먼웰스상 수상.

2001년   오스트레일리아 대사관으로부터 이민 비자를 받다. 케이프타운대학교 교수직에서 퇴임하다.

2002년   오스트레일리아로 이민. 도러시 드라이버와 함께 애들레이드에 정착하다. 애들레이드대학교 영문학부 명예연구원이 되다. 『청년 시절Youth』을 출간하다.

2003년   노벨문학상 수상. 『엘리자베스 코스텔로』 출간. 시카고대학교 교환교수를 겸임하다.

2004년   『슬로우 맨Slow Man』을 집필하다. 네덜란드 시집 『뱃사공과 풍경: 네덜란드의 시Landscape with Powers: Poetry from the Netherlands』를 번역하고 출간하다. 도러시 드라이버와 함께 스탠퍼드대학교 방문교수로 초대받다. 『서머타임 Summertime』 집필을 시작하다.

2005년 『슬로우 맨』 출간. 남아프리카공화국 국가 훈장을 수여받다. 『어느 운 나쁜 해의 일기 Diary of a Bad Year』 집필을 시작하다.

2006년 오스트레일리아에 귀화하다.

2007년 『어느 운 나쁜 해의 일기』 출간. 2002년과 2005년 사이에 쓴 서평들을 모아 『내면 활동 Inner Workings』을 출간하다.

2008년 폴 오스터와 교류하기 시작하다.

2009년 『서머타임』을 출간하다.

2010년 동생 데이비드가 워싱턴에서 세상을 떠나다. 네덜란드 국가 훈장을 받다.

2011년 세 권의 허구화된 회고록 『소년 시절』 『청년 시절』 『서머타임』을 모은 『시골생활의 풍경 Scenes from Provincial Life』 출간.

2012년 『예수의 어린 시절 The Childhood of Jesus』 집필을 시작하다.

2013년 폴 오스터와의 서신을 담은 『디어 존, 디어 폴 Here and Now: Letters 2008-2011』 출간. 『예수의 어린 시절』 출간.

2016년 『예수의 학창시절 The Schooldays of Jesus』 출간. 아라벨라 커츠와의 서신을 담은 『좋은 이야기 The Good Story: Exchanges on Truth, Fiction and Psychotherapy』 출간.

2017년 『최근의 에세이 Late Essays: 2006-2017』를 출간하다.

문학동네 세계문학전집 발간에 부쳐

세계문학은 국민문학 혹은 지역문학을 떠나 존재하는 문학이 아니지만 그것들의 총합도 아니다. 세계문학이라는 용어에는 그 나름의 언어와 전통을 갖고 있는 국민문학이나 지역문학의 존재를 인정하면서 그것을 넘어서는 문학의 보편적 질서에 대한 관념이 새겨져 있다. 그 용어를 처음 고안한 19세기 유럽인들은 유럽문학을 중심으로 그 질서를 구축했지만 풍부한 국민문학의 전통을 가지고 있는 현대의 문학 강국들은 나름의 방식으로 세계문학을 이해하면서 정전(正典)의 목록을 작성하고 또 수정한다.

한국에서도 세계문학 관념은 우리 사회와 문화의 변화 속에서 거듭 수정돼왔다. 어느 시기에는 제국 일본의 교양주의를 반영한 세계문학 관념이, 어느 시기에는 제3세계 민족주의에 동조한 세계문학 관념이 출현했고, 그러한 관념을 실천한 전집물이 출판됐다. 21세기 한국에 새로운 세계문학전집이 필요하다는 것은 명백하다. 우리의 지성과 감성의 기준에 부합하는 세계문학을 다시 구상할 때가 되었다.

문학동네 세계문학전집은 범세계적으로 통용되는 고전에 대한 상식을 존중하면서도 지난 반세기 동안 해외 주요 언어권에서 창작과 연구의 진전에 따라 일어난 정전의 변동을 고려하여 편성되었다. 그래서 불멸의 명작은 물론 동시대 세계의 중요한 정치·문화적 실천에 영감을 준 새로운 작품들을 두루 포함시켰다.

창립 이후 지금까지 한국문학 및 번역문학 출판에서 가장 전문적이고 생산적인 그룹을 대표해온 문학동네가 그간 축적한 문학 출판 경험을 바탕으로 새로운 세계문학전집을 펴낸다. 인류가 무지와 몽매의 어둠 속을 방황하면서도 끝내 길을 잃지 않은 것은 세계문학사의 하늘에 떠 있는 빛나는 별들이 길잡이가 되어주었기 때문이다. 우리가 자부심과 사명감 속에서 그리게 될 이 새로운 별자리가 독자들의 관심과 애정에 힘입어 우리 모두의 뿌듯한 자산이 되기를 소망한다.

문학동네 세계문학전집 편집위원
민은경, 박유하, 변현태, 송병선, 이재룡, 홍길표, 남진우, 황종연

세계문학전집 174
야만인을 기다리며

1판 1쇄 2019년 2월 28일
1판 3쇄 2023년 3월 15일

지은이 J. M. 쿳시 | 옮긴이 왕은철
책임편집 손예린 | 편집 김정희 황도옥 오동규 | 독자모니터 조혜영
디자인 김현우 최미영 | 저작권 박지영 형소진 이영은
마케팅 정민호 이숙재 김도윤 한민아 이민경 안남영 김수현 왕지경 황승현 김혜원
브랜딩 함유지 함근아 박민재 김희숙 고보미 정승민
제작 강신은 김동욱 임현식 | 제작처 영신사

펴낸곳 (주)문학동네 | 펴낸이 김소영
출판등록 1993년 10월 22일 제2003-000045호
주소 10881 경기도 파주시 회동길 210
전자우편 editor@munhak.com | 대표전화 031)955-8888 | 팩스 031)955-8855
문의전화 031)955-1927(마케팅), 031)955-3560(편집)
문학동네카페 http://cafe.naver.com/mhdn
인스타그램 @munhakdongne | 트위터 @munhakdongne
북클럽문학동네 http://bookclubmunhak.com

ISBN 978-89-546-5503-3 04840
　　　 978-89-546-0901-2 (세트)

www.munhak.com

● 문학동네 세계문학전집은 계속 출간됩니다